本好きの下剋上

司書になるためには手段を選んでいられません

第二部　神殿の巫女見習いⅢ

香月美夜
miya kazuki

TOブックス

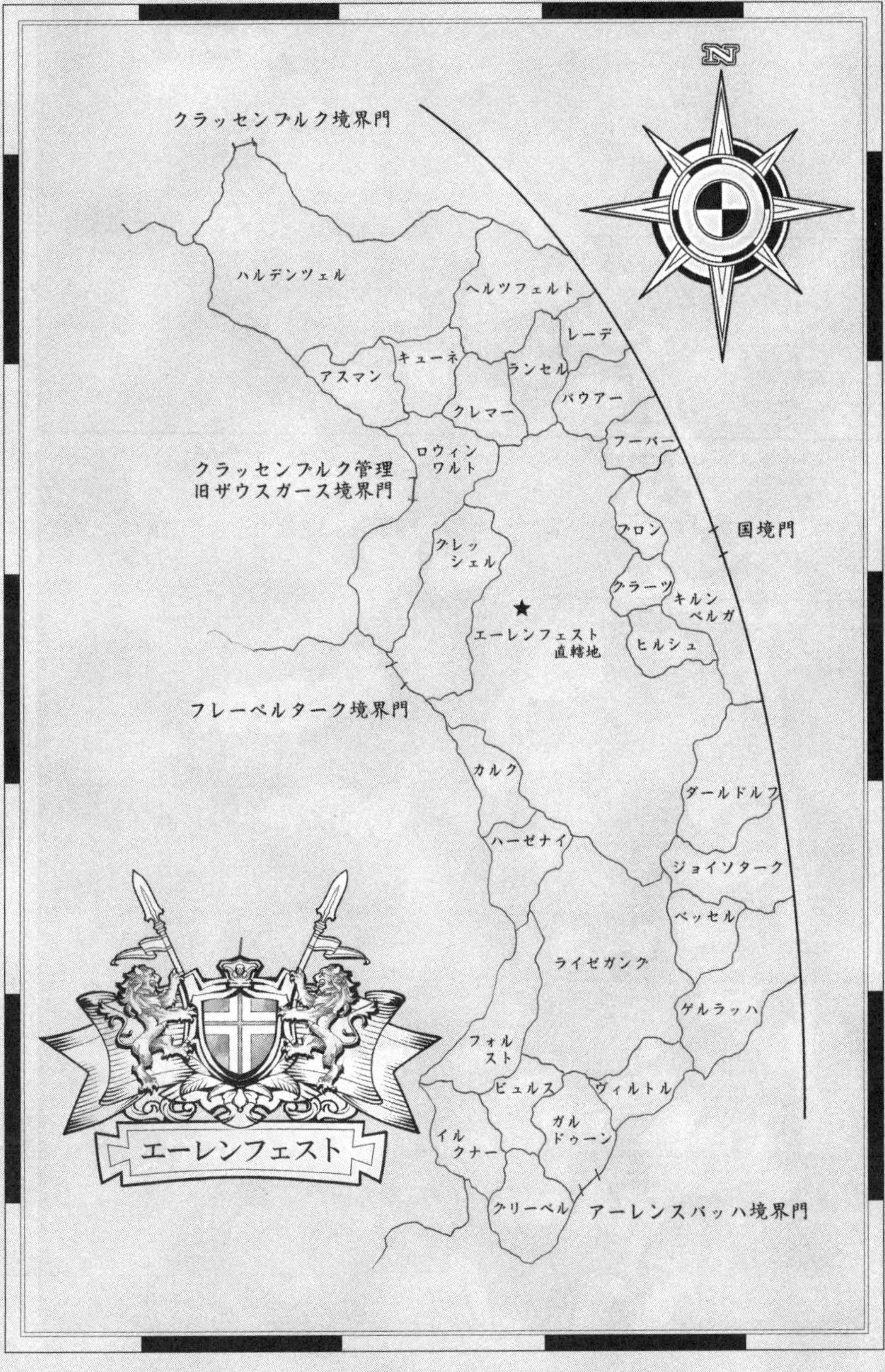
N
クラッセンブルク境界門
ハルデンツェル
ヘルツフェルト
レーデ
キューネ
アスマン
ランセル
バウアー
クレマー
ロウィン
ワルト
フーバー
クラッセンブルク管理
旧ザウスガース境界門
ブロン
国境門
クレッ
シェル
クラーツ
キルン
ベルガ
エーレンフェスト
直轄地
ヒルシュ
フレーベルターク境界門
カルク
ダールドルフ
ハーゼナイ
ジョイソターク
ベッセル
ライゼガング
ゲルラッハ
フォル
スト
ビュルス
ヴィルトル
ガル
ドゥーン
イル
クナー
クリーベル
アーレンスバッハ境界門
エーレンフェスト

登場人物

第一部あらすじ

何より本が好きな女子大生は身食いに侵された兵士の娘マインに転生し、識字率が低くて紙が高価な世界で本を自作しようと奮闘する。植物紙を作ったものの、生き長らえるには魔力を吸い取る魔術具が必須。そんな時、洗礼式で神殿図書室を発見する。神殿長に直談判した結果、魔力を納める青色巫女見習いになった。

マイン家族

マイン
本作の主人公。身食いで虚弱な兵士の娘。身食いの熱が魔力だと判明し、貴族の子がなるはずの青色巫女見習いになった。本を読むためには手段を選んでいられません。

ギュンター
マインの父。南門の兵士で班長。家族が好きすぎて周囲に呆れられている。

エーファ
マインの母。染色工房で働いている。暴走しがちな夫と娘に苦笑する毎日。

トゥーリ
マインの姉。針子見習い。優しくて面倒見が良い。マイン曰く「マジ天使」。

ギルベルタ商会

ベンノ
ギルベルタ商会の主であり、マインの商売上の保護者。

ルッツ
ギルベルタ商会のダプラ見習い。マインの相棒で頼りになる体調管理係。

コリンナ
ベンノの妹で店の後継ぎ。自分の工房を持つ腕の良い針子。

マルク
ギルベルタ商会のダプラ。ベンノの有能な右腕。

神殿関係者

神殿長
神殿の最高権力者。威圧してきた平民のマインを憎んでいる。

神官長
マインの神殿の保護者。魔力量と計算能力を買っている。

フラン
神官長の元側仕えで有能な筆頭側仕え。

ギル
問題児だったが、工房管理を頑張っている。

デリア
神殿長の手先。「もー！」が口癖。

ヴィルマ
絵が得意な灰色巫女。

ロジーナ
音楽が得意な灰色巫女。

カルステッド……エーレンフェストの騎士団長。
ダームエル……神殿でマインの護衛をする騎士。
ジルヴェスター…祈念式に同行した青色神官。
フーゴ……ベンノが連れて来た料理人。
エ　ラ……ベンノが連れて来た料理人見習い。
ヨハン……鍛冶工房の腕が良い見習い。

第二部

神殿の巫女見習いⅢ

イラスト：椎名　優　You Shiina
デザイン：ヴェイア　Veia

第二部

神殿の巫女見習いⅢ

プロローグ

「カルステッド様、フェルディナンド様がいらっしゃいました」

側仕《そばづか》えに声をかけられたカルステッドが応接間へ移動すれば、自分の第一夫人であるエルヴィーラと長男のエックハルトが嬉しそうにフェルディナンドと話をしているのが見えた。二人が本当に彼を慕《した》っているのがわかって苦笑する。神殿に入った彼を今でも慕う貴族は少数だ。

「フェルディナンド様」

カルステッドの呼びかけにフェルディナンドが振り向いた。挨拶を交わして席を勧めれば、側仕え達がすぐに歓待の準備を始める。

「盛り上がっているところ悪いが、エルヴィーラもエックハルトも席を外してくれないか」

カルステッドが人払いをすると不満そうにこちらを睨《にら》んでくるくせに、フェルディナンドが一言「これは極秘なのだ」と言って軽く手を振れば、二人は「かしこまりました」とすぐに退室していく。扱いの差に少々不満を覚えたところで今更のことだ。

酒と肴《さかな》の準備を終えた側仕え達も退室し、部屋にはカルステッドとフェルディナンドの二人だけが残された。完全に扉が閉まるのを見届けてからカルステッドは肩の力を抜いて、堅苦しい言葉遣いを止め、昔馴染みに対する態度に変える。

「わざわざこちらに来てもらってすまない、フェルディナンド。あちらは少々面倒なことになっていてな……」

銀の酒器を手に、一口飲んで見せて毒がないことを示してフェルディナンドに勧めれば、彼は軽く酒器を持ち上げて口を付けた。フッと表情が緩んだことで酒が好みだったことがわかる。

「まぁ、面倒になるのはわかっていたことだ。シキコーザの母親が騒ぎ立て、方々に訴えているのであろう？　こちらにも神殿長から苦情が来た」

彼の言う通りだったので、カルステッドは苦い笑みを浮かべながら頷いた。

十日前にあったトロンベ討伐《とうばつ》の時、騎士団長であったカルステッドはシキコーザとダームエルの二人を青色巫女見習いの護衛に付けた。同行していた騎士の中で魔力が低く、トロンベ討伐の経験がない二人だったからだ。少し離れた場所に待機させておく神殿の者達の護衛ならば二人でも務まると思ったのだ。しかし、二人は護衛対象を傷つけ、二体目のトロンベを出現させるという重大な失態《しったい》を犯した。そのため、現在は二人共処分が決まるまで騎士寮で謹慎中《きんしんちゅう》である。だが、シキコーザは処罰の軽減を望んで自分の家族に連絡したようで、彼の母親が何とか執《と》り成してほしい、と権力者に訴えて回っているのだ。

「ヴェローニカ様にも泣き付いていたようだ。だからこそ、其方《そなた》がそれを返却に向かうより、こちらで受け取って返却した方が良いと思ったのだが……」

カルステッドはそう言いながらフェルディナンドが持ってきた魔術具の箱を指差した。

「彼女とはできるだけ顔を合わせたくないからな。助かる」

フェルディナンドが持っているのは、領主と領主が許可を出した者以外には開けられぬ箱で、中には記憶を覗くための魔術具が入っている。トロンベ討伐の後、土地を癒《いや》す儀式で驚くほどの魔力量を見せた平民上がりの青色巫女見習いがエーレンフェストにとって有害か否か、調べるための物である。

青色巫女見習いは闇の神の祝福を賜《たまわ》ったようにきらめく夜空のような色合いの髪に、月のような金色の瞳が印象的な整った顔立ちの子供だ。もっと目を引いたのは、とても洗礼式を終えているようには見えないほどに幼い姿だった。けれど、その幼い姿に反して、魔力は目を見張るほどに強大である。荒れた土地を緑で満たして疲れも見せなかった様子から、中級貴族にもかかわらず下級貴族程度の魔力しかない神殿上がりのシキコーザの何倍もあることはすぐにわかる。普通の巫女見習いが持っている魔力ではない。あのまま成長すれば一体どれだけの魔力を持つことになるだろうか。

カルステッド自身はあの儀式を行ったこともないし、神具に触ったこともないので、彼女の魔力量がどの程度のものなのか推測するのは少し難しい。けれど、フェルディナンドが早急に害意《がいい》の有無を調べなければならないと主張したり、領主から記憶を探る魔術具の使用許可が出たりするくらいには異常事態なのだ。

「……それで、結果はどうであった？」

カルステッドが箱を受け取りながら魔術具を使った結果を尋ねると、フェルディナンドは珍しくげんなりとした表情を隠さずにこめかみを押さえた。

「悪意も害意も全くない。ただひたすら、うんざりするほど本のことしか考えていなかった」

至極面倒くさそうな顔をしているフェルディナンドの雰囲気が少し変わった気がした。彼の父親の死後、「周囲の圧力に抗《あらが》うのも面倒だ。どうとでもなれば良い」と言って、何もかもを諦《あきら》めたような顔で神殿に入った頃に比べると、感情や生気が戻ってきているように思える。

「マインは異なる世界で高位の貴族として生きた記憶を持った子供だった。子供でありながら、成人した記憶がある」

「は？　何だと？」

マインに関する報告が突飛《とっぴ》すぎて、咄嗟《とっさ》にはフェルディナンドの言葉が頭に入ってこなかった。思わず聞き返したカルステッドにフェルディナンドはもう一度同じ言葉を繰り返した。マインに疑いを持った彼が魔術具を使ってまで危険の確認をしたので、間違いがあるわけはないはずだが、簡単には信じられない内容だ。

「何というか……あまりにも荒唐無稽《こうとうむけい》な話だな」

何とか言葉を絞り出したカルステッドにフェルディナンドは「さもありなん」と頷く。

「実際にマインの記憶を覗いた私でも荒唐無稽だと思うし、そのような話を簡単に信じられる者はいまい。だが、事実だ。異なる世界で生きた記憶があり、それに下町の常識が加わっているので、マインの言動は突飛に見える。だが、悪意や害意はない。あの記憶をエーレンフェストの役に立てることができるならば、かなり有益であろう。ただ、本当に本のことしか考えていないので、どのように役に立てるのかは周囲の誘導が必要になると思われる」

カルステッドが気になったのは、いくら聞いても理解できなさそうな異界の話より、フェルディナンドがずいぶんと饒舌《じょうぜつ》なことだ。同調して他人の記憶を見るという行為をしたにもかかわらず、予想外なことに機嫌がそれほど悪くないように見える。

「其方、ずいぶんと気に入っているのだな？」

「何の話だ？」

「あのマインという青色巫女見習いのことだ」

貴族が激減していて、魔力が不足しているこの時勢で魔力の多い巫女見習いが貴重だというのは理解できる。だが、フェルディナンドはそれ以上に平民の青色巫女見習い相手に過分の配慮をしていた。自ら騎獣《きじゅう》で相乗りし、二人も側仕えを同行させ、待機中にも護衛を付ける過保護《かほご》ぶりで、自作の指輪や回復薬も与えていた覚えがある。何より、たくさんの騎士達の前で青色巫女見習いの庇護《ひご》を宣言した。まさかフェルディナンドがそのようなことを言い出すとは思わなくて、ずいぶんと驚かされたことを思い出す。

カルステッドの指摘にフェルディナンドはあからさまに嫌な顔になった。

「……別に気に入っているのではない。利用価値が高いだけだ」

「ほぉ？」

魔力が豊富で計算能力が高いので神殿の執務に重宝しているとか、全く異なる常識を土台に発言するので目新しい発見があると語り始めた彼を見ながら、それが気に入っているのとどう違うというのか、とカルステッドは問いかけたい気分になった。だが、敢《あ》えて指摘はしない。フェルディナンドには大事なものを誰にも見つからないように隠すか、自分から遠ざけようとする癖がある。特に、神殿入りしてからはそれが顕著《けんちょ》になった。

……偏屈《へんくつ》で面倒なフェルディナンドに珍しく気に入った人間ができたのだ。変に指摘をして距離を置かせることもあるまい。

フェルディナンドが幼い頃から付き合いのあるカルステッドはそう思うのだが、そのためには気を付けなければならないことが多々ある。

「あれだけの魔力を見せつけたのだ。騎士団を中心に青色巫女見習いのことはずいぶんと噂になっている。マインの身は予想以上に危険かもしれぬぞ」

「さもありなん。あれの魔力は私の予想以上に強大だった。いくら庇護下に置くと言ったところで、今の私は神官だ。魔力を求める貴族が群がり、いずれ危険な目に遭《あ》うであろう。彼等の干渉を全てかわしきれるかどうかは定かではない」

感情を読ませない変化の乏しい顔でフェルディナンドは淡々《たんたん》とそう言った。これが自分の力不足に歯痒《はがゆ》くて非常に悔しい思いをしている顔だと判別できる者はほとんどいないだろう。

「では、どうするつもりだ？」

「マインを其方の養女にしてくれないか？」

予想外の願いにカルステッドは軽く目を見張った。騎士団長である彼は上級貴族だ。彼の養女にするということは、マインには上級貴族に相応しい魔力量があるということである。

「あれは早いところ貴族側に取り込んでおいた方が良い。何も教えられぬ青色巫女見習いのままでいさせることはできない魔力量だ。マインは貴族院で魔力の制御を学ぶ必要があるが、神殿ならばまだしも、貴族にしようと思えば私では大した後ろ盾にならぬ。余計な危険に晒《さら》すだけだというのに、私には信用できる預け先がほとんどない」

カルステッドも考えてみる。フェルディナンドが信用できて、尚且《なおか》つ、平民上がりのマインを粗《そ》雑《ざつ》に扱うことなく、その魔力量に相応《ふさわ》しい教育を与えられる家がどれだけあるだろうか。

……我が家くらいだな。

「其方が養女にするのに恥ずかしくない程度にはマインを教育するつもりだ。それに、マインは自力で稼ぐだけの才覚があるし、養育に際して不足する分に関しては私が準備する」

「其方がそこまで気にかけるとは、本当に珍しい」

口を突いて出たカルステッドの指摘にフェルディナンドは少し目を伏せた。椅子に深く座り直し、長い指を組んで言葉を探すように沈黙する。それからゆっくりと口を開いた。

「平民であるマインには強力な後ろ盾がなければ、どのような扱いを受けるのかわからぬ。それに、私と同じような思いをする者はいない方が良い。それだけの話だ」

それが全てではないだろう。けれど、嘘や誤魔化しのない本音には違いない。彼が苦々しく思っている過去を知っているカルステッドはそっと息を吐きながら窓の方へ視線を向けた。

「……私が養女の件を引き受けるのは構わぬが、フェルディナンドが最初に頼った先が私だと知られれば、面倒なことになる者がいるのではないか？」

誰のことを指しているのか察したのだろう。フェルディナンドは険しい顔になって「誰も彼も厄《やっ》介《かい》な……」とこめかみを軽くトントンと叩き始めた。表情が険しくなった今の方が、実はよほど気を抜いていると悟る者も少ないだろう。相変わらずわかりにくいフェルディナンドにカルステッドは苦笑した。

印刷協会

神官長に魔術具を使って、前世の記憶を見られた。かなり驚いたけれど、自分の無実を証明するためには仕方がないことだと思っている。しかし、経験してみた結果、あの魔術具は素晴らしい物だと気付いた。あれを使えば、読んだことのある本を夢の中でもう一度読めるのだ。わたしはまた魔術具を使ってほしいと神官長に頼んだが、あっさりと却下《きゃっか》されてしまった。

……確かにわたしの害意と価値の有無の確認が本来の目的だったけど、時々付き合ってくれてもいいと思うよ。神官長のけちんぼ。

心の中でちょっとだけ文句を言ってみるけれど、神官長やベンノの管理下で今まで通りに商品開発を行う分には有益で、特に悪意や害意はないと判断してくれたことには感謝している。わたしは今までと特に変わらない生活を続けることができるようになったのだ。

……それに、よくわかったからね。

自分が麗乃《うらの》時代にどれだけ母親から大事にされていたのか、そして、今の家族からも大事にされているのか。前はできなかった分、今の家族にはきちんと親孝行をしたい。家族と一緒にいられる時間を当たり前だと思わずに大事にしていきたいと思った。

「マイン、紙作りと並行して、昨日から絵本の印刷を始めたから」

次の日、わたしは久し振りにギルベルタ商会へ向かいながらルッツから最近のマイン工房や側仕えの様子についての話を聞いていた。

「ねぇ、ルッツ。何冊くらい絵本ができそうかわかる？　紙は結局どのくらいできたの？」

「八十冊が限界だな。今作っている途中の紙を入れて八十。今ある分だけで確実にできるのは七十五か七十六だけど、一気に作りたいなら少しでも多い方が良いだろ？」

「うん、ありがとう。寒くなってきたから大変だと思うけど、頑張ってね」

子供用聖典の第二弾はルッツの計算によると八十冊ぐらい作れるらしい。前回で刷り方を覚えた灰色神官達が次々と刷るならば、完成にはそれほど日数はかからないだろう。そうなると、わたしが考えなければならないのは絵本の販路《はんろ》だ。わたしは足元を見ながら小さく呟《つぶや》く。

「……本を売るなら、新しい協会を作った方が良いんだよねぇ」

「協会？」

「そう。印刷協会とか出版協会とか……。貴族が持っている今までの本とわたし達が作ってるマイン工房の本は全く違うのはわかるでしょ？」

今までここに存在していた本は一点一点手書きで書かれた羊皮紙をまとめたものだ。カラフルで繊細《せんさい》な挿絵が入り、革張りの表紙には金箔《きんぱく》や宝石まであしらった芸術的な価値が高いのが当然の本である。

「オレらが作ってる本は芸術的な価値が低いもんな。絵本で子供向けだし……」

「それだけじゃなくて製法が全く違うんだよ。これは神官長に教えてもらったことなんだけど、今までの本はね、一つの工房でできるものじゃないの」

これまでは本文を書く人、絵を描く人、紙をまとめて縫って中身の体裁を整える人、革の表紙を作る人、表紙に金箔や宝石の細工を施《ほどこ》す人……全ての工程において違う工房の違う職人に一過程ずつが任されて一冊の本ができていた。そのため、本の工房というものは存在しない。

けれど、マイン工房で作って売る本は簡易とはいえ印刷技術を使っているので、一つの工房で一気に何冊も同じものができる。本を作って売るというのが新しい事業になる以上、利益や技術を確保し、品質を保つためにはその事業を統率《とうそつ》する協会が必要だ。

「まずは、ベンノさんに相談なんだけど……ねぇ」

わたしが本を売るとなれば、ルッツを通じて、ギルベルタ商会で売ることになる。そうすると、新しい事業として印刷協会を立ち上げなければならないのはベンノだ。あのベンノが印刷協会を他の人に任せるとも思えないけれど、相当負担になるのではないだろうか。

「本業のギルベルタ商会でしょ？　それに、リンシャンの工房、植物紙協会とその工房、春には完成したらいいなと思っているイタリアンレストラン、それに加えて印刷協会になるじゃない。忙しすぎてベンノさんが身体を壊さないか心配で……」

わたしは自分が知る限りのベンノの仕事を指折り数えて、ほとんど自分が係わっていることに愕然《がくぜん》とした。ベンノが過労死したら原因はわたしではないだろうか。青ざめるわたしに対してルッツは渋い顔になった。

「忙しくしてるのは、旦那様が好きでやってることだから良いんだよ。マインが考えることじゃない。マルクさんが止めないから、まだ大丈夫だって」

好きで忙しくしているベンノと、それを全面フォローするマルクというあの二人の関係を考えると、ベンノよりマルクの過労死を心配した方が良いかもしれない。


「マイン！　お前、一体何をした⁉」

マルクに奥の部屋へと通された瞬間、ベンノの雷が炸裂《さくれつ》した。印刷協会の話を持ってきたけれど、まだ何もしていないし、相談するためにベンノのところに来たのだから怒られることではないはずだ。全く身に覚えがなくて、わたしは目を白黒させながらふるふると頭を振る。

「な、何ですか⁉　まだ何もしてませんよ⁉」

「上級貴族から依頼が来たぞ。大至急、お前の儀式用の衣装を仕立てろ、と。何もしていないはずがないだろう！　さっさと吐け！　何をした⁉」

その言葉でわたしは依頼した上級貴族に見当がついて、ポンと手を打った。

「あ～、上級貴族ってカルステッド様かな？　騎士団の団長様なんですけど、ちゃんと約束を守ってくださったんですね。よかったぁ」

「よくない！　上級貴族に突然呼びつけられて、こっちは心臓が止まる思いをしたんだ！　何かあったらすぐに報告しろ、この阿呆《あほう》！」

ベンノの言葉に自分がその状況に置かれたことを想像して、一瞬で血の気が引いた。身に覚えのないことで突然上級貴族から呼び出しを受けるなんて、恐怖以外の何物でもない。

「ご、ごめんなさい！　熱を出して倒れてて、そこまで気が回りませんでした」

それに騎士団に係わることは口外法度《こうがいはっと》ときつく言われていたので、心配するルッツや側仕えにさえ詳しいことを話せていない。ベンノに報告することは全く思い浮かばなかった。

「まぁ、いい。心臓には悪かったが、上級貴族と繋《つな》がりが持てたんだ。せっかくだから、この機会は有効利用させてもらう。……それにしても、お前の儀式用の衣装は先日仕上がったばかりだろう？あれはどうした？」

「騎士団に係わることは口外法度だと言われたので言えませんが、使えなくなりました」

ボロボロになった衣装を思い出して、しょんぼりと肩を落としながら胸の前で×を作って説明を拒否すると、ベンノはガシガシと頭を掻《か》いて一応納得の表情を見せた。

「それなら仕方ないな。こっちとしても余計なことは知らない方が良い時もある。それで、衣装の件じゃないなら、今回は何の用件だ？」

「子供用聖典の第二弾を作り始めたので、販路についてお話しした方がいいと思ったんです。新しく植物紙を作った時は植物紙協会を作ったじゃないですか。今回、印刷協会を作る必要があるんじゃないかと思って……」

書字板を見ながら、わたしが考えた印刷協会の必要性を説明すると、ベンノは顎《あご》を撫《な》でながら、何度か頷いた。

「印刷協会か。……いずれ必要になるだろうし、誰かに権利を掻っさらわれても面白くないから、最初から作っておいた方が良いだろうな。マイン、今、こちらに売れる本はどれだけある？」

「……これから作る分を教科書に回すので、前に作っている分なら二十冊あります」

結局、服を買う時には売らなかったので、今回売ろうと思えば二十冊は売れる。献本で五冊配り、孤児院の食堂に五冊置いてある以外は工房に積まれたままだ。

「ルッツ、工房へ行って取ってこい。現物がなければ、印刷協会の設立に許可が下りん」

ルッツが工房へと向かって駆け出していく。残されたわたしは協会設立のための書類に必要な事項についてベンノから質問を受けた。ガシガシと申請用の書類を書いているベンノは本当に忙しそうで、これ以上仕事を増やすのは悪いな、と眉間《みけん》の皺《しわ》を見ていると考えてしまう。

「……印刷協会も作るんじゃあ、ベンノさんが忙しすぎますよね？　大丈夫ですか？」

心配してそう言うと、ベンノはちらりとわたしを見てフンと鼻を鳴らした。

「お前が心配することじゃない。それに、協会を作ったところで印刷工房はなかなか増えない」

「え？　どうしてですか？　印刷工房が増えてくれないと本も増えないじゃないですか」

「まず、購入層が少ない。植物紙の工房自体もまだ少ない。印刷用インクの作り方さえ広がっていない。ないない尽くしだから、協会だけ作っておいても俺は大して忙しくない」

植物紙協会は既得権益《きとくけんえき》もあったし、他に新規参入される前にベンノ自身が工房を作ろうとしていたので非常に忙しくて大変だったが、印刷協会は印刷のための材料が揃《そろ》わないので当分は増えないらしい。

「印刷まで頑張ったのに本が増えないなんて何ということでしょう。ベンノさんが忙しくないのはよかったですけど、印刷協会が繁盛《はんじょう》しないのは全く嬉しくないです」

「印刷協会が忙しくなるかどうかは、お前の本がどれほど受け入れられるかにかかっている」

カリカリと書類を作成しながらベンノは呟く。わたしは識字率《しきじりつ》と購買層を考えて答えた。

「子供用聖典は小さい子供のいる貴族……特に、それほど裕福ではない下級や中級の貴族に売れると思います。だから、これからしばらくは神様の話や騎士の話で絵本を作る予定なんです」

熱で寝込んでいる間に考えた。トロンベ討伐の時に騎士団が使っていた魔法の武器や癒しの儀式や神の祝福のことを。全員が持っていた光るタクトは多分魔力を使うための触媒《しょくばい》で、その形を変化させるのは魔力があれば難しいことではない。けれど、神の祝福であったり、癒しの儀式であったり、大がかりな魔法だか魔術だかを使うには神の名前が必要になるはずだ。

わたしの祝福も神の名前を唱《とな》えたことで偶然できたし、覚えるのが大変だったお祈りの言葉にも神の名前が出てきた。武器に闇の神の祝福を得るにもお祈りが必須だった。つまり、貴族社会において、大規模な魔法を使うためには神の名を覚える必要がある。

「貴族は絶対に神様の名前を覚えなきゃダメなんです。それに、貴族と付き合いがあるような大店の店員も神々の名前は覚えなきゃダメですよね？　ベンノさんも神官長への挨拶の中で神の名を使っていたんですから。そういう勉強のために、と売り文句を付ければ貴族と大店の商人には売れると思います」

「……少しずつ貴族を知ってきたお前が言うのだから着眼点は悪くないと思う。だが、今のままでは見た目が良くない。やはり、革の表紙にした方が良い」

ベンノの指摘にわたしはゆっくりと首を振った。

「いえ、マイン工房の本はあのまま行きます。革の表紙が必要な人は従来通りに自分で革細工の工房に持ち込んでもらった方が良いと思います」

「その理由は？」

ベンノが赤褐色《せきかっしょく》の目を鋭く光らせる。わたしはピッと人差指を立てた。

「一つ目は仕事の分散《ぶんさん》です。ギルベルタ商会を通して発注することになれば、一つの工房に依頼が集中するじゃないですか。納期や品質の維持、競争原理を考えても一つの工房が仕事を独占するのは良くないです」

「そういえば、お前は専属《せんぞく》を決めるのが嫌いだったな」

イタリアンレストラン関連のやりとりから、ベンノの中でわたしは専属を持つのが嫌いということになっているらしい。でも、別に専属が嫌いなわけではない。

「贔屓《ひいき》する店があるのは別に構わないんです。でも、その工房が仕事を抱えすぎているとわかっているのに、余所《よそ》に頼めない融通《ゆうずう》の利かなさが嫌なだけです。それに、一点に仕事が集中するのは余計な諍《いさか》いの元になると思います」

わたしが唇を尖《とが》らせると、ベンノはフンと鼻を鳴らした。

「次は何だ？」

「二つ目は客の好みです。高いお金を払う本なら、自分の好きにしたいでしょう？　だったら、客の好きに作ってもらった方が満足度は高いと思います。こちらが適当な革張りの表紙を付けるより、中身だけを提供した方が表紙を剥《は》がす面倒もなくなるでしょう？　マイン工房の本は糸で綴《と》じてあるだけですから、解くのも容易《たやす》くて加工しやすいんです」

二つ指を立てて説明しながら、わたしは第二弾の製本について考える。せっかく作った膠《にかわ》を使って、背をきっちりと付けるつもりだったが、加工することを前提にするならば、今までと同じように糸で留めただけの状態が良いかもしれない。

「三つ目は時間です。表紙を立派にすれば一冊を作るのに時間がかかります。マイン工房の利点は一気に同じ本が短い期間でできることなので、表紙作りに時間をかけるのは数を揃えるという点で悪手です。それに、表紙に時間をかけるよりは本の種類を増やしたいです」

わたしは立派な本を一冊より、たくさんの本が欲しい。できあがるまで長い時間待つのも嫌だ。完全に私情であることは理解しているが、そこは譲りたくない。

「四つ目は価格です。安くないと、ただでさえ狭くて少ない購買層が広がりません。ひとまず本を買ってもらうのが一番大事です。それに、見栄を張りたい貧乏貴族でも、これから加工してもらうけれど贔屓の工房が忙しくて、と言い訳できれば購入可能ですし、わたしみたいに内容が必要で、表紙に関心を示さない客もいるはずです」

わたしが表紙を革張りにしない理由を並べたてると、ベンノは複雑な表情になった。

「お前がなるべく本の価格を下げて広く売りたいという情熱はわかった。なるべく価格を吊り上げて、利益を独占したい商人の思考とは全く逆だがな」

商品価値を上げるために見た目には気を配り、なかなか購入できない焦《じ》らしで価値を高め、少しでも値段を吊り上げて利益を得るのが普通だとベンノは言う。

「……わたしのやり方ではダメですか？」

「いや、この街だけで商《あきな》うならばともかく、あちらこちらで広く商っていこうと思えば、それほど悪くはない。今までの本と違う面を前面に押し出していくのもいいだろう」

ベンノは一度目を閉じた後、商人としての鋭い赤褐色の目でわたしを見据《みす》える。

「これは商人としての勘だが……本に関してはなるべくお前の好きにさせた方が良い気がする。だが、今までの常識とは違うから俺が納得できる理由をお前から引き出したかったんだ」

ベンノはそう言って、マイン工房の本を和綴じのまま売ることを許可してくれた。

「じゃあ、いっそ薄利《はくり》多売《たばい》でいきましょう」

「いや、利益はきっちり取る。その上で広く売るんだ、阿呆」

……むぅ、ベンノさんの利益優先はぶれないな。

申請書類ができあがる頃になって、ルッツがバッグに本を入れて戻ってきた。それをベンノに売って、わたしは大金貨三枚を手に入れた。本を安くするにはまだまだ時間がかかりそうだと溜息《ためいき》が出る反面、懐が潤《うるお》って安堵《あんど》の息も漏《も》れる。これで雪が降り始めるまでにもう少し孤児院にも自分の部屋にも食料が買い込めそうだ。

「マイン、商業ギルドに行くぞ」

ルッツに本を持たせて、歩くのが遅いわたしをいつものように抱き上げて、ベンノは商業ギルドへと向かう。店を一歩出れば、収穫された農作物を載せた荷馬車が通りを行き交っていた。冬支度の始まった街には農作物を売りに来る農民が増え、大量の買い物をする人がいて、普段よりずっと人が多い。そこにあちらこちらの家から蝋燭《ろうそく》を作る牛脂《ぎゅうし》の臭いが漂ってきて臭い。

「ねぇ、ベンノさん。貴族向けに臭いが少ない蝋燭って売れると思いますか？」

お金持ちの貴族は蜜蝋《みつろう》を使っていると聞いているが、お金を節約したい貴族にならば売れるかもしれない。孤児院で作ったハーブ入りの蝋燭を思い出して尋ねると、ベンノは何を言い出すんだ、と言うようにぴくりと眉を上げた。

「臭いが少ない蝋燭、だと？」

「あぁ、あのエンセキして薬草を混ぜ込むやつか。まだ使ってないからわからないけど、蝋燭自体の臭いも普通のより少ないよな」

「ルッツ！　報告されてないぞ！」

ベンノの怒鳴り声にルッツは翡翠《ひすい》のような目を丸くした。

「え？……孤児院の冬支度について報告した時に話しました。同時にしていた膠《にかわ》作りに意識がいって、旦那様が聞いていなかったんだと思います」

「あぁ……あり得るな」

ベンノにとっては、蝋燭作りより膠作りの方が珍しくて興味を引かれるものであったらしい。ここにも膠はあるけれど、必要な時に必要な分を買ってくることが多く、商品作りに必要な工房でもない限り自分で作りはしない。

「ウチの周りで『塩析《えんせき》』していないのは貧乏だからで、富豪層が買ってる蝋燭は『塩析』されてるのかな、と思ったんです。ベンノさんが使っている蝋燭は薄い黄色ですか？　白ですか？」

「薄い黄色だな。牛脂と蜜蝋が半々だが……」

「じゃあ、富豪層が買う蝋燭も『塩析』はされてないんですね」

ベンノの冬支度はお金で済む分はほとんどお金で済ませると言っていた。そんなベンノが塩析された蝋燭を知らないならば、この街にはないと考えていいだろう。

「ウチはわざわざ作らずに買うから、蝋の工房か協会に製法を売った方が良さそうだな」

「じゃあ、春になったら蝋の工房に行って情報を売って、ロウ原紙作りに協力してもらいます」


蝋燭の話をしながら、人の出入りが激しくなっている商業ギルドの二階を抜けて、わたし達は三階へと上がっていく。そして、受付でベンノが印刷協会の登録の話をしていると、見習い姿のフリーダが奥から出てきた。桜色のツインテールを揺らして、ふわりと微笑むフリーダは夏の初めに見た時より背が伸びたせいか、ずっと大人びた雰囲気になっている気がする。

「まぁ！　マイン、ごきげんよう」

「フリーダ、久し振りだね。カトルカールの売り上げはどう？」

最後にフリーダと会ったのは夏にあったカトルカールの試食会だ。試食会は大成功でカトルカールの名前も味も、作ったイルゼとフリーダの名前も売り込めたという話を聞いている。

「売れ行きは絶好調ですわ。貴族の方々にも好評ですのよ。他のお菓子はないのか、という声も聞こえてくるほどです。マイン、何かございません？　適正価格で買い取りますわよ？」

ニコニコと笑いながらレシピをねだるフリーダから視線を外してベンノを見た。目が合った途端、くわっと目を剥《む》かれたので却下されたと理解する。少し前までの金欠状態の時だったらホイホイ売っていただろう。懐具合の余裕は大事だ。

「ベンノさんに怒られそうだし、今日は懐具合も潤ってるから、また今度ね」

隣にいるベンノが許可を出さないとわかっていたようで、それほど残念でもなさそうな表情で「あら、残念ですこと」と言いながらフリーダは頬に手を当てた。

「……マインが神殿に入ったと聞いて心配しておりましたけれど、元気そうですね。身食《みぐ》いの熱はもう平気なのかしら？　契約してくださる貴族の方は見つかったのかしら？」

「心配してくれてありがとう。身食いの方は今のところ大丈夫。貴族との契約の予定はやっぱりないよ。わたしは家族と一緒にいたいから」

「そうですの？　お申し込みはたくさんあるでしょう？」

不思議そうにフリーダが首を傾げる。わたしも同じように首を傾げた。貴族から契約の申し込みなんてされたこともない。

「申し込みもないし、契約する気もないからいいんだよ。それにね、春になったら弟か妹が生まれるの。わたし、お姉ちゃんになるのに貴族と契約なんてしていられないでしょ？」

今契約してしまったら、これから生まれてくる赤ちゃんの顔を見ることもできなくなってしまう。そんな状況は絶対に嫌だ。

「まぁ、おめでとうございます、とお母様にお伝えしてちょうだいね。それから、暇《ひま》があれば遊びにいらして。イルゼも待っているのよ」

「……うーん、しばらくは忙しいの。やることいっぱいで」

神殿に行き始めてからはものすごく忙しい。倒れて休んでいる日を除いたら、家でダラダラしている日なんてないくらいにやることがいっぱいなのだ。

「マインが忙しいのは新しい協会の設立に関係があることかしら？」

「そうだよ。わたしが一番やりたいことだからね」

今は厚紙を切って版紙を作っているけれど、ガリ版印刷もしたいし、活版印刷にも手を出したい。紙の改良もしなければならないし、インクの改良も必要だ。頭の中は本のことでいっぱいで、忙しいけれど楽しい。

「マインが一番やりたいこと……本、ですの？」

「うん！　初めての本ができたの。これからいっぱい作って売るんだよ。フリーダも買ってね」

そう言うと、フリーダは苦笑しながら「実物も見ずに、購入のお約束はできませんせん」と緩《ゆる》く首を振った。知り合いでも買ってはくれない。さすがベンノが警戒する商人見習いである。わたしはルッツの持っている荷物から子供用聖典を一冊取り出してフリーダに差し出した。せっかくなので、お嬢様育ちで商人としても鋭い目を持っているフリーダからの評価を知りたい。

「これ、実物だよ。どう？」

同じように本の評価が気になるのか、手続きをしていたベンノが手を止めてフリーダへと視線を移した。フリーダの目が商品を見る商人の目になり、本を見つめる。

「……確かに本ですわね。でも、中身だけですの？」

パラパラと中身を見ながらフリーダが問いかける。一応花の表紙を付けているけれど、ここの本に慣れている人にとっては、紙の表紙は表紙ではないらしい。

「その花の紙が表紙だよ。革の表紙は各自で贔屓の工房に持ち込んで、好きなように作ってもらうことにするの。贔屓の工房がなければギルベルタ商会から紹介することもできるけどね」

ギルベルタ商会の紹介する工房以外でも作れるというのは良いですわね、とフリーダがベンノをちらりと見ながら言った。

「マイン、この本、おいくらですの？」

フリーダの言葉にわたしはベンノに視線を向けた。ベンノがどれだけ自分の利益を上乗せするつもりなのか、わたしは知らない。

「小金貨一枚と大銀貨八枚だ。買うか？」

「ええ、いただきます」

即決したフリーダがベンノとカードを合わせて子供用聖典を買う。即座に買えるフリーダもすごいが、本一冊で大銀貨三枚の利益を得るベンノもすごい。もう少し値段を上げてこちらの利益をもっと確保した方がよかったかもしれない。自分が商人になりきれないことにガックリしているわたしに、フリーダはパタリと絵本を閉じてニコリと微笑んだ。

「マイン、次の絵本はそれぞれの季節の眷属《けんぞく》について詳しく書かれた絵本が良いわ。わたくし、五神の眷属を覚えるのが大変ですの」

今回の子供用聖典は最高神と季節に関係する五柱の大神の話だ。五神の眷属に関しては出てきていない。フリーダは自分の要望を述べることで富豪の子供や貴族の子供がどういう知識が欲しいかを提示してくれた。このような要望があると次の絵本が作りやすくて良い。

「ありがとう、フリーダ。次は眷属の絵本を作ってみるよ」

わたしは書字板を出してメモしておく。その様子を見ていたフリーダが軽く目を見張った。書字板を覗き込んで鉄筆《てっぴつ》に目を留める。

「マイン、それは何ですの？　またベンノさんが権利を持っていますの？」

「……本当に利に敏《さと》いお嬢さんだな」

一瞬で書字板に目を留めたフリーダを見下ろして、ベンノが感嘆《かんたん》の溜息を、フリーダは落胆の溜息を吐いた。

「ベンノさんより先にマインを押さえられなかったのが残念でなりませんわ。いくら利に敏くても全く役に立っていないではありませんか」

ヨハンの課題

その後、フリーダと軽く世間話をしている間に、ベンノは手続きを終えた。登録の完了までには日数がかかるので商業ギルドでこなす仕事は終了だ。

「またね、フリーダ」

わたしはフリーダに手を振って、階段を下りるまでは自分で歩いた。しかし、二階は人が多いので、もみくちゃにされないようにベンノに抱き上げられて進むことになる。さっさと突っ切ろうとベンノが足を踏み出した時、二階の人ごみの中から大きな声が響いた。

「待って！　待ってください！　ギルベルタ商会のお嬢さん！」

その声にわたしはベンノと顔を見合わせる。

「……コリンナさんには熱烈なファンがいるんですね」

「阿呆。俺が抱き上げているんだから、お前しかいないだろう。現実逃避するな」

……だって、こんな人の多いところで大声で呼ばれて、ギルベルタ商会のお嬢さんでもないのに、返事なんてしたくないもん。

「周囲の視線が痛いから外に出ましょう。本当に用事があるなら追ってくると思います」

ベンノを急かして、わたし達は早足で商業ギルドを出た。大声の持ち主は予想通りわたし達を追ってくる。ギルドの建物を出たところにある中央広場で、ベンノは立ち止まり、わたしを下ろした。

くるりと後ろを振り返れば、明るいオレンジ色の癖毛《くせげ》を後ろで一つに縛った十代半ばの少年が、ギルドの建物から飛び出してきて駆けてくるのが見える。

……あ、ヨハンだ。

そういえば、ヨハンに注文する時はいつもギルベルタ商会の見習い服だった、と思い出しているうちにヨハンはわたしの目の前まで来ていた。

「何か用か？」

わたしの後ろに立ったベンノの声にヨハンは息を整えながら、冬支度のために大勢の人が行き交う中央広場の噴水前で跪《ひざまず》いた。

「ギルベルタ商会のお嬢さん！　オレのパトロンになってください！」

……何事⁉

周囲の視線がちくちくと刺さってくる。ひそひそとした声で「まぁ、何？」「どうしたのかしら？」と言われているのがわかって、ものすごく居たたまれない。

「あの、ここは人目もあるし、お話がしにくいからヨハンの工房へ伺っても良いかしら？」

「駄目だ。話をするなら、ウチの店でしろ」

ヨハンの工房へ行こう、と提案したらベンノが店に来るように言った。ヨハンがわたしのことをギルベルタ商会のお嬢さんと勘違いしているようなので店から離れた方がいいかと思ったのだが、ベンノはそれを許さなかった。

「お前が今度は何に首を突っ込むのか、把握《はあく》しておいた方が良い。俺とルッツの前で話せ」

「わかりました。じゃあ、ヨハン。ギルベルタ商会に来ていただける？」

わたしが声をかけると、ヨハンは顔を輝かせて立ち上がった。

「もちろん。お嬢さん一人が工房に向かうなんて、父親が心配するのは当たり前じゃないか」

「親子じゃない！」

わたしとベンノさんの声が揃った。仰天《ぎょうてん》して目も口もポカンと開けているヨハンの前へ、わたしはずいっと一歩進み出てヨハンを見上げる。

「わたしはマインです。ベンノさんにはお世話になっていますけれど、ベンノさんとは親子でもないし、ギルベルタ商会の見習いでもありません」

「へ？　でも、ギルベルタ商会の見習い服を着てるし、商業ギルドのカードも持っていて……」

動揺しながらも、親子認定した理由をいくつか述べるヨハンの顔色が一気に悪くなっていき、「親子じゃない？」と呆然《ぼうぜん》とした様子で呟いた。

「マインは俺が後見をしている工房長だ。お前の年なら例の試験だろう？　話は聞こう」

ベンノが仕方なさそうな顔でそう言うと、わたしを抱き上げてスタスタと歩き出す。こういうことをするから親子扱いされるのに、ベンノはわたしの歩調に合わせるのがよほど嫌なようで行動を改めようとしない。後ろを付いてくる者のことは考慮していないベンノの速度に、ヨハンが早足で続き、ルッツは小走りになって付いてくる。

「なぁ、あの二人は本当に親子じゃないのか？」

「違う。旦那様は独身だ」

諦めきれないようなヨハンの声にルッツが呆《あき》れたような声を出した。ベンノにもしっかりと小声の会話は聞こえていたようで、じろりとヨハンを睨む。ヨハンがビクリと身体を竦《すく》ませたのが、ベンノの肩から見ていたわたしにはわかった。

店の奥の部屋に入ると、ルッツがお茶を淹《い》れるためにマルクに連れられて奥の階段を上がっていく。鍛冶工房の職人であるヨハンは大店の旦那の執務部屋に通されたことなどないのだろう。恐れ多そうにおどおどと周りを見回しながら勧《すす》められた椅子に座った。衆目《しゅうもく》を集める広場で「パトロンになってください！」と叫んだのと同一人物だとは思えない。

「ベンノさん、例の試験って何ですか？」

よいせっ、と椅子によじ登ったわたしがテーブルに身を乗り出すように尋ねると、ベンノはすいっと視線をヨハンに向けた。

「ヨハン、お前の用件だ。お前が説明しろ」

ベンノに睨まれたヨハンがビクッとして、姿勢を整える。わたしとベンノを何度か見比べながら言葉を探すように視線をさまよわせた。その後、ゆっくりと口を開く。

「……鍛冶協会では見習いダプラが成人になる時、一人前と認められるための課題があるんだ」

ヨハンはそれほど口が達者な方でもないようで、言葉を探しながら静かな口調でポツポツと話し始める。鍛冶協会の課題は工房に来る客の中で自分の腕を認めて出資してくれるパトロンを成人式までに捕まえて、パトロンが指示した物を一年以内に作るというものらしい。

パトロンが求める物は武器であったり、日用品であったり様々だが、この課題で一番重要なのは自分で自分の腕に出資してくれるパトロンを探すことだそうだ。作り上げたものの品質、出資したパトロンの満足度はもちろん、パトロンはその先、工房を維持するためにも必要なため、どのようなパトロンが捕まるかというのも採点基準となる。そして、この試験に失格するとダプラ契約は打ち切られ、ダルア契約に落とされることになる、とヨハンは語った。

「ヨハンは腕が良いから、パトロンくらいすぐに見つかるのではないの？」

不思議に思って尋ねると、ヨハンは俯いてゆっくりと首を振った。

「オレは……細かくこだわりすぎるから、あまりお客さんから受けが良くないんだ」

注文してくる物に細かい指示を欲し、しつこく質問を繰り返すヨハンは、細かく聞かなければ作れない腕の持ち主だと判断されるそうだ。大雑把《おおざっぱ》な注文でも客の欲する物を作れるのが良い腕の持ち主というのはある一面では正しいのかもしれない。けれど、ヨハンは細かい指示に完璧に従うことができるくらいに技術があるので、工房に来る注文で細かい部分を今ではほとんどヨハンが担《にな》っているらしい。当然のことながら、鍛冶工房としてはヨハンを手放したくはないけれど、協会からの課題で結果が出せなければどうしようもない。

「鍛冶協会でパトロンが決まっていない見習いダプラはオレだけで……。秋の終わりには成人するのに本当に困ってて……」

ここでは季節の初めに洗礼式があり、季節の終わりに成人式がある。ヨハンが秋に成人式ならば秋が深まっている今、パトロンを探すために残された時間は本当に少ない。

「お待たせしました、旦那様」

ルッツとマルクがお茶を持って下りてきた。お茶を配るとマルクは一礼して部屋を出ていく。ルッツはベンノの後ろに立った。コクリと一口お茶を飲んだベンノがちらりとヨハンを見る。

「マインは工房長だが、見るからに子供だぞ。お前のところの親方も難色を示していたはずだ」

ヨハンは身の置き所がないように身体を縮めた。

「確かにそうだけど、オレのために細かい設計図を持ってくる客はお嬢さんくらいで……」

本来ならばわたしは未成年なので、パトロンにするのは周りが反対するらしい。未成年が使えるお金などたかが知れているからだ。しかし、わたしは何度か大口の注文をしてきた実績があり、自分のカードを持っていてヨハンの腕を買っている。おまけに、ヨハンの細かい質問に嬉々として応じ、腕を褒《ほ》め、複数回ヨハンを指名した。ヨハンを指名して仕事を注文した時点で、わたしはパトロンの資格を有することになったらしい。ただし、未成年なので親なり、保護者なりの許可と保証は必要だそうだ。

「パトロンになってくれそうな人はギルベルタ商会のお嬢さん以外にいない。駄目でも仕方ないが一回は頼んでこい！　と親方に工房から追い出されたんです」

大店のお嬢さんならば、父親に頼み込めば表向きのパトロンになってもらえるかもしれない。そうして、ギルベルタ商会にパトロンになってもらえれば自分も箔《はく》が付く。

「それなのに、まさか、親子じゃなかったなんて……」

ヨハンはガックリと肩を落とした。ベンノが工房だけではなく、商業ギルドでもわたしを抱き上げて移動したり、ルッツと二人で見習い服を着て高額の注文に来たりしているところで、完全にギルベルタ商会のお嬢様認定していたそうだ。そういえば、周りから見ると親子に見える、とオットーも前に言っていた。年齢差を考えれば妥当《だとう》なのかもしれない。だが、独身のベンノにとっては苛立《いらだ》ちを感じるようで険しい目でわたしを睨んだ。

「マインが俺の娘なわけがない。俺が親だったらこんなボケボケした危機感のない考え無しには育てん。せめてコリンナくらいの注意深さは身につけさせる」

独身でも親を早くに亡くして妹を教育したベンノの言葉に、むぅっとわたしは唇を尖らせた。精一杯ベンノを睨んだが、わたしと親子扱いされたベンノの方がむすぅっとしている。

「あの、親子じゃないならパトロンは無理だろうから……」

険悪な空気を読みとったヨハンは諦めた顔でそう言って立ち上がろうとした。わたしはその袖《そで》をハシッとつかむ。パトロンなんて関係なしに頼みたいことがあったけれど、ヨハンがパトロンを探しているならば、これは好機だ。

「ベンノさん、ベンノさん。うふふ～。……わたし、ヨハンに作ってほしい物があるんです」

ヨハンの袖をつかんでわたしがベンノに笑顔を向けると、ベンノは予想済みだと言うようにこめかみに手を当ててゆっくりと息を吐いた。

「わかった。後見人として許可を出し、俺が保証人になろう」

ベンノはパタパタと軽く手を振って許可を出してくれた。あまりにも簡単に許可が出たことに驚いたのは、むしろ、ヨハンの方だ。

「あの、保証人はパトロンのお金が尽きた場合、代わりに……」

「お前な、商売人が保証人の意味も知らんはずないだろう？　心配はいらん。マインの場合、お金がなくなる心配がないから、保証人になるのも躊躇《ためら》う必要がないんだ」

たとえお金が足りなくなっても今印刷している絵本を売ればすぐに元が取れるし、臭いがしない蝋燭の作り方を売るだけで出資分くらいはすぐに回収できる、とベンノが肩を竦めた。

「金の心配がない、という意味では良いパトロンを引いたぞ、お前」

大金持ちのパトロンは誰もが喉から手が出るほど欲している。ヨハンはベンノの言葉にぱぁっと顔を輝かせた。

「すごいです、お嬢さん！　オレのパトロンになってくれるか、マインちゃん……さん？」

わたしを見て呼び方をどうするか考えあぐねるヨハンの頭をベンノがベシッと軽く叩いた。

「おい、パトロンには様付けが基本だろう？　年齢と見た目からはマインに様付けなんか似合わんが、曲がりなりにもお前のために出資してくれる相手だぞ」

「すみません。マイン様」

ヨハンは慌てて頭を下げる。わたしは軽く笑って、気にしなくていいよ、と手を振った。呼び方なんて別に何でも構わない。大して重要なことではないからだ。わたしにとって重要なのはヨハンにこれから作ってもらう課題作品である。

「では、ヨハンに作ってほしい物の設計図と一覧表は明日にでも工房に持っていきますね」

今日、これからの時間、腕によりをかけて設計図と作り方をまとめようと思う。腕が鳴るわ、と気合いを入れているとヨハンが驚いたように目を瞬《またた》いた。

「え？　い、一覧表？　あ、あの、試験のために作る作品は一つだと決まっているんですが？」

「うん、一つで間違いないです。金属活字を作ってもらうから全て揃って一つですもの」

ここで使われている基本文字三十五文字には、アルファベットの大文字小文字、日本語ならひらがなとカタカナのように、同じ音で二種類の文字がある。当然、両方の活字を作ってもらう。母音《ぼいん》は五十ずつ、子音《しいん》は二十ずつあればひとまず足りるだろう。

「わたしがパトロンになるなら、作ってほしい物は金属活字。細かくて量が多くてとても大変だと思うけれど、どうしますか？　ヨハンはわたしをパトロンにして後悔しません？」

軽く活字について説明すると、思いもよらない課題だったようでヨハンは目を白黒させて助けを求めるようにベンノとルッツに視線を向けた。二人は顔を見合わせて軽く頷く。

「他人の言葉は注意深く聞け。金の心配がないという点では、良いパトロンだと言ったはずだ」

「マインの無茶振りについていけないと思うなら、最初から諦めて他のパトロンを探した方が良いぞ。いつもこんなんだから」

助言だか、追い詰めているのかわからないような二人の言葉にヨハンは膝《ひざ》の上で拳を握って、ぎゅっと固く目を閉じる。しばらくの逡巡《しゅんじゅん》の後、腹を括《くく》ったような強い目でわたしを見た。

「……お願いします。オレのパトロンになってください」

わたしはその日のうちに張り切って、設計図と作り方を詳細に示した依頼書を作った。そして、次の朝には工房に持ち込んだ。本当に昨日の今日で持ってくるとは思わなかった、とビックリしていたけれど、依頼書を見てやる気を燃やしていたので任せておいて問題ないと思う。

「ルッツ、これで活版印刷にまた一歩近付いたね」

「……楽しそうだな、マイン」

「ここを乗り越えたら活版印刷がぐぐっと近付くんだよ。ヨハンの活字ができたら圧搾機《あっさくき》を改造して印刷機を作るの。春になってからの仕事だけどね。冬の間にたっぷり稼がなきゃ」

インク協会と冬の始まり

秋も終わりに近付き、子供用聖典の第二弾が仕上がった。二十冊を教科書として取り置き、四十冊はベンノに売り払ったので、大金貨六枚が手に入った。ここ最近、金欠にあえいでいたが、一気にお金持ちである。そして、フランとロジーナがウチに来て、わたしの家族と冬の生活について話し合い、絵本で稼いだお金で更に冬支度を調え、充実させていった。

孤児院もわたしの部屋もウチも冬支度がほぼ終わり、いつ雪がちらつき始めてもおかしくない寒さになってきた頃、わたしは神殿からの帰り道にルッツから報告を受けた。

「マイン、午前中にインク協会の会長とインク工房の親方が来たって、旦那様が言ってた」

「……やっぱりインクの違いに気が付いたんだ？」

ギルベルタ商会から売られ始めた子供用の聖典は予想通り、貴族と繋がりのある富豪に少しずつ売れ始めたらしい。絵本を見れば、インクの違いは一目瞭然《いちもくりょうぜん》だ。少し青色っぽい発色になる没食子《もっしょくし》インクと煤《すす》と乾性油《かんせいゆ》から作った油絵具インクでは大違いなのである。

当然のことながら、インク協会はインクの違いに一日で気付き、新しいインクの製作者を探したが、協会内には該当者がいない。「製作者に心当たりがある」と言ったのは、わたしが見学させてもらったインク工房の親方だったらしい。

「ギルベルタ商会の子供が別の作り方のインクを知っていると言っていた」

その発言により、インク協会の会長と親方がギルベルタ商会へやってきたそうだ。「ギルベルタ商会は別のインク協会でも作るつもりなのか?」と、尋ねるために。

ギルベルタ商会にはすでに前科がある。羊皮紙協会に対抗して作られた植物紙協会と工房があり、やや安価な植物紙が出回り始めているのだ。正式な契約書は羊皮紙を使うと住み分けが決められているとはいえ、大量生産が可能な植物紙の方が売れ行きは良い。そんな中で製法の違うインクを使って、植物紙の絵本が売り出されたとなれば、既得権者に警戒されるのは当たり前だろう。

「明日はギルベルタ商会に来てほしいってさ。旦那様が話をしたいって言ってる」

「わかった」

わたしはいつものことだと気安く請け負い、次の日はルッツと一緒に神殿ではなく、ギルベルタ商会へと向かった。


「ベンノさん、おはようございます」

「おぅ、マイン。来たか」

ベンノに手招きされて、わたしはテーブルへ向かい、ルッツは奥の階段を上がっていく。ダプラ見習いのルッツは来客へお茶を淹《い》れる練習中なのだ。ルッツの背中を見送ってから席に着くと、ベンノも手を止めてテーブルの方へと向かってくる。わたしの正面に座って口を開いた。

「予想通りだが、インク協会が出てきた。お前、確かインクの製法を教えて、インクの生産は丸投げしたいと言っていたな？」

「はい。これ以上ベンノさんばかりが業績を伸ばしすぎても敵を増やすばかりですし、インク作りはギルベルタ商会の本業とは全く関係ないでしょう？　マイン工房で作る分を目零《めこぼ》ししてもらえれば、お金をもらって丸投げしちゃったら良いと思います」

印刷を広めようと思ったら、インクも大量に必要になる。自作だけではそのうち難しくなるだろう。だったら、できるところに丸投げしてしまえばいい。

「どのくらい金を取るつもりだ？」

「うーん、わたしが神殿に納めるのと同じくらい……利益の一割でどうでしょう？」

わたしが提案すると、ベンノが苦々しい顔になってゆっくりと首を振った。

「安売りしすぎだ」

「でも、広がっていけばどんどん利益が増えますし、植物紙と一緒で安く広く売りたいんです」

基本的に広げることしか考えていないわたしの意見を、ベンノは軽く手を振って却下する。

「せめて、最初の十年は三割にしておけ。次の十年は二割、その後はずっと一割。それくらいが妥当だろう。新しい技術はあまり安売りするな」

「わかりました。利益に関する話はベンノさんにお任せします」

これでも間違いなくベンノはわたしの意見に譲歩《じょうほ》してくれている。それがわかっているので、お任せだ。

「お茶をお持ちしました」

ルッツがお茶を淹れてきてくれた。緊張した面持ちでわたしとベンノの前にお茶をコトリと置く。

ベンノが検分するようにカップを手に取り、中のお茶を見た後で一口飲んだ。

「……まだまだだな」

「確かにまだまだですけど、ちょっとずつ上達してますよ。……ルッツ、今度フランに教えてもらう？　教え方が上手いみたいで、ギルもデリアも結構上達してきたよ」

「それもいいかもな。……ハァ」

ルッツもマルクに教えてもらって頑張っているが、まだまだ他の客に出せるレベルのお茶ではない。目下わたしで練習中なのだ。

「あとは契約魔術だが……」

「……使った方が良いんですか？」

大金がかかるので貴族が係わらない限り、普通は使わない契約方法のはずだ。わたしが今までベンノと契約魔術を使ったのは二回だが、どちらもベンノには貴族を牽制《けんせい》する意図があった。今回のインク協会に貴族は係わっていないはずだ。

「今回の場合、利益を得るための範囲が大きすぎるし、期間が長いからな。それと、個人的にインク協会の会長が信用ならん。使っておいた方が無難だ。個人ではなく、インク協会と契約する形でな」

「インク協会と契約ですか？」

法人のような考え方がここでもあるのだろうか。わたしが首を捻《ひね》っていると、ベンノはゆっくりと頷いた。

「そうだ。会長が代替わりしても契約を続けるために必要な手段だ」

個人と契約すると代替わりをして、自分は契約をしていないと好き勝手する輩《やから》がいたらしい。そういうことが何度もあって、ここでも法人のような考え方ができてきたそうだ。

「インクの製法は協会に売る。マイン工房で作る分には目零しする。植物紙と共に広げるためになるべく安価にする。こちらが得る金額は利益の三割。十年ごとに利率を変える。それで問題はないな？」

「このインクは羊皮紙では弾かれるので使いにくいということも、教えてあげてくださいね」

ベンノとルッツと三人で、こちらからの要求内容を確認していると、コンコンとノックの音がして、マルクが入ってきた。

「旦那様、インク協会よりお客様が二名、お見えになりました」

「ベルが鳴ったら通せ」

「かしこまりました」

了承《りょうしょう》したマルクが一度引っ込んだ。同時に、ベンノが厳しい顔をして立ち上がり、わたしを椅子から下ろす。そして、ルッツに向かって顎をくいっと動かすと、ルッツは無言で頷いて、奥の階段に繋がる扉を開けた。

「マイン、インク協会との交渉は俺がする。お前はなるべく顔を出さない方が良い。コリンナのところに行っていろ。後で契約魔術の用紙だけ持って行かせるから、上で署名するんだ」

「……どうしてですか？」

契約の場に契約する本人がいないというのは、あまり考えられないことだと思う。目を瞬くわたしにベンノは客がいるだろう店の方を睨んで、低い声で呟いた。

「工房の親方はまだしも、インク協会の会長は商売柄貴族と繋がりがあって、あまり良くない噂が多い人物なんだ。お前はできるだけ接触を避けた方が良い」

「わかりました。ベンノさんの言う通りにします」

ベンノが警戒するインク協会の会長が気になって仕方がなかったけれど、わたしはすぐさまルッツと一緒にコリンナの部屋へと行った。ルッツはわたしをコリンナの部屋に案内すると、契約魔術の契約書を持ってくる役目があるということで、下へと戻っていく。

「ルッツ、インク協会の会長がどんな人か、後で教えてね」

「おう、わかった」


ルッツを見送って、わたしはコリンナに向き直った。

「すみません、コリンナさん。転がり込んじゃって」

「いいのよ、マインちゃん。ちょうど良いから仮縫いさせてちょうだい」

「はい。大至急だなんて大変な依頼、すみません」

ふんわりとした柔和な笑みを浮かべながら、コリンナが応接室へと案内してくれるのについていくと、父さんと同じく今日は仕事が休みらしいオットーが廊下で軽く手を振りながらこちらを見ていた。

「まったくだよ、マインちゃん。コリンナは身重《みおも》なのに、上級貴族からきつい仕事が回ってくるなんてさ」

「オットー、お仕事のことに口を出しては嫌だと何度も言ったわよね？」

「君が心配なんだ、コリンナ」

コリンナがきつく睨んでもオットーは全く懲《こ》りない。相変わらずのラブラブっぷりだ。まるで聞き分けのない子供を諭《さと》すように、邪魔しないでと言い含めてオットーを部屋から追い出したコリンナを見ていると、オットーこそコリンナの頭痛のタネになっているのではないか、心配になる。

「わたしもコリンナさんが心配です。オットーさん、暴走してませんか？　父さんとオットーさんの家族愛の暴走っぷりがそっくりだって、門では評判だったんです。初めての子供にオットーさんが浮かれてコリンナさんが大変なんじゃ……」

「まぁ、そんなふうに言われているの？　では、マインちゃんのお母様も大変なのね」

フフッと笑いながらコリンナは青い生地を持ってきて、大きなテーブルの上に広げ始めた。

「儀式用の衣装はできそうですか？……時間、足りないと思うんですけど」

「確かに大変よ。工房は大忙しですもの。でも、上級貴族からの依頼はまだ少ないから、針子《はりこ》達が張り切ってくれているのよ。代金もはずんでくださったから」

前の衣装を作るために生地を染める時、別の依頼のドレスにも使うために余分に生地を染めていたらしい。今回はそのドレス用の生地を使って、工房フル稼働で刺繍《ししゅう》をしてくれたと言う。

「ドレスは別布で仮縫いをしてから本縫いに入るから、これから生地を染めても大丈夫なくらい、期日に余裕があるの。大至急と言われたから、マインちゃんの儀式用の衣装は別布の仮縫いなんてしている余裕はないけれど、この間作ったばかりだから体格も変わっていないわよね？」

コリンナはそう言いながら、ところどころに待ち針の付いた青い布を着せていく。大きなお腹がつかえて苦しそうだ。

「ごめんなさい、マインちゃん。ちょっと下働きの女性を呼ぶわね。一人では少し苦しいの」

「もうお腹大きいですもんね。そろそろですか？」

「えぇ、冬の半ばと言われているの。元気な子でよく暴れるのよ。男の子かしら」

チリンと下働きの女性を呼ぶためのベルを鳴らしながら、コリンナがそっと大きなお腹を撫でる。ベルの音に「コリンナ、呼んだかい？」と言いながら嬉々《きき》として入ってきたのはオットーだ。コリンナの呆れた表情にわたしは思わず笑ってしまう。

「いやぁ、マインちゃんがベンノを掻っさらっていく以上、俺もこういう仕事の現場を見ておいた方がいいと思うんだよね」

「あの、オットーさん。わたしがベンノさんを掻っさらうって、どういう意味ですか？」

わたしみたいな非力な子供がベンノのような成人男性をさらえるわけがない。

「どういう意味も何も、そのままさ。ベンノはこのままマインちゃんの後見人として商売を広げていくつもりなんだ。そのために俺は今、ギルベルタ商会の仕事を叩き込まれ中」

そう言って肩を竦めつつ、オットーはコリンナの手伝いをしている。その姿はなかなか様になっていて、オットーの努力が目に見えるようだった。

「オットーさん、兵士だとは思えないほど、手慣れた感じに見えます。この分なら、オットーさんがコリンナさんと一緒にお店に立てるようになる日も近いんじゃないですか？」

「……まぁ、数年はかかるだろうけどね。コリンナと赤ちゃんのためにも俺はやるよ」

「はいはい、口より手を動かしてちょうだい」

オットーに指示を出し、コリンナは仮縫いを終わらせる。丈は問題なく、仕立て方も前と同じようにしてもらうことで話は終わった。

コリンナがオットーを追い出して、仮縫いで乱れたわたしの髪を整えたり、わたしが上着を着たりしていると、奥の階段の方でコンコンとノックの音が響き、「マルクです」と名乗る声がした。

マルクを出迎えるための足音がカツカツと奥に向かっていくのが聞こえる。

急いで身嗜《みだしな》みを整えてわたしが頷くのと、応接室の扉がノックされるのはほぼ同時だった。

「どうぞ、入って」

「コリンナ様、マイン、失礼いたします」

契約書を持ったマルクとインク壺《つぼ》を持ったルッツが入ってきた。

マルクの手で丸テーブルに契約魔術の契約書が広げられ、項目を一つ一つ確認される。契約書の内容はベンノと話し合った物とほとんど一緒だった。こちらに有利な数字になっている分はベンノが交渉で勝ち取った部分だろう。ただ、一つだけ、見慣れない項目があった。「この契約内容をインク協会の規約に記すこと」という一文だ。

「マルクさん、この部分……契約内容をインク協会の規約に記すってどういうことですか？」

「協会の規約は協会に属する全ての工房で守らなければならない決まり事です。つまり、インク協会の規約として記されると、他の街のインク協会の規約にも記載され、そこの工房でも適用されるようになるのです」

契約魔術自体はこの街だけが範囲だが、協会の規約は他の街でも適用《てきよう》されるらしい。どの協会でも規約だけは統一されているそうだ。街ごとや工房ごとの細かい規則には違いがあるらしい。わたしは、規約が憲法のように全国統一で、規則が条例のように地方によって細かい違いがあるようなものだと理解する。

「でも、どうやって他の街のインク協会の規約に記載するんですか？　何か伝達方法があるんですか？」

「利益になるからこそ、新しいインクの製法を買い取るのです。ここのインク協会から近隣のインク協会へと製法を伝えるのは当然です。その製法と共に規約も改正されることになります」

マルクの説明にわたしは頷いてインクを手に取った。契約書にはベンノの名前とインク協会と書かれていて、会長自身の名前は書かれていない。そして、わたしは一番下に自分の名前を書き込んだ。

「ねぇ、ルッツ。インク協会の会長ってどんな人だった？」

「……嫌な目をしたヤツ。マインのこと、捜してた」

「え？」

ルッツはグッと拳を握って、声をひそめながら教えてくれる。

「おっさんが旦那様に言っていた。インク工房で別の製法のインクについて言い出したのは、子供だったはずだ。いるなら出せって。マインはここに隠れていて正解だと思う。オレとしては、ギルド長よりも嫌な感じだった」

ルッツが「ギルド長より嫌な感じ」と言うのだから、よほど嫌な雰囲気を持っているのだろう。ベンノからもルッツからも警戒されているのなら、わたしも警戒しておくのが無難だ。

「それより、マイン。ほら、手ぇ出せって」

ルッツがナイフを構えて、手を出すように言った。契約魔術に必要な採血を目前にして、うっと言葉に詰《つ》まりながら、わたしは手のひらを差し出す。指先に熱い痛みが走り、血がぷっくりと膨《ふく》れ上がった。その血を契約書に押し付けると、金色の炎に包まれて契約書は燃え尽き、契約は完了した。相変わらず不思議な現象だ。

「マイン様、旦那様の指示があるまで、ここでおとなしくしていてくださいね」

「わかってます、マルクさん」

その後はオットーからこの冬の予算の計算にわたしの手が借りられないことを嘆《なげ》かれ、コリンナとは生まれてくる赤ちゃんのことで話をして盛り上がっていた。ベンノが血相《けっそう》を変えて階段を駆け上がってきたのは、お昼ご飯の時だ。

「マイン、マルクにルッツを送っていかせて、父親と姉を呼んでもらうことになっている。お前は迎えが来るまでここから出るな！」

「……マルクさんがルッツを送っていくって、一体何があったんですか!?」

わたしは立ち上がってベンノのところへと駆け寄った。ベンノは眉間に力を入れながら、窓の外へ視線を向ける。

「商業ギルドへ使いに出したルッツが、妙な男達に絡《から》まれた。ギルベルタ商会の娘はどんな子供だ？と。契約書を持って上に上がれるダプラなら知っているだろう、と」

「契約書ってことは……」

わたしの言葉にベンノもゆっくりと頷いた。

「インク協会の人間だと思うが、契約が終わってから情報を探しているのが、理解できん」

有利に契約を進めるため、もしくは、何とか契約したくて相手の情報を探るなら理解できるけれど、すでに契約は終わっている。それなのに、わざわざルッツに絡んでこちらが警戒することが明らかにもかかわらず、探られる意味がわからない。わからないことが怖い。

「……裏に何があるのかわからん。最大限に警戒しておいた方が良い」

「はい」


「迎えに来たぞ」

「父さん、トゥーリ！」

仕事が休みだったため、おそらく急いで迎えに来てくれたのだろう、父さんとトゥーリが息を切らせながらやってきた。

「お呼び立てして申し訳ない」

呼ばれたベンノが上に上がってきて、父さんに向かってそう言った。

「いや、色々と手を尽くして娘を守ろうとしてくれたことには感謝している。一体何が起こっているのか、聞いても良いだろうか？」

「インク協会が動いていることは間違いないが、背後が俺にもまだよくわかっていない。契約が終わった今になって情報を探るのも、ルッツに絡むのも不自然だ」

ベンノの説明に父さんが目を険しくしたのがわかった。トゥーリが不安そうにわたしを見て、ぎゅっと抱きついてくる。

「安全を期すならば、マインは今から神殿に籠《こ》もらせた方がいいと思う。これは家族の判断にもよるが、少なくとも神殿にいればヤツらに手出しはできない。そして、こちらが情報を集める時間が稼げる」

「……うむ」

ベンノの言葉に重々しく頷いた後、父さんはきつく眉根を寄せて、わたしを抱き上げた。

「マイン、どうする？　神殿に向かうか？　家に帰るか？」

一人になりたくないとわたしが言えば、父さんは家に連れて帰ってくれるだろう。だが、ルッツや家族が見知らぬ者に絡まれる可能性は高くなる。

「……離れるのは嫌だけど、ルッツや家族に何かあったらもっと嫌だから神殿に行くよ。どうせそろそろ雪が降るし」

そうは言っても神殿で暮らすのは少し不安で、父さんの上着を握る手に力が籠る。

わたしはその日から神殿で冬籠もりすることになった。

冬籠もりと冬の手仕事

父さんとトゥーリに神殿の部屋まで送ってもらうと、フランが目を丸くして出迎えてくれた。家族とわたしを交互に見て、目を瞬いている。

「どうなさったのですか、マイン様」

「フラン、突然でごめんなさいね」

中に招き入れようとするフランを「デリアに聞かれたくないから」と止めて、戸口で軽く事情説明をする。インク協会の会長から情報を得ようと狙われていること、ルッツが見知らぬ男達に絡まれたこと、安全のために少し早いけれど神殿での冬籠りを開始することを話した。

そして、インク協会の会長の狙いが何か、そもそもわたし自身は会長の名前さえわかっていないこと、貴族と繋がりがあって悪い噂がある人物らしいので、デリアにはなるべく情報を漏《も》らさないように注意しておく。フランは難しい顔で一通りの話を聞いて、ゆっくりと頷いた。

「かしこまりました。神官長にも後ほどお話を通しておきましょう」

「フラン、こちらでも情報収集に励《はげ》むつもりだが、マインを頼む。様子は見に来る」

わたしの肩に置かれていた父さんの手に力が籠もる。フランは真っ直ぐに父さんを見返した。

「承《うけたまわ》りました。マイン様も心細いでしょうから、ぜひいらしてください」

「マイン、我儘《わがまま》を言って周りを困らせるなよ。それから、神官長にはきちんと話を通しておけ。上司との連絡がうまくいっていないと碌《ろく》なことにならんからな」

兵士らしい観点での注意事項に苦笑しながら、わたしは右手の拳で二回左の胸を叩いた。フッと父さんも表情を和らげた後、同じ仕草を返してくれる。トゥーリはギュッとハグして、不安そうに青い瞳を揺らしながらわたしを見つめた。

「じゃあ、マイン。わたし、次のお休みにはここに来るからね。それまでいい子にしてるのよ?」

「うん。待ってる」


父さんとトゥーリが帰っていくのを見送って、わたしは部屋に入った。自分の部屋とはいえ、神殿でのお泊まりは初めてで少し緊張する。夕飯を控えた時間に突然やってきたわたしに側仕え達は一様に驚いた。

「どうなさいましたの、マイン様」

「ちょっと事情があって、今日から神殿に籠もることになったの」

「事情って何ですの?」

首を傾げるデリアの質問にわたしはうーん、と言葉を濁《にご》す。

「貴族が関連している可能性があるから、詳しくは言えないの」

青の衣に着替えさせようとするデリアを「今日はもう出かける予定もないから」と押しとどめて、わたしは周囲を見回した。普段は帰ってしまっている時間なので、何をすればいいのか思い浮かばない。

「この時間、皆は何をしているの？」

ロジーナは一目瞭然だ。フェシュピールを弾いている。七の鐘までと時間が定められているので、鐘が鳴るギリギリまでいつも弾いているらしい。デリアはお風呂の準備をするようで、厨房《ちゅうぼう》からお湯を運んでいる。お風呂の時間は女を磨く大事な時間だそうだ。デリアの女子力の高さは見習わなければならない。

ギルはマイン工房でやったことやできた商品についての報告を石板に書いている。これはギルベルタ商会の商品管理方法に基《もと》づくもので、ルッツの指導のもと勉強中なのだ。フランは孤児院やこの部屋で消費した食料や日用品の報告をまとめて、補充《ほじゅう》依頼の準備をしていた。毎日様々な書類仕事があるのでフランは大忙しだ。これでも、ロジーナやヴィルマに割り振って楽になった方だと言う。

「……わたくしは神官長に面会依頼の手紙でも書きましょうか」

執務机に向かって神官長と話をするための面会依頼の手紙を書く。返事が来るまでに数日はかかるので、話ができるのは一体いつになるだろうか。

手紙を書き終わると、フリーダの意見を参考に次の絵本の構想を練っていく。それぞれの季節に関連する五神の眷属についてのお話をまとめることにした。

給仕されながら一人で豪華な夕飯を食べて、デリアに手伝ってもらって熱いお湯を贅沢《ぜいたく》に使ったお風呂に入り、一人でふかふかのお布団に潜り込んだ。広々としていて、どれだけ腕や足を伸ばしても大丈夫だ。ごろりと寝返りを打てばベッドサイドの棚には水差しとコップ、それから、側仕えを呼ぶためのベルが置かれているのが見える。

「おやすみなさいませ、マイン様」

「おやすみなさい、デリア、ロジーナ」

バサリと天蓋《てんがい》からかかるカーテンが閉められ、真っ暗で広いベッドに一人だけになった。おいしいご飯に、お湯をたっぷり使っても怒られないお風呂に、肌触りが良くて寝心地の良い広いベッドなのに、皆でお喋りをしながら家族で囲むご飯、トゥーリとふざけっこしながらの湯浴み、狭いベッドで少しでも寒くないように家族でくっ付いて寝る方が良いと思ってしまう。

……まだ一日も終わってないのにホームシックとか、カッコ悪い。

側仕えはいても、主と従者としての線引きはきっちりとしている。敬《うやま》った態度で接してくれるが、べったり甘やかしてはくれない。顔も知らない相手に狙《ねら》われて不安な時に一人でいるのは寂しくて仕方がなかった。

神殿の朝は遅い。

正確に言うならば、側仕えの朝は早い。けれど、支度《したく》が整って朝食の準備が終わるまで、主であるわたしは寝台から出てはならないようで、起き上がったら「もー！　声をかけるまで寝ていてくださいませ」とデリアに怒られた。貴族のお姫様は側仕えの仕事が終わるまで寝たふりをしていなければならないなんて初めて知った。こっそり起きて本を読んでいたら怒られるのだろうか。

「では、早速練習いたしましょうか」

軽い朝食を終えると、ロジーナと一緒にフェシュピールの練習だ。「マイン様がここで生活されると、いらっしゃるまで待つ必要がないのが素敵ですわね」とロジーナはイイ笑顔でフェシュピールを準備する。

わたしが練習を始める頃には、デリアとギルは部屋の掃除や水汲《みずく》みを始め、フランは神官長のところへ面会依頼の手紙と事情説明に行った。帰ってきたフランによると、情報を集めるまで部屋から出るな、と厳命されたらしい。しばらくは神殿どころか、部屋の中に籠もる毎日になるようだ。

三の鐘が鳴ったら音楽の授業はおしまいだ。部屋から出られないので、次回に作る絵本の構想を練ったり、デリアに字の書き方や簡単な計算について教えたりして時間を過ごす。

「マイン様は教えるのが意外とお上手ですわね。ギルよりもわかりやすいですわ」

「そう？　では、わたくしも神殿教室の先生ができるかしら？」

デリアに褒められることは滅多《めった》にないのでちょっと照れていると、フランが訝しそうな表情で「マイン様、神殿教室とは一体何でございますか？」と、わたしの言葉を聞き咎《とが》めた。

「字が読めない子達に字を教えて、字の読み書きができるように教育するための場です」

「……それは決定事項でしょうか？」

「えぇ、冬の間にやることとして予定に入っています」

フランは何度か瞬きした後、ゆっくりと頭を横に振った。

「マイン様、私は報告を受けていないと存じます。一体何をするつもりなのか、どのように進めるのか、ご説明ください」

「え？　でも、ここに書いてありますよね？」

　わたしは冬の予定表をピロンと取り出してフランに見えるように渡す。フランは予定表を見た後、軽く目を伏せて「これが神殿教室ですか」と呟いた。どうやら子供達への教育では通じていなかったようだ。トゥーリの裁縫教室や冬の手仕事のやり方を教えることが子供達への教育だと思っていたらしい。

「孤児院の子供に字を教えるって言ってもさ、マイン様に贈られたカルタと絵本があるから、ある程度読めるんじゃねぇ？」

　ギルが首を傾げ、わたしは、うっ、と言葉に詰まる。

「か、書くこともできるようになってほしいのです。読み書きができれば、側仕えになった時や貴族の家に下働きに行く時にも仕事がしやすいのでしょう？　それに、数を数えて計算できるようになれば、工房や孤児院の管理を自分達でできるようになりますよね？　知らないより知っていた方がいいと思うのです」

　ギルが昨日書いていた工房の管理の話をすると、皆は納得して頷いた。ギルはまだ大きな数が読めないようで、灰色神官に手伝ってもらいながら報告書を書いているらしい。

「マイン様、その神殿教室は一体どこで行うつもりですか？」

「男女ともにいられる孤児院の食堂で行います。わたくし、教師役をやりますね」

「教えるのは灰色神官にさせてください。マイン様がそのようなことをしてはなりません」

フランとロジーナが揃《そろ》って却下《きゃっか》した。わたしはやはり表に出てはならないらしい。

結局、授業の進行表のようなものを作成して、わたしがまず自室でデリアに先生役をする。それを見て、フランとロジーナが食堂で先生役をする。元側仕えの灰色神官達も教師役に巻き込み、フランとロジーナは適当なところで教師役を辞める、という流れで神殿教室を開くことになった。

……むーん、せっかく褒められたんだから、先生をやりたかったな。

神殿教室に関しては、冬の間に子供達全員が基本文字を書けるようになることと、一桁《けた》の足し算引き算ができるようになることを目標に設定した。石板も石筆もたくさん準備したし、教科書にするための子供用聖典もある。


だいたいの流れが決まったところで四の鐘が鳴り響く。昼食を食べてお茶を飲んでいると、ルッツが訪ねてきてくれた。

「マイン、大丈夫か？」

ベンノから周囲の様子や不審《ふしん》な人物の姿がないかチェックを受けた上で、ようやく許可が下りて様子を見に来てくれたらしい。わたしは階段を駆け下りて、ホールで手を振るルッツのところへ走る。

「ルッツ、ぎゅーってして」

「うぉわっ⁉」

わたしはルッツにドーンと飛び付いて、ハグを要求する。温もりに飢えているわたしに温もりを与えてほしい。子供の体に感覚がひきずられているのか、スキンシップが多い家族に慣れたせいか、本さえあればよかった麗乃時代と違ってひどく人肌恋しく感じるのだ。

「家族と一緒じゃなきゃ寂しいよ。もう帰りたい」

「まだ一晩しか経ってないぞ？」

わたしの愚痴《ぐち》にルッツが困ったように笑いを漏らすが、一晩でも寂しいものは寂しい。

「そのうち慣れるから、一番寂しい気分なのは今だもん」

「さぁ、どうだろうな？　これからもっと寂しくなるかもしれないだろ？」

「……どんどん寂しくなるなら、わたし、寂しくて死ぬかもしれない」

図書室に行かなければ本が読めないのに自室で缶詰にされているのだ。この部屋には自分で作った子供用聖典以外に本がない。こんな状態で家族もいない寂しさが続いたら、生きる気力をなくしてしまいそうだ。

「……マインは目を離したらすぐに死にかけるから、洒落《しゃれ》にならねぇよ」

「わたしも寂しいの我慢するから、ルッツも面倒なの我慢してちょっとわたしに付き合って」

「ハア、しょうがねぇな」

満足するまでわたしはルッツにしがみついていた。ルッツはわたしをしがみつかせたまま、ギルが昨日書いていた石板を自分の報告書と比べさせて、計算間違いなどを指摘している。

わたしがルッツに抱きついて心の安定を得ていると、側仕えには「はしたない！」とか「淑女《しゅくじょ》たるもの……」とか「どうせならもっと金持ちの貴族の男を選びなさいよ。もー！」とか「マイン様はルッツばっかり頼る」とか色々言われる。けれど、完全無視だ。これから先が長いのに、わたしの精神的な安定の方が大事に決まっている。

「あぁ、そうだ。マイン、工房でできることがなくなったけど、どうすればいい？　冬の手仕事を始めるか？」

子供用聖典第二弾の作製が終わり、版紙にするための厚紙は残っているが、絵本にできる紙はほとんどなくなったので絵本作りはもうできない。そして、川が凍りそうなほど冷たくなったことで紙作りは中断されている。ここ最近は冬支度とインク作りをしていたけれど、冬支度はほとんど終わり、原料となる煤《すす》もなくなりそうだと言う。

「じゃあ、手仕事の説明をするから、工房からリバーシ用の板と工具を持ってきてくれる？」

「わかった。ギル、行くぞ」

「おう」

ルッツとギルが板と工具を持ってきた。小ホールのテーブルでわたしはリバーシの作り方を説明する。

「ゲーム盤にするのはこの厚い方の板ね。これに物差しを使って煤鉛筆で真っ直ぐに線を書くの。八マス×八マスで」

わたしは板の上に自分の煤鉛筆でスッスッと線を引いていく。

「こうして線が引けたら、これで線を彫《ほ》っていってね」

彫刻刀の三角刀にそっくりの工具を指差して、わたしはそう言った。この三角刀は細工師に聞いて、鍛冶工房で注文したものだ。

「線に沿って彫れたら、その溝にインクで線を書いていくの。彫った上からなぞるから、はみ出すことは少ないと思うけれど、なるべくはみ出さないように気を付けて」

「わかった」

「その薄い方の板はゲーム盤のマスの大きさに合わせて、六十四に切って、やすりで磨きをかけて、手触りを整えてね。これは片面だけインクを塗ればできあがりだから、切ることができたら後は簡単。それから……」

将棋もどきというか、チェスもどきというか、木の板をリバーシと同じように切って、上に文字を書いていく説明をしているとルッツが顔をしかめた。

「なぁ、マイン。これって、印刷みたいにできないか？」

「なんで？」

「まだ字が書けるヤツが少ないし、書けるヤツも上手だとは限らないだろ？　小さいところに書くんだから、読めなきゃ困ると思う」

「うーん、なるほどねぇ……ステンシルみたいに版紙を作ってみようか」

ルッツは書字板に手順をどんどん書き込んでいく。わたしは自分の書字板に改善点や考えなければならないことを書き込んでいく。

そんないつも通りの打ち合わせを見ていたギルが、じろりと紫の目でルッツを睨んだ。

「……ルッツはこうやっていつもマイン様にやり方を教えてもらっていたのか？」

「工房で青色巫女は働けないから家で予《あらかじ》め教えてもらわないと工房の仕事ができねぇだろ?」

「オレ、ルッツは何でも知っててすげぇって思ってたのに、すげぇのはマイン様じゃねぇか」

むすぅっと膨れっ面になったギルの頬をわたしはツンと突く。

「ギル、ルッツはすごいんだよ。こうやって一回教えたらちゃんと工房で説明して作れるんだから。ギルは今一緒に聞いていたけど、皆に教えられる?」

「……できねぇ」

膨れっ面のままギルは一度俯《うつむ》き、キッと顔を上げると、わたしとルッツが持っている書字板を指差した。

「でも、できねぇのはオレが書字板を持ってないからだからな! オレだって持ってれば、すげぇんだからな!」

「あぁ、ギルも字を覚えたもんね? 工房の報告書も練習してるし、そろそろ必要かな? 今は外に出られないから、春になったら準備してあげるよ」

「いいのか!? よし、オレ、絶対にルッツに勝つ!」

腰に手を当ててふんぞり返ったギルのライバル宣言を、ルッツは「できれば、春までに勝ってくれ」と軽く流した。ルッツは春になったらベンノが隣の町の植物紙工房へ見回りに行くのに付いていくことになっているらしい。ギルに工房を完全に任せられるようになってほしいそうだ。

「あぁ、そうだ。今度、店から一人見習い……って言っても、成人が近いヤツだけど、工房へ連れてくるから」

「なんで？　ルッツがいない間の代理？」

わたしが首を傾げると、ルッツはちょっとだけ難しい顔になった。

「表向きはオレと同じ工房の手伝いだけど、ここの側仕えの立ち居振る舞いを習ってこいって旦那様に言われてた」

「あぁ、そういえばイタリアンレストランの給仕を育てるって言ってたね」

それも予定に入れなきゃ、とわたしは書字板に書き足した。

「……なぁ、マイン。リバーシはわかったけどさ、トランプはどう作るんだ？」

「本当は他の色のインクがあれば良かったんだけれど、ないものは仕方ないから、ひとまず、黒一色で作ろうね」

わたしは石板にマークと数字を書き込んでいき、大きな四角の中に例としてダイヤの三を描いてみた。

「こんな感じで、数字とその数の印を描いて、四種類分作るの」

「結構量がいるな」

「あ、この印って神様の神具にちょっと似てるな」

ギルが得意そうに石板のダイヤを指差しながらそう言った。

「これはライデンシャフトの槍《やり》っぽい。そうしたら、こっちはフリュートレーネの杖だな」

ダイヤが火の神の槍のようで、スペードが水の女神の杖の形に似ていると言う。言われてみれば、神具の槍の穂先と杖の魔石を装飾《そうしょく》した部分がそのように見えた。

「じゃあ、ギル。風の女神シュツェーリアは？」

「あの盾は円だから、ここにはないな。土の女神ゲドゥルリーヒは聖杯だから、こんな感じの形になるし……」

ギルに言わせると、円が風の女神の盾、逆三角形が土の女神の聖杯になるらしい。ちょうど四種類になるなら、神殿の皆に馴染みがある方が受け入れられやすいかもしれない。わたしはギルの意見を参考に、トランプのマークをスペード、ダイヤ、丸、逆三角の四種類に描き直す。

「だったら、JとQとKも神様の象徴にしちゃおうか。絵を描くの、大変だし」

Jは命の神の象徴である剣、Qは太陽の女神の冠、Kは闇の神の黒いマントで表す。なるべく簡単な絵柄にするのがポイントだ。ジョーカーの存在をどうするか考えたが、闇の神に横恋慕《よこれんぼ》して、命の神のストーカー行為を焚《た》きつける混沌の女神の象徴、歪《ゆが》んだ輪にした。

「うん、いい感じ。神殿で作るトランプっぽくなったね」

「おぅ、カルタにも出てくるからわかりやすいよな？」

絵柄が全部決定してギルと喜び合っていると、ルッツが石板を見て難しい顔になった。

「マイン、これこそ版紙作って印刷した方が良いぞ。絶対に絵が揃わねぇから」

「……そうだね。版紙はわたしが作るよ」

印刷と同じように厚紙で版紙を作って、板に印刷していく方法をとることになった。どうせ時間はたっぷりある。トランプの版紙くらいお安い御用だ。

「じゃあ、マイン。オレ、今日はこれで帰るからな」

帰ってほしくないけれど、帰らないでとは言えない。小さく「……うん」と頷くと、ルッツが困ったように笑いながらわたしの頬をうにっとつねる。わたしは「痛いよ」と頬を押さえながら、むぅっとルッツを睨んだ。

「……明日はトゥーリと一緒に来るから、そんな顔するなって」

「寂しいのは我慢するから、ちゃんと来てね」

ルッツが帰るのを見送っていると、ギルが心配そうにわたしを見下ろしてきた。

「マイン様は寂しいのか？」

「うん、家族がいるのが当たり前だったから、いなくて寂しい」

わたしが神殿にいる方が誰にとっても安全だとわかっていてもウチに帰りたくなる。自分で選んで神殿に来たのに、一人だけ神殿に取り残された気分になってしまうのだ。

「オレがルッツみたいに甘やかしてやろうか？」

ギルが気遣《きづか》うように首を傾げてそう言った瞬間、背後から「いけません！」という厳しい声がかかった。ビックリして振り返ると、そこには怖い顔をしたフランが立っていた。フランはギルの前まで歩き、静かに諭す。

「ギル、マイン様は主です。マイン様を甘やかすのは側仕えの領分《りょうぶん》ではありません。友人や家族と同等の扱いを受けているルッツと貴方は同じではないのです」

「……わかった」

悔しそうに歯を食いしばったギルがゆっくりと頷く。それを見てフランは少し表情を和らげた。そして、わたしの前に膝をつき、視線を合わせて、また厳しい表情になる。

「マイン様。あれだけの事情があればお心細いのは理解できます。ですから、ルッツやご家族がいらっしゃった折、この部屋の中で甘える分には目零しさせていただきます。けれど、側仕えとは相応しい距離を保っていただきたく存じます」

側仕えとは馴れ合わずにきっちりと距離を取るように言われて、わたしはルッツが帰っていった方を一度見遣《みや》った。すでに誰の姿もなく、冷たい風が吹いているだけだ。厳しい寒さに頬がピリと痛んだけれど、そんな寒さより、寂しさの方が厳しい冬になりそうだった。

三者会談

神殿に籠もり始めて三日目、神官長から「ギルベルタ商会に頼んである儀式用の衣装はいつできあがるのか」というお手紙が届いた。面談日決定のお知らせじゃないのか、とガックリしながらロジーナにルッツを呼んでもらう。孤児院で冬の手仕事の仕方を教えていたルッツはすぐにやってきた。

「何かあったのか、マイン？」

「神官長から儀式の衣装がいつできるのかって尋ねる手紙が来たの。悪いけど、お昼ご飯を食べにお店に戻った時にベンノさんに聞いてみてくれない？」

そうしてルッツに聞いてきてもらった結果、どれだけ急いでもあと三日はかかるという返事をもらった。わたしは少し余裕を見て神官長に「頑張れば、五日後にはできるそうです」と午後にお返事を書く。これで無茶振りをされても大丈夫だろう。

フランに返事を持っていってもらったら、面談日時の決定の返事とベンノへの招待状を同時に持って帰ってきた。

「ルッツ、七日後にカルステッド様を呼んでいるから、その時にベンノさんにできあがった衣装を持ってきてほしいみたい」

帰りの挨拶と今日の報告を兼ねて部屋を訪れ、わたしを甘やかしてくれるルッツにしがみつきながら、わたしは招待状を預ける。

「わかった。帰りに店に寄って渡してくる。……それにしても、マイン。お前、全然落ち着かないな。大丈夫か？」

「あんまり大丈夫じゃない。雪が降る前に一度家に帰りたいよ」

寂しさに慣れるどころか、わたしのホームシックはひどくなっている。それと比例して、部屋に遊びに来てくれたルッツやトゥーリに抱きついて甘える時間も増加中だ。妊娠中の母さんがここに来られなくて、甘えられないことも寂しさに輪をかけている気がする。

「ハァ、雪が降り始めたら、オレも毎日は来れないぞ」

困った顔でルッツはわたしの頭を撫でながらそう言った。ここしばらくは昼勤務の父さんが来られるのは一週間に一度、トゥーリは大体二日に一度だ。工房の様子と手仕事の様子を見るためにほぼ毎日来てくれるルッツが来なくなったら、一層寂しくなってしまう。

「雪なんて降らなきゃいいのに」

いつ雪が降り始めてもおかしくない外の寒さを思うと、ルッツにしがみつく腕には自然と力が籠もった。

面談の日、三の鐘が鳴る少し前からとうとう雪がちらちらと降り始めた。いきなり積もるほどは降らないが、本格的な冬がやってきたのが誰の目にもわかる。

「積もるかしら？」

「まだですわよ、マイン様。本日の会合がなくなるようなことはございませんわ」

フェシュピールの練習の後は、カルステッドに対する挨拶の練習をさせられている。ロジーナに美しい裾《すそ》さばきについて延々とやり直しをさせられているのが現状だ。

……優雅《ゆうが》への道、マジ厳しい。

「マイン様、午後にはベンノ様がいらっしゃいます。練習の時間はあまりございませんよ」

今日の面談の時間は五の鐘だと決められている。その前に上級貴族へ便宜《べんぎ》を図ったわたしへのご機嫌伺《うかが》いと称して、ベンノが先に部屋を訪ねてくることになっているのだ。それまでにカルステッドの前で恥ずかしくない程度の挨拶ができなければならない。わたしは気合いを入れ直して練習に励んだ。

「こんにちは、ベンノさん、マルクさん。……あれ？　ルッツはいないんですか？」

貴族に合わせて、袖口の長い冬装束を着たベンノと箱を手にしたマルクが入ってきた。てっきり一緒に来ると思っていたルッツの姿がないことに、わたしはむぅっと唇を尖らせる。

「雪が降り始めたから、今日はルッツにマイン工房の方を優先してもらっている。もうしばらくしたら冬の手仕事で仕上がった商品を一つずつ持ってくるはずだ。お前が会合に持っていけ」

「手仕事を？　どうしてですか？」

商人であるベンノではなく、神官長や上級貴族がいる今日の会合にわたしが持っていかなければならない理由がよくわからなくて首を傾げた。

「売りに出すにはどうにも影響が大きい気がしてならん。神官長や上級貴族の意見を聞きたいと思ってな」

「うーん、もし今までに似たような物がなかったら、かなり影響は大きいと思いますよ」

トランプやリバーシが広く普及《ふきゅう》していた麗乃時代の記憶からそう答えると、ベンノは非常に嫌な顔をしてわたしを睨んだ。

「……影響が大きい？　紙や印刷のもたらす影響も考えず、ただ広げることしか考えていないお前が、影響は大きいと言い切るくらいに大きいのか？」

「えーと、紙も印刷も歴史を変えるくらいの影響があることは知ってますよ？　わたしが必要だから作るだけで……」

文明や文化の進歩に印刷がどれほど貢献《こうけん》してきたか、大きな影響をもたらしたかは知っている。

知っているが、本が欲しいのだから仕方ない。

「どうしたんですか、ベンノさん？　顔色が悪いですよ？」

「気が重い……。神官長と上級貴族に囲まれて話をするんだぞ？」

胃の辺りを押さえるベンノは意外と繊細《せんさい》なところがあったらしい。誰にでも喧嘩《けんか》を売る好戦的な性格だと思っていたので、緊張しているベンノを見ているのは不思議な気分だ。

「ギルド長にも既得権益にも嬉々として喧嘩を売るベンノさんなのに、緊張しているんですか？　二人とも良い人だから大丈夫ですって」

「上級貴族とギルド長を一緒にするな！　誰のせいでこんな状況になったと思っている⁉」

そう怒鳴った後、ベンノは机に突っ伏すように項垂《うなだ》れた。ポマードか何か、整髪料できっちりと固めているはずのミルクティーのような色の前髪がパラと落ちる。

「旦那様、項垂れないでください。前髪が乱れます」

マルクが苦笑しながらそう言うと、ベンノは忌々《いまいま》しそうに前髪を撥ね上げて、赤褐色の目でわたしをじろりと睨んだ。

「……くそっ。今だけはお前の能天気さを分けてほしいと、切実に思うぞ」

「え？　でも、儀式用の衣装を納めるだけでしょう？　上級貴族と渡りがついて喜んでいたじゃないですか」

「この考え無し！　衣装の納品だけで神殿に俺が呼び出されるわけがないだろう？　お前関連の情報収集に決まっている」

苛立たしげに睨まれて、わたしは思わず自分を指差した。

「わたし、ですか？　集めなきゃいけないような情報なんてありましたっけ？」

「インク協会の会長について調べた情報を公開し合って、お前の扱いについて今後の方針を決める会議になるはずだ。下町の情報は俺、貴族側の情報が上級貴族、そして、両方の情報が欲しい神官長の話し合いになる」

そういえば、神官長も情報を集めると言っていたはずだ。それまでは部屋から出るなと言われていた。情報が集まったということだろうか。

「ベンノさん、インク協会の会長については何か進展があったんですか？」

「いや、今のところは何もない。寒さが厳しくなって人通りが減る分、見慣れないヤツが店の周りをうろうろしていたら目立つからな。……目立ちたくないのであれば、必要な情報は集め終わったか、冬の社交場で集めるつもりだろう」

雪に閉ざされる冬の間、貴族街には農村に散っていた貴族が収穫祭を終えて戻ってくる。領主が中央に向かうのは春から夏にかけてだが、領地における貴族達の社交シーズンは冬らしい。そこで各地の領主との情報交換や顔合わせをすることになるそうだ。


「マイン様、ベンノ様、お時間でございます」

「ありがとう、フラン。参りましょうか」

ベンノに声をかけ、わたしはルッツが持ってきてくれた冬の手仕事一式をフランに持たせる。儀式用の衣装が入った箱をマルクが持ったのを確認して部屋を出た。神官長の部屋に向かう回廊《かいろう》は寒さが厳しい。部屋を出るのが嫌になる寒さだ。

神官長の部屋の前に着き、フランがベルを鳴らすと扉が開いた。すでにカルステッドは到着していたようで、応接用のテーブルのところで優雅にお茶を飲んでいるのが見える。

「神官長、カルステッド様、ご無沙汰《ぶさた》いたしております。土の女神ゲドゥルリーヒの温もりを恋しく偲《しの》ぶ日々となりましたが、お変わりございませんか？」

全身を鎧で固めた姿しか見たことがなかったけれど、今日のカルステッドは貴族の衣装を着ていた。赤茶の髪をベンノと同じように整髪料で固めてあるため、ちょっと額が広めなのが一目でわかる。光沢のあるビロードのような生地の上着の袖はやはり振り袖のようにだらりと長い。その袖口からは豪奢《ごうしゃ》なレースが幾重にも重ねられた生地が見えている。カルステッドは鍛《きた》えられていて肩幅が広く、全体的に筋肉質な厚みがあるので非常に貫禄《かんろく》があった。ただ、鎧を着ていた時に比べると、幾分か猛々《たけだけ》しさも和《やわ》らいでいる。薄い青の瞳が今日は少し柔らかい。

「其方も変わらぬようで何よりだ、巫女見習いマイン」

「カルステッド様に心よりの祝福をお祈りいたします」

失敗せずにわたしが挨拶を終えると、次にベンノが挨拶する。

神官長に勧められて着席すると、その後ろには従者が立った。一番上座に座るのが神官長で、左側にカルステッド、右側にわたし、一番下座に座るのがベンノという席順だ。

「よく集まってくれた。まずは、儀式用の衣装を納めてもらおう」

神官長の言葉にマルクが一歩前に出て、ベンノへ手にしていた木の箱を渡した。軽く頷いたベンノが丁寧な手つきで箱を開けて、カルステッドに向けて差し出す。木の箱の中は布張りになっていて、そこに深い海のような青の儀式用衣装が入っていた。すでに燭台《しょくだい》をいくつか灯してある薄暗い部屋の中、刺繍の流水紋《りゅうすいもん》がうねるように光を反射している。

「こちらがマイン様の儀式用衣装となります」

カルステッドは軽く中を検《あらた》め、わたしに「これで間違いないか？」と尋ねた。仮縫いで一度丈を合わせているし、現物を見ているので、わたしは衣装と帯を確認して「間違いございません」と頷く。

「では、これを巫女見習いマインに。……受け取っていただきたい」

「ありがたく頂戴《ちょうだい》いたします」

わたしが受け取ったことを確認して、カルステッドがくいっと顎を動かした。そこで初めて気が付いたが、カルステッドの小姓役というか、側仕えのように側に付いているのは、あの時の護衛騎士のダームエルだった。ダームエルがお金の入った皮袋をベンノに渡す。中の金額を確認したベンノはそれをマルクに渡した。

「ベンノ、ずいぶんと急がせたようだが、ご苦労であった。カルステッド、ダームエル。其方等の罰もひとまず終了だ」

一連のやり取りをじっと見ていた神官長の言葉に、ベンノはもちろん、カルステッドとダームエルも緊張から解放されたような息を吐いた。わたしは儀式用の衣装が入った箱をフランにお願いする。心得たようにフランが動き、それを持ってくれた。

「側仕えは一度下がりなさい」

神官長はそう言って側仕えを外して、盗聴《とうちょう》防止の魔術具を設置した。それは魔力がないベンノも使えるように、人物を指定するものではなく範囲を指定する魔術具だった。魔石が四つ置かれ、神官長が何か言うと同時に四角柱の形で空間が淡い青の光に包まれる。

淡い光の向こうでは側仕え達が控えているのが見えるけれど、あちらの音も聞こえない。同様に、こちらの音も通さないようになっているのだろう。

こういうのもあるのか、と感心しているわたしの右側で、ひくっとベンノが顔を引きつらせたのが見えた。わたしはここ最近慣れてきたが、下町の人間にとってはこのように魔術を目にすると驚くのが当たり前のようだ。だが、ベンノはさすが大店の旦那様である。驚いてもわずかに顔を引きつらせただけで、わたしのように声を上げたり、きょろきょろと辺りを見回したりはしなかった。

「では、ベンノ。其方に聞きたいことがある」

「……何なりと」

神官長の言葉にベンノは胸の前で手を交差させる。

「インク協会と契約魔術を交わした直後からマインのことについて探られ始め、ルッツがその標的になったと聞いたが、それで間違いはないか？」

「ございません。本来ならば、少しでも有利な状況で契約を結ぶため、契約する前に情報を集めます。契約を終えた直後に情報を得ようとする意図がつかめません」

ベンノの言葉に頷き、神官長はわたしに視線を向けた。

「マインはその者と面識があるのか？」

「いいえ、わたくしは契約時も顔を合わさないようにとベンノ様に匿《かくま》われておりましたので、顔も名前も存じません」

「インク協会の会長は貴族とも繋がりが深く、良くない噂も多い人物です。マイン様との接触は極力減らした方が良いと判断したため、契約を結ぶ時には別室でお待ちいただきました」

わたしとインク協会の会長を会わせなかった理由をベンノが述べると、神官長はフッと唇の端を上げた。

「ふむ、英断《えいだん》だったな。そのインク協会の会長というのはヴォルフで間違いないか？」

「其方が聞いたのはどのような噂だ？　何を以《もっ》て、巫女見習いに有害だと断じた？」

神官長とカルステッドからベンノが矢継ぎ早の質問を受ける。わたしはインク協会の会長を知らないので、黙って聞いているしかない。

「インク協会の会長はヴォルフで間違いございません。……貴族の方々に便宜を図ってもらうためなら、犯罪にも手を染める人物だとの噂でございます。噂については真偽《しんぎ》のほどがわかりませんので、詳しくはご容赦《ようしゃ》ください」

カルステッドは眉を寄せて顎を撫でながら、「ほぉ……」と呟く。

「だったら、契約を先に済ませてから露骨《ろこつ》な情報収集を行ったのは、契約後ならば関係が悪化しても良いからではないのか？」

カルステッドの指摘にベンノが軽く目を見開いた。契約魔術は簡単に破棄《はき》できない。だからこそ、事前準備が重要になる。だが、逆に考えれば、インク協会といくら険悪な雰囲気になっても、例えばわたしに危害が加えられても、契約魔術は全員の承諾《しょうだく》がなければ契約を解くことはできない。その点を利用されたのではないのか、と指摘を受けて、ベンノは歯噛みしそうな顔を一瞬見せる。

「ベンノ、ヴォルフはマインの情報を得てどうするつもりだと思う？　商人の、下町の人間の視点での考え方を知りたい」

神官長の言葉にベンノがゆっくりと言葉を選ぶ。

「我々商人にとってのマイン様の価値は、次々と作り出される商品とそれを生み出す知識ですが、その価値を正確に知っている者はそれほど多くございません。ヴォルフがマイン様の商品と知識に価値を感じたならば、インク協会への所属を望むでしょう。しかし、マイン様はギルベルタ商会と商業ギルドに属しております。ならば、金に任せて知識だけでも得ようとするか、誘拐して脅《おど》して知識を得るか、マイン様の周囲を人質に知識を要求するかでしょう」

カルステッドは疑わしそうな目でわたしを見た。洗礼式も終わっていないような外見のわたしに、次々と新商品を生み出せるはずがないとでも思っているに違いない。

「ただ、マイン様を誘拐して脅したところで全ての知識を得ることなどできないと私は考えています。より多くの儲けが欲しいならば、存在を消すこともできず、誰の目にも触れぬよう監禁《かんきん》し続けなければなりませんが、これが非常に難しいのです」

ベンノが語る自分の扱いにぞっとした。儲けのためにさらわれて監禁される危険があるなど考えたことがなかった。大店の旦那であるベンノがわたしをいかに優遇してくれたかがわかって、周囲が怖くなる。

「監禁が難しいというのは、どういう理由だ？　普段使っていない部屋や屋敷があれば、監禁など容易いだろう？　人目につかずさらう方が大変だ」

カルステッドがさらりとそう言った。監禁を容易いと言ってしまえるところが怖い。

「相手がマイン様の虚弱《きょじゃく》さを十分に承知していなければ、マイン様がいつの間にか死んでいる結果となります。マイン様の場合、監禁は誘拐より難易度が高くなるのでございます」

「ふむ、確かに。反省室に半日入れれば、数日間熱を出して寝込むのだ。普通の虜囚《りょしゅう》のように扱えば、情報をもたらす前に死ぬな」

神官長がベンノの言葉にすぐさま頷いた。よほど反省室の一件が尾を引いているらしい。あれくらいの発熱は日常茶飯事なので、忘れてしまえば楽になれるのに。ついでに、わたしが唯一反省室に入れられた青色巫女だということも忘れてくれればいいのに、と思う。

「ならば、ヴォルフがある程度の知識を得たところで、貴族に売り飛ばすこともあり得そうですな、フェルディナンド様」

「……マイン様が身食いということは存じておりますが、身食いであること以外に貴族に狙われるような理由がございますか？」

ベンノが不可解そうに眉間に皺を刻んだ。神官長とカルステッドが視線を交わした後、神官長はベンノに向かって小さく頷く。

「詳しくは知らせるつもりはないが……理由はある。ヴォルフがマインをさらって情報を得た後で貴族に売る可能性が一番高そうだ。他には貴族がヴォルフにさらわせて、折を見てヴォルフから救い出すことでマインに恩を売る可能性もある。マインをさらい、実は我が子だったと言い出す可能性もあるな。それから、ただ、恨みを晴らす可能性。……暗殺の危険もあるか」

……あぅっ！　「何をやらかした、この阿呆！」って罵《ののし》るベンノさんの幻聴が聞こえる！

神官長に一々指折り可能性を挙《あ》げられるまで、わたしは見知らぬ他人から情報を探られるなんて気持ち悪いと思っていたが、自分がそこまで危険な立場にいるとは思っていなかった。孤児院長室に閉じ込められているのも納得の危険性だ。

「ベンノは引き続き、商売関係からの情報収集及びマインの存在を隠し続けるように。冬の間はマインを神殿からは出さない。動くにしても部屋と儀式の間と孤児院くらいだ。どこに行くにも灰色神官が必ず付くので問題なかろう。問題は春以降だ」

ベンノとカルステッドが神官長の言葉に頷いた。

「冬の間に情報や協力者が集まるのは向こうも同じですから」

「急いで対策を考えねばならぬ。ベンノ、これをおとなしくさせておく方法はあるか？」

神官長がそう言いながら、わたしを示した。全員の視線がわたしに集まる。

ベンノはわたしを一瞥《いちべつ》した後、疲れ切った顔でゆっくりと首を振った。

「存じません。気が付いたら事を大きくしていたり、少し目を離せば死にかけていたりするのですから、私が存じていればすでに使っています」

「さもありなん。やはり目の届くところに取り込んでおくのが上策か」

神官長とベンノが揃ってわたしを見て、深々と溜息を吐いた。そして、視線を交わして苦い笑みを浮かべる。何か二人だけでわかり合っている。

「マイン、君が何かすれば問題が起こることが多い。今後も何か行動する前に、それから、何か新商品を作る前には必ず私とベンノの許可を取るようにしなさい」

神官長の言葉で孤児院の冬の手仕事を持ってきていたことを思い出した。さすがベンノは慧眼である。わたしはフランが足元に置いていってくれた孤児院の手仕事一式を手に取った。

「……これも許可が必要ですか？　孤児院の冬の手仕事なのですけれど」

「そういえば、何やら作ると言っていたな。見せてみなさい」

わたしはトランプとリバーシとチェスもどきを取り出して、テーブルに並べていった。説明はしても実物を見るのは初めてだったベンノも、身を乗り出すようにして見ている。

「何だ、これは？」

「トランプです。色々な遊び方があるのですけれど、孤児院では『神経衰弱《しんけいすいじゃく》』で遊ぶつもりなんです。こうして、よく混《ま》ぜて絵が描かれた方を下向きに並べます。ひっくり返して同じ数字が出たら、そのカードは自分の物です。一番多くカードが取れた者が勝ちなのです」

子供の小さな手では板のカードが持ちきれないので、基本的に神経衰弱で遊ぶつもりだ。やり方を教えると、面白がってカルステッドがやり始めた。時間が惜しいので、最初から半分に量を減らしている。神経衰弱は記憶力が良い神官長の圧倒的な勝利だった。

「他にも色々な遊び方ができます。もっと硬い紙ができれば、板ではなく、紙で作った方が遊びやすいんですけれど」

ブラックジャック、ポーカー、ハートなどいくつかのゲームを教えてみたが、カルステッドには好感触だ。

「魔力の籠もった占い用のカードはあっても、娯楽のためだけのカードはないからな。何より、一つのカードでいくつも遊び方があるのが良い。これはおそらく貴族間でも流行するだろう」

「数字を覚えるにもいいんですよ。孤児院の子供達に数字を覚えてもらうために作ったのです」

わたしの言葉に神官長は、なるほど、と頷き、リバーシの盤を指差した。

「マイン、こちらは何だ？」

「リバーシです。交互に石を置いて、こうして挟んだ部分の色を変えていって、最終的に数が多い方が勝ちです」

リバーシに興味を示したのは神官長だった。わたしが相手をして、説明しながらリバーシを始めた。ペチッと石を置いてひっくり返していく。全ての石を置き終わると、ほぼ白、わたしの勝ちだった。

「……私が負けた？」

「神官長はまだルールを呑み込めていませんから当たり前です。あと数回したら、わたくしが勝てなくなりますよ」

盤面を呆然とした様子で見ている神官長にわたしは肩を竦めた。セオリーを知らないリバーシ初体験の神官長には勝てたが、頭の良い神官長はあっという間にセオリーを呑み込んでしまうに決まっている。今しか勝てないとわかっているからこそ、全力でやらせてもらった。

「ならば、もう一戦だ。次は勝つ」

「神官長、再戦はまた次回にいたしましょう。神官長がリバーシを買ってくださったら、勝負します」

「よろしい。買おう」

即座に決定した神官長を見て、ベンノが一瞬肩を震わせた。テーブルの下でこっそりと「よくやった」というサインを送ってくる。

「コホン！　では、それは何だ？」

「えーと、『チェス』と言います。リバーシと同じ盤で遊べるようにしました。それぞれの駒の動き方が決まっていて、王を取った方が勝ちです」

わたしがリバーシの石を片付けて、チェスもどきの駒の動かし方を説明していると、カルステッドが「ふぅむ……」と呟きながら盤面を睨んだ。

「……これはゲヴィンネンに似ているな」

「まぁ、似たような遊びがあったのですか。では、すでにある物に合わせて、改造した方が良いでしょうか？」

麗乃の世界でもボードゲーム自体はかなり昔からあったはずだ。ここに似たようなゲームがあるのは当然だろう。

「いや、貴族間で行うものは魔力が必要な物だ。領地を取っていくものだが、戦わせ方が全く異なる。これを下町で売る分には特に問題なかろう」

「貴族の方々が手を出さないなら、あまり売れるとも思いませんけれど……」

下町には娯楽にお金を使える富豪層はそれほど多くはない。毎日の生活でいっぱいいっぱいの家庭がほとんどだ。リバーシを買う時にセット販売にしておけば、ゲヴィンネンとは別の遊びということで、じわじわと貴族の間でも流行るかもしれない。

孤児院の手仕事に関する商売の話を終えた後、盗聴防止の結界は消された。神官長とカルステッドがそれぞれの側仕えを呼んで、リバーシとトランプを購入してくれた。春になったら売り出す予定なので、プレミア価格で大銀貨四枚である。本来は小銀貨五~七枚の価格設定にしようと話していたことを考えれば、ぼったくりもいいところだ。

「ベンノ、本日はご苦労であった。土の女神ゲドゥルリーヒを守る眷属の御加護があらんことを」

「有意義な時間をありがとうございました。神官長、カルステッド様、マイン様。これで御前を失礼させていただきます」

ベンノが胸の前で腕を交差させて跪いた。後ろでマルクも同じように跪いた後、二人は退室していく。わたしも一緒に退室しようと神官長を見た。

「では、神官長、カルステッド様。わたくしも……」

「君にはまだ話がある。これを」

いつも使う盗聴防止の魔術具が四つ、コトンとテーブルに置かれる。神官長、カルステッド、わたしがそれぞれ手に取り、残った一つにダームエルが手を伸ばした。

騎士団の処分と今後の話

ベンノが去って、空いた席へとダームエルが向かう。そこは下座だから、平民であるわたしが座った方が良いだろうと腰を浮かしかけたら、神官長に止められた。

「マイン、そのままで良い」

「え？　けれど……」

ちらりとダームエルを見たが、ダームエルは灰色の目を少し細めて穏やかな笑みを浮かべると、そのまま腰を下ろした。わざわざ退《しりぞ》かせてまで座り直すのも変なので、わたしは神官長に言われるまま、椅子に座り直す。

全員が席に着いたのを確認した上で、神官長がその場に集う全員を見回した。

「では、マイン。先日のトロンベ討伐時に起こった騎士の不手際に対し、領主が下した処分について説明する」

「処分、でございますか？」

護衛をした騎士に対して処罰が下されるのは知っていたけれど、詳細を知りたいとは特に考えていなかった。これから先に接触がなければそれでよかったのだ。わたしの思考を読みとったように、神官長は視線を伏せる。

「……おそらく君は特に知りたいとは考えないだろうし、貴族の事情を君に公開するか否か、こちらとしても迷った。だが、これから先の君には必要な情報になり得る」

ゆっくりと息を吐いた後、神官長がカルステッドとダームエルに視線を向けた。

「トロンベ討伐において、護衛を任された騎士が護衛対象である巫女見習いを害し、事態を悪化させたことについて領主はひどく立腹なさった。まず、騎士団長であるカルステッドは新人教育を厳しくすることに加えて、三月《みつき》の減給。そして、君の衣装にかかる金額の四分の一を負担することになった。そして、シキコーザだが……」

神官長は淡々と説明を始めた。戦いの場で上司の命令が聞けぬようでは作戦にも支障が出ること、また、護衛を任されておきながら、護衛対象を害するのは騎士として許されないことだ、と。騎士団における命令違反と任務放棄は重罪だ、と領主は判じたらしい。

「領主からシキコーザに下された判決は処刑。一族にも累《るい》が及ぶところであったが、それでは、君へ向かう恨みと怒りが大きくなるだろうと考えられ、領主はシキコーザの父親に二つの選択肢を与えた。このままシキコーザの罪を一族で被るか、以後君に関わらぬことを誓約し、罰金を支払うか。誓約して罰金を支払えば、一族への累は問わず、シキコーザは殉職《じゅんしょく》という扱いで名誉を守ると……」

ゴクリと唾を飲む。領主から処分が言い渡されるとは聞いていたが、まさか処刑されるほどだとは考えていなかった。シキコーザが貴族でわたしが平民だという点を考えても、軽微《けいび》な罰で済むと思っていた。

「シキコーザの父親は金を払い、今後君には関わらぬと誓約した。彼が払った金額は君の儀式用の衣装の半額となっている。そして、シキコーザは騎士団の任務中に殉職したことになった」

すでに処刑が終わっていることに気付いて、わたしは思わずダームエルを見た。ここに座っているということはダームエルは処刑を免れたということだ。けれど、もしかしたら彼にも重い罰が下されたのだろうか。わたしの意識がダームエルに移ったことに気が付いたのだろう。神官長も視線をダームエルに向ける。

「ダームエルは君の衣装にかかる金額の四分の一を負担、そして、一年間見習いの身に降格処分となった。シキコーザと処分が違うのは、君がダームエルの弁護をしたためである」

「弁護ですか？」

特に改めて何か訴えかけるようなことをした覚えはない。首を傾げるわたしにダームエルはフッと嬉しそうに顔を綻《ほころ》ばせた。

「フェルディナンド様に巫女見習いが弁護してくれたのだろう？　親切にしてくれたし、助けようとしてくれたり、シキコーザを諌《いさ》める言葉をかけたりしてくれた、と。おかげで私はシキコーザと同罪とされることはなく、厳罰を免れたのだ」

本来ならば、護衛が護衛対象を守りきれなかったのだから同罪とされるところだったそうだ。けれど、ダームエルは止めようとしたこと、身分差を振りかざされてどうしようもなかったという証言が採れた。そのため、減刑されたらしい。成人してやっと一人前になったところで再び見習いの身分に落とされたが、処刑されたシキコーザに比べるとかなり軽微な罰だ。

「私の家は下級貴族でも下位で、身分差の理不尽を呑み込むばかりだった。今まで誰かに助けられることはほとんどなかったのだ。だから、君がフェルディナンド様に減刑を願ってくれたと知って嬉しかった」

かなり大袈裟《おおげさ》に喜ばれているような気もしたけれど、あのような理不尽がまかり通る社会ならば、貴族と呼ばれても下級貴族は大変そうだ。

「そして、ダームエルは一年の見習い期間中、マインの護衛をすることとなった」

「え？　護衛ですか⁉」

「君の身は危険なのだ、本当に」

神官長は薄い金色の瞳で静かにわたしを見ながらそう言った。「警戒心がない君にもわかるように説明しよう」と言いながらカルステッドに視線を向ける。神官長の視線に気付いたカルステッドはゆっくりと頷き、わたしを正面から見つめる。薄い青の瞳が少しだけ険しくなった。

「上級貴族の間では巫女見習いに利用価値があるという認識が広がっている。平民ながら青の衣を与えられ、騎士団に同行し、見事任務を果たしたことで、その魔力量を騎士達が目の当たりにした。そして、青の衣を与えられる時に領主の了承があったことも大きく関与している」

騎士団は貴族の集まりだ。わたしを平民と蔑《さげす》み、扱うことで、シキコーザのように自分の一族に不利益をもたらすならば、それを止めなければならない。自分の目で見たわたしの魔力量と神官長の言葉を伝えれば、何とか利用できないか考えるのが、貴族の普通らしい。

「其方はまだ誰とも契約していない平民の身食いだが、すでにフェルディナンド様の庇護下にあることも同時に知られた。フェルディナンド様や領主に媚びを売ったり、近付いたりするために都合良く利用しようと考え、其方に近付いてくる貴族は一定数いると思われる」

そんな貴族がインク協会のヴォルフと繋がっていれば、どういうことが起こり得るのか、カルステッドが予想を立てる。

「利用することを考える貴族ならば、ヴォルフに君をさらわせて、それを救い出すことで其方に恩を着せるのではないかと思う。彼等は基本的に利用することを考えているので、思わぬ事態にならぬ限り、命の危険は少ないだろう。だが、其方の周囲については保障されない」

カルステッドの言葉に神官長が続ける。

「仮に、私に敵対する勢力がヴォルフを使って動いたならば、君をさらい、敵対する領地の領主に売りつけたり、実は自分の子供だったと言い出したりする可能性がある。……自分の子供だと言い出した場合、本来の君の家族は邪魔だ。おそらく口を封じられることになるだろう」

神官長の立てた予想があまりにも陰惨《いんさん》で、わたしは息を呑んだ。家族が危険に巻き込まれる想像に背中を冷たい汗が伝っていく。膝の上で重ねていた手をきつく握ってみるが、小さな震えが止まらない。

さらに、ダームエルが下級貴族の視点で、わたしに対する貴族の認識を教えてくれる。

「下級貴族の間では未だに巫女見習いに対する蔑視《べっし》が激しいです。平民である巫女見習いが大きな魔力を持っていると認めたくないのだと思われます。実際、私もこの目で見るまでは平民の身食いにあれほどの魔力があるとは考えていませんでした」

下級貴族の間では、都合良く利用しようと考えるより、羨望《せんぼう》と嫉妬《しっと》と恨みが先に立つらしい。

「けれど、下級貴族はフェルディナンド様に表立って敵対するようなことはできません。何か行う上級貴族がいれば、便乗《びんじょう》するだけでしょう。私から見れば、巫女見習いにとって最も危険なのは個人的に恨みを抱いている相手だと思われます」

神官長とカルステッドを緊張した面持ちで見ながらダームエルが言った。

「シキコーザの父親や跡継ぎは一族を守ることを第一としていますが、シキコーザの母親はそうではありません。一族における魔力の低さ、様々な事情から神殿に預けなければならなかった我が子が、中央の政変を機にやっと帰ってきたことを彼女はとても喜んでいたそうです。……彼女は巫女見習いに強い恨みを抱いていると聞いています」

ぞくりとした。家族を失うことに対する怒りや恨みはよく理解できる。わたしも家族を失うことになれば、その原因となった相手にどれだけの怒りを向けるか、自分でも想像できない。その恨みが今、自分に向けられているのだ。家族を失った怒りや恨みがわたし自身だけに向けられるなら別に構わない。それが自分の周囲に向けられる方が怖い。

「……暗殺に走るかもしれない危険な貴族か。一族を道連れにするほど愚かな貴族がいるか？」

神官長の言葉にギュッと膝の上で拳を握り、ダームエルの反応を待つ。彼は少し悲し気な顔で「どうでしょう」と呟いた。

「巫女見習いに危害を加えるような真似を本当に行ってしまえば、今度こそ一族を道連れにしてしまうのですが、女性の感情だけはどのような事態を引き起こすのか、予想が付きません」

「一族を道連れにしても恨みを晴らしたいとなれば、予想以上に深刻だな……」

カルステッドがぐっと眉間を押さえた。一族という楔《くさび》があれば、無茶はできまいというのが貴族の思考らしい。

「シキコーザの母親もそうですが、インク協会のヴォルフがそこまで危険人物だとは思いませんでしたから」

貴族街にインクを売りに来るのはヴォルフらしい。最もインクを購入し、使用するのが貴族なので、貴族間では多少名が知られている。ただ、貴族と繋がりを持つために犯罪事でも手を染めるような噂の持ち主だとは思わなかった、とここに集う貴族達は言った。

「君をこのまま青色巫女見習いとして育て、いずれ貴族に縁づかせる予定であったが、予定は変更した方が良さそうだと判断した」

「はい？」

……貴族に縁づかせるってどういうこと？　了承するどころか、提案さえなかったと思うんですけど⁉

神官長の言葉をわたしはすぐには理解できずに首を傾げた。勝手にわたしの人生の予定を決めないでほしい。特に結婚なんて重大な事項だ。権力に任せて神官長が決めたら、逃れられない相手が可哀想《かわいそう》ではないか。

「わたくし、そのような予定は存じませんけれど？」

「貴族と契約するつもりがなくても、いずれ貴族の子を産むことになるだろう、と言ったはずだ。

教養を身につけさせ、巫女としての経験を積ませ、なるべく良き縁を見つけてやろうと思っていたが、状況が変わった」

ロジーナを側仕えにするかどうか話していた時に、確かそんな感じの指摘を受けたことはある。その時点でどうやら神官長はわたしの仲人をするつもりだったようだ。どこまで面倒事を引き受けるのが好きな人だろうか。神官長の責任感が強くて真面目すぎる性格に驚きを通り越して感嘆の念を抱いていると、神官長はちらりとカルステッドに視線を向ける。

「マイン、君自身も君の周囲の人間も危険に巻き込まれる可能性が高い。なるべく早いうちに君を貴族の養女としなければなるまい」

なるべく早く貴族の養女になるということは、家族との縁を切り、貴族街で他人を家族として暮らすということだ。

……また家族と離れるの？

ざわりと自分の胸の内が震える。神殿に籠もっている日が重なるうちに、家族との繋がりが薄くなっていくような不安が募っていたが、それが一気に膨れ上がってきた。

「カルステッドの養女となれば、危険からは多少は守られるだろう。人となりは私が保証する。頼めるか、カルステッド？」

「フェルディナンド様の頼みならば、喜んで」

わたしが呆然としているうちに、どんどん話が進められていく。

カルステッドが少し身を乗り出すようにして、わたしを覗き込んできた。頼もしい体躯に、優しげに細められた目の上級貴族だ。神官長の信頼が厚いことから考えても、これ以上の養子縁組など望めないことはわかる。

「マイン、私の養女となるか？」

「無理です」

その良縁をわたしは即座に一蹴《いっしゅう》してしまった。周りが信じられないと言わんばかりに目を見開いて、わたしを凝視する。

「巫女見習い、これほどの良縁は考えられないぞ⁉　フェルディナンド様とカルステッド様のご厚意を無下《むげ》にするとは何を考えている⁉」

「ダームエル、落ち着け。マイン、無理とはどういうことだ？」

神官長の静かな声の中にも怒りが含まれているのがわかる。それでも、わたしは応じられない。

「無理なんです。冬の間、神殿に籠もる今でも寂しくて精神的に不安で仕方ないのに、家族と離れるなんて無理です。そんなの、絶対に嫌」

ふるふると首を振るうちに、湧きあがってきた感情の揺れに合わせて魔力まで蠢《うごめ》くのがわかった。昂《たかぶ》る感情に合わせて、奥底から魔力も込み上げてくる。

「ウチに帰りたいんです。家族と離れるのは、もう嫌！」

「マイン、落ち着きなさい！」

そう声を上げた神官長がガタリと立ち上がって、親指ほどの大きさがある透明の石をわたしの額に押し当てる。その石はあっという間に薄い黄色に色が変わった。神官長は一瞬で色の変わった魔

石を見て、さっと顔色を変える。

「カルステッド、ダームエル、容量が空いた魔石はあるか⁉」

「はっ！」

カルステッドやダームエルが慌てて取り出した魔石を握った神官長は、わたしを担《かつ》ぎ上げて大股で歩いて隠し部屋へと向かっていく。

「影響を最小限に抑えるため、工房に籠もる！」

隠し部屋の中に入ると、神官長は長椅子に座り、わたしを自分の前に立たせて、先程と同じように額に魔石を押し付けていく。次々と石の色が変わっていき、揺らぐ魔力がどんどんと吸い出されていくのがわかった。

「いくら奉納《ほうのう》式の直前とはいえ、魔力を溜め込みすぎだ。この馬鹿者」

「……最近、部屋に籠もっていて、奉納もしていなかったからですね」

魔力が吸い出されるのと同時に、感情も吸い出されていくようだ。目尻に浮かんでいた涙を拭って、わたしはハァと息を吐いた。それでも、身の内を暴れようとする熱は完全には引いておらず、押し込めるだけの気力が戻ってこない。

「それにしても、精神的にずいぶんと不安定だな。何かあったのか？」

「神官長が悪いんです。わたしの記憶をほじくるから……」

神官長が使った魔術具によって、二度と戻れない時間をあまりにもリアルに思い出してしまった。麗乃時代の母親を見て、話をして、失ってしまった家族のことを痛感した。こちらでの生活が忙しくて、あまり考えないようにしていた以前の家族のことが掘り返され、ぽっかりと心に穴が開いたような気分が続いている。

だからこそ、今度は自分の家族を失わないように、親孝行もできるように家族を大事にしようと心に決めたのに、その矢先、神殿に籠もることになった。心の穴を埋める前に家族と離れてしまったわたしは未だに喪失感《そうしつかん》を埋められないでいる。

「……そのせいか」

神官長が辛そうに眉を震わせて、わずかに視線を逸らした。魔術具を使いたくて使ったわけではない神官長が、わたしの感情に無理やり同調させられていたことを思い出して、自分の発言の迂闊《うかつ》さに歯噛みする。

「ごめんなさい。八つ当たりです。神官長はわたしの危険性を確認するためにそうしなきゃいけなかったし、わたしも助かったんだから文句なんて言えないんです。わかっているんです」

わたしの額に魔石を押し当てていく神官長の袖をぎゅっとつかんだ。

「……もう会えない家族のことを考えたら、今の家族とは絶対に離れたくないな、って思ってて……。でも、わたしは冬の間ずっと一人で神殿にいなきゃダメで、すごく寂しくて堪らないんです。それなのに、このままもう会えなくなるんじゃないかって考えたら、わたし……」

心情を吐露《とろ》するうちに、胸が痛くなって涙が込み上げてくる。揺らぐ視界の中に焦ったような神官長の顔が歪んで見えた。

「マイン、抑えなさい！」

「貴族の養女になったら、ずっと家族に会えなくなっちゃう！」

「マイン！」

神官長が声を荒げて、わたしの腕をつかんで引き寄せた。そのままだらりと長い袖の中に包み込まれるように抱きしめられる。何が起こったのかわからなくて、目を瞬いて神官長を見上げると、とても不本意そうな神官長と目が合った。

「このようにぎゅーをすれば、少しは落ち着くのだろう？」

「……はい」

魔術具を使った直後とはちょうど逆だ。神官長の口から出た「ぎゅー」がちょっと可愛くて、わたしは小さく笑う。立ったまま抱きついている体勢が苦しいので、わたしはよいしょっ、と神官長の膝に乗って、落ち着く体勢を探し始めた。

「……マイン、君はすでに落ち着いているのではないか？」

「まだまだです」

ルッツやトゥーリに抱きつくのと違って、神官長が相手では背中に腕が回らない。父さんにするのと同じように、神官長の太股に跨《またが》って、わたしは胸に寄りかかった。

「これでいいです。ぎゅーってしてください」

「私は全く良くない」

憮然《ぶぜん》とした面持ちでそう言うけれど、神官長は振り払うこともせずに、そのままわたしの好きにさせてくれた。温もりや呼吸音に荒れていた心が凪《な》いでいく。

わたしが本当に落ち着いた頃を見計らったように、神官長は「まったく君は……」と呆れ返った息を吐いた。そして、聞き分けのない子供に噛んで含めるように、わたしが貴族の養女とならなければならない理由を説明し始めた。

「普通の身食いと違って、君の魔力は強大すぎる」

「……わたし、そんなに魔力が多いのですか？」

癒しの儀式を行った時の騎士団の反応から多い方だということは見当がついていたけれど、強大すぎると言われるほど多いとは考えていなかった。

神官長は表情を引き締めて、わたしを見下ろした。

「契約をしたところで、その辺りの貴族に御《ぎょ》せるものではない。それにもかかわらず、これから先、君は成長するにつれて更に魔力が増える。強大な魔力を制御し、有益に使うための術を覚えなくてはならない」

そのためには貴族の養女となり、貴族院へ行って魔力や魔術について学ばなければならないらしい。わたしと契約すれば、その貴族は周囲に危険が及ばないくらいの魔術具を準備しなければならない。しかし、強大な魔力を必要とする魔術具を持っている貴族など、その辺りにはいないそうだ。

「君の魔力は個人の貴族が所有できるものではない。領土のため、国のために使わなければならない量なのだ」

「……よくわかりません」

貴族は身食いの魔力を搾取《さくしゅ》し、身食いは生き延びるために貴族と契約すると言われてきた。そんな壮大な話をされても全く実感が湧かないし、自分のことだとは思えない。

「マイン、自覚しなさい。大きく感情を揺らすだけで周囲を危険に巻き込むのだ、と。感情制御もできない君は大事な家族を巻き込むこともあり得る」

「……か、家族がいれば平気です。寂しくなかったら、こんなに不安にならないもん」

いないからダメなのだ。家族と一緒にいれば、わたしは安心して生活できる。

「だから、家族と引き離さないでください」

わたしの言葉に神官長が眉間に皺を刻んできつく目を閉じた。頭痛を堪えているような神官長の顔に、わたしはちょっとだけ罪悪感を覚える。無理を言っているのはわかるが、家族と一緒にいないと不安定になる。それは自分の心でも思うようにはいかない。

「……十歳だ」

ぼそりと低い声がいきなり年齢を指定した。首を傾げるわたしに神官長は仕方なさそうな顔をしながら、わたしを膝から下ろす。

「貴族院に行かねばならない年が十歳だ。それまでは神殿に通って魔力を奉納し、今まで通り家族に甘えるとよい。ただし……」

神官長はそこで表情を厳しくして、きっぱりと譲らない線を引いた。

「それ以降は君の意見など聞かない。危険で有害だと判断されれば、君は処分される。家族ごと。覚えておきなさい」

「……はい」

どうやら十歳になれば貴族の養女になることは、神官長の中で決定事項らしい。期限を決められた家族との時間に、わたしはそっと胸を押さえた。

冬の日常

護衛であるダームエルを付けることで、わたしはやっと神殿内で行動することが許可された。毎日貴族街から通ってくるダームエルは大変そうだが、魔石を変化させた天馬を使ってくるので、ルッツやトゥーリと違って雪に埋もれるようなことはないらしい。

……わぉ、魔術って便利。

ダームエルが来てくれたおかげで、わたしは孤児院や図書室に行くことが可能となり、気を紛《まぎ》らわせることができるようになった。深い雪に神殿が閉ざされ、家族の来訪も少なくなってきたけれど、図書室に籠もることができるようになれば、わたしの寂しさが少し和らぐはずだ。本を読んでいる時だけは、寂しさを感じずにいられる。ただ、図書室はものすごく寒い。いくら服を着込んでも長時間は籠もっていられないし、ダームエルやフランも行くのを嫌がる。

「巫女見習い、図書室に籠もるのではなく、フェルディナンド様に本を自室へ持ち込めるようにお願いした方がよいのではないか？」

「ダームエル様のおっしゃる通りでございます、マイン様。頻繁に図書室に通っていては体調を崩されます」

意外とフランとダームエルは仲が良い。意見が合うというか、フランが貴族のやり方に慣れているので噛み合うというか、上手くやっているようだ。

「……神官長。そういうわけで、図書室から本を持ち出しても良いですか？」

「私の持ち込んだ私物だけならば構わぬ。奉納式を控えているのに、君に風邪を引かれる方が困るからな。……フッ、これで私の勝ちだ」

予想通り、あっという間にリバーシのセオリーを覚えた神官長がわたしを見てニヤリと笑った。見た目幼女に本気を出すなんて、神官長は大人としてどうかと思う。

「子供相手に本気を出す神官長はひどいと思います」

「初心者相手に本気を出す君に言われたくはない。負け惜しみか？」

神官長は時々大人げないことをするが、人が良い。本も貸し出してくれるし、どうしても寂しさに耐えられなくなって、神官長の部屋に押し掛ければ、書類の整理や大量の計算などの仕事と引き換えにちょっとだけ甘えさせてくれる。大抵の場合、ものすごく嫌そうな顔をされるけれど、わたし自身が周りを気にする余裕などない状態になっているので、神官長はともかく、わたしには問題がない。

「マイン、おはよう。元気にしてる？」

「寝込んでないか？」

吹雪がそれほどひどくない日にはトゥーリがルッツと一緒に来てくれる。トゥーリは目下、字を覚えようと奮闘《ふんとう》中だ。神殿教室の教科書にしている子供用聖典と石板と石筆を持っていって、孤児院の子供達と一緒に勉強している。文字も計算も問題なくできるルッツは手仕事の進行状況を確認したり、灰色神官と一緒に子供達に文字を教えたり、ギルに報告書の書き方を教えたりしているらしい。

「誰だ、巫女見習い？」

「ダームエル様、こちらの二人はわたくしの姉のトゥーリと友人のルッツです。ここにはよく顔を出すので覚えておいてくださいね」

わたしはダームエルにトゥーリとルッツを紹介し、ダームエルを見上げてポカンとしているトゥーリとルッツにダームエルを紹介する。

「トゥーリ、ルッツ。これからわたしの護衛をしてくれることになったダームエル様。騎士団の一員なの」

「……騎士団？　すげぇ！」

「お貴族様がマインの護衛っ!?」

二人からキラキラに輝く期待と羨望の眼差しを向けられたダームエルが少しばかりたじたじとした表情になる。

「巫女見習い、こういう時はどうすればいい？」

「ニッコリ笑っておけばいいと思います」

引きつった笑みを浮かべて、ダームエルが二人に応じる。

後で聞いたところによると、貴族街からほとんど出ることなく育ったダームエルは、平民と接することがほとんどなかった上に、貴族社会ではヒエラルキーの下の方だったため、羨望の眼差しを向けられることもなかったらしい。そして、兄はいても、下に兄弟がいないので、幼い子供にどう接して良いのかわからないそうだ。

「じゃあ、マイン。わたしとルッツは孤児院に行ってくるね」

べったりと引っ付いているわたしの手をポンポンと軽く叩きながら、トゥーリがそう言った。わたしはしがみつく手に力を入れたまま首を振った。

「今日はわたしも一緒に行く。ダームエル様がいる時は神殿内を歩いても良いって、神官長に言われたし、神殿教室の進度も気になってるから」

これまでは二人が来てもずっとお部屋でお留守番だったが、今日はダームエルがいるので、わたしも孤児院に行くことができる。ロジーナとダームエルをお伴に連れて、わたしは二人と一緒に孤児院の食堂へと向かった。

「巫女見習いが孤児院の院長をしているのか？……ずいぶんと人材不足なのだな」

「えぇ、人材不足は深刻なのです。神官長も大量のお仕事を抱えて大変そうですし、少しでもお手伝いするためですから。わたくしの場合、孤児院長とは言っても肩書だけですけれど」

自分から首を突っ込んで、色々しでかしたということは、わざわざ説明する必要もないだろう。

実際、孤児院で何か重要な案件があった時に、書類にサインするのは神官長だ。わたしは孤児院の日常を管理する中間管理職にすぎない。

「フェルディナンド様の書類仕事の手伝いもしていたし、巫女見習いは優秀なのだな」

ハァ、とダームエルが溜息を吐いた。騎士団にいた時の神官長は努力しない無能が殊の外嫌いで、能力が劣る者には他の者の倍以上の課題を与え、努力しない者はどんどん切り捨てる鬼上司だったらしい。神官長の側仕えになれば嫌でも一流になれるという評判があることを考えても、熱血教育を行うところは全く変わっていないと思う。

「神官長は努力してもできない課題は出さないと、フランから聞いていますけれど？」

「フェルディナンド様の課題についていけるのが、優秀な証しだ。私は直々に課題を与えられたことさえない。当時は下級騎士見習いだったので、視界にさえ入っていなかったと思う」

神官長からの課題が欲しいとぼやくダームエルのために、今度神官長に「課題を与えてあげてください」とお願いしてみようか。神官長はきっと嬉々として課題を与えてくれるだろう。

「ルッツ、トゥーリ、いらっしゃい。あら、ロジーナ。今日はマイン様もご一緒ですの？」

ふんわりとした笑顔で迎えてくれたヴィルマが視界にダームエルを捉《とら》えた途端、ぴきりと固まった。小さく震えながら、泣きそうな目でわたしを見る。

「マイン様、こちらのご立派な身なりの殿方はどちら様でしょう？」

「わたくしの護衛をしてくださる騎士です。とても親切ですし、職務に忠実です。孤児院の子供達や女性に無体《むたい》な真似はいたしません。ねぇ、ダームエル様？」

「あぁ、無体な真似などするつもりはない。騎士としての誓いにもとる」

基本的に横暴な青色神官や花捧げを目当てにやってくる貴族しか知らないヴィルマは、ダームエルを警戒した雰囲気のまま、わたし達を中に招き入れてくれた。

「暖かいな」

ダームエルが驚いたように目を見張ってそう言った。しっかり冬支度をしていたので、孤児院の食堂は赤々と暖炉《だんろ》を燃やすことができて暖かい。そして、少しでも薪《まき》を節約するために男子棟には人がおらず、日中は全員が食堂で過ごすことになっている。そうすると、人口密度が高くなるので、必然的に暖かくなる。

「冬支度を頑張りましたし、ここは人が多いですから」

食堂の一角では文字を教えるための神殿教室が開催され、すでに文字を覚えている見習いは別の一角で冬の手仕事に精を出している。

「あ、もう始まってる。マイン、わたし、行くね」

「オレもあっち見てくる」

トゥーリは神殿教室の方へと向かい、ルッツは手仕事をしている一角へと向かっていく。わたしは神殿教室が見やすい位置で、邪魔にならない程度の距離があるテーブルに向かった。

「巫女見習い、あれは一体何をしているのだ？」

ダームエルが不思議そうな顔で神殿教室を行っている一角を指差した。

「子供達に文字を教えているところです」

「……孤児に文字を？　一体何のために？」

ここでは字の読み書きができるのは特権階級の者だけだ。孤児が字を読めるなど、考えられないのだろう。だが、孤児院の子供達から青色神官の側仕えになる者がいることを考えれば、下町の職人より、読み書きを覚えさせられる確率が高い。職人の子供達に文字を教えるより、必要になりそうなところから識字率を上げる方が効率が良い。

「神殿の孤児達はいずれ側仕えになったり、貴族街で下働きをしたりするようになりますから、今から文字と数字を教えておくのです。そうすればお仕事が捗《はかど》りますから」

「なるほど。教育係の手間が省けるというわけか」

先生役の灰色神官が子供用聖典を読んで、石板に一つずつ基本文字を書かせていく様子を見ながら、わたしはヴィルマと次の絵本の話をした。季節ごとに神の眷属に関する本を作るため、ぶ厚い聖典の中から記述を抜き出し、まとめたものをヴィルマに見せる。その文章をところどころ直してもらい、詩的な表現を追加してもらう。

「巫女見習い、これは何だ？」

「文字を覚えるために作った子供用の聖典です。これで神様の名前や神具を覚えられるのです」

「……ほぉ」

興味深そうにダームエルが子供用聖典をパラパラとめくる。

「今あるのは、最高神と五柱の大神について書かれた物だけですけれど、これから、眷属に関する本を作る予定です。祝福を与えるにも神の名は必要ですもの」

「それはあると確かに便利だな。私も覚えるのに苦労したものだ」

魔術を扱う際にも神の名前をたくさん知っている方が有利だとダームエルが漏らした。ならば、わかりやすい神様辞典のような絵本を作れば貴族に売れるに違いない。貴重な貴族側の意見に、わたしは脳内で利益計算をして、むふっと笑った。

「ヴィルマ、一緒にカルタをやりましょう」

「マイン様もご一緒いたしませんか?」

本を読んだ後はカルタで遊ぶのが通例となっているようで、床にはカルタがバラバラに並べられている。それをトゥーリがしかめ面になってじっと見ていた。

「トゥーリ、怖い顔になっていますよ?」

部屋から出ている間は、ルッツやトゥーリが相手でも言葉遣いを崩してはならない。そうフランとロジーナに言われているので、わたしはむず痒い思いをしながら丁寧な口調でトゥーリに話しかけた。トゥーリが少し眉尻を下げて、小さな声で恥ずかしそうに呟く。

「……わたしね、カルタ、この中で一番弱いの」

孤児院の子供達は皆で遊びながら覚えたし、ギルに与えた時から一緒に使っているので、字を覚えていなくても、絵を見ればすぐに取れる子も多い。しかし、まだ字が覚えられていなくて、神様に馴染みが薄いトゥーリにはかなり難しい。毎日カルタで遊んでいる子達と雪が弱まった時しか来られないトゥーリでは基礎が全く違う。

「慣れが大事ですから、何度も挑戦するしかありませんね。まずは、教科書の神様だけでも取れるようにすればどうかしら？」

絵を描いたのはどちらもヴィルマなので、神様の顔や特徴は完全に一致している。読み札と絵札を覚えなければ勝てないので、覚えた物だけでも確実に取れるようになるしかない。

「頑張ってみる」

わたしもカルタを頑張ってみたけれど、毎日遊んでいる子達は強い。全く勝負にならない。あと、成人が近い見習いもいて、腕の長さが違うのはずるいと思った。

午後からはトゥーリの裁縫教室だ。これは女の子を中心に簡単な補修の仕方を教えている。すでに数回目なので、トゥーリの先生姿も様になっているし、孤児達も自分達で裾の解《ほつ》れを直せるようになってきたので、中古服とはいえ、見た目がかなりマシになっていた。

「あら、ギル。防寒具を着ているけれど、どこに行くの？」

男の子はルッツを中心に、防寒具を着込んでいるのが見えた。吹雪ではないとはいえ、雪はまだちらちらと降っている。

「工房でパルゥ採りの準備をするって、ルッツが言ってたぜ」

冬の晴れた日はパルゥ採りと決まっている。晴れた日の朝早くに準備をするのは大変だから、今から準備をしておくらしい。

「では、しっかり準備して、当日はたくさん採ってきてくださいね」

「おぅ！」

孤児院の子供達は当然パルゥ採りも初めてだ。だが、人数が多いのだから、たくさん採れるに違いない。今からどれだけ採れるか楽しみだ。準備のために工房へと駆けていく男の子達を見送っていると、トゥーリがハァと溜息を吐いた。

「今年は母さんが行けないから、パルゥ採りは難しいかもね」

わたしは常に戦力外だし、母さんも妊娠中なので、とても木登りなんてできるわけがない。父さんは仕事の可能性が高いので、完全には当てにできない。今年は冬の甘味が手に入らないかも、とトゥーリが嘆く。

「トゥーリは孤児院の子供達を連れていってくれるのではないの？　そのお礼に家族分のパルゥを渡すつもりだったのだけれど……」

さすがにルッツ一人で子供達を率いるのは大変だ。トゥーリにも手伝ってもらい、お礼としてウチの分のパルゥを確保するつもりだった。わたしの言葉にトゥーリは目を輝かせた。

「それ、いいね。よかった。今年はパルゥケーキが食べられないかと思ったよ」

パルゥを採ったら果汁を取って、油を取って、搾りかすでパルゥケーキを焼くのが、我が家のお約束になっている。今年は孤児院で同じことをするつもりだ。そのために、大きめの鉄板も買ってある。

「巫女見習い、パルゥとは何だ？」

ダームエルは思い当たる物がないようで不思議そうな顔をしている。貴族が木登りをしている姿を思い浮かべてちょっとだけ笑う。ひらひらの袖がどしないのだろう。　貴族達は多分パルゥ採りな

冬の日常　　112

邪魔で木登りなんてできないに違いない。

「冬の晴れた日の午前中にしか採れない木の実で、とても甘いのです」

「マイン様、パルゥは甘いのですか？」

ヴィルマの周りを囲んでいた子供達がわたしの言葉を耳に留めたようで、期待に目を輝かせて近寄ってきた。孤児院は人数が多いので普段の生活で甘味は滅多に食べられない。甘味の話に今にも涎《よだれ》を垂らしそうな顔になっている。

「えぇ、とても甘くておいしいのです。わたくしも大好きなのですよ」

「わぁ、楽しみ」

「トゥーリ、絶対に連れていってくださいね」

森に連れていってくれるのはトゥーリとルッツだと子供達には刷り込んである。数人の子供達に取り囲まれたトゥーリがニッコリと笑った。

「うん、一緒に行こうね。その代わり、パルゥ採りはすごく早く森に行かなきゃダメだから、晴れた日は早起きして準備しなきゃならないの。できる？」

「できる！」


それから、数日後、待ち望んでいた晴れ間がやってきた。朝から眩《まぶ》しい光が差し、雪に反射して空気がキラキラと輝いているのが、天蓋から垂れるカーテン越しにもわかる。

デリアが起こしに来るより先にベッドから飛び降りたわたしは、手摺《てすり》から身を乗り出すようにして二階から下に向かって声をかけた。

「ギル！　ギル！　今日はパルゥ採りの日よ！　孤児院の子供達に知らせて、急いで準備をさせてちょうだい」

すでに起きて着替えを終えていたらしいギルが「おぅ！」と叫んで部屋を飛び出していき、部屋の準備をしていたデリアが憤怒《ふんぬ》の形相でわたしの腕をガシッとつかんだ。

「マイン様！　起こしに行くまで寝ていてくださいませ！　それから、寝間着姿のまま、階段の方へと身を乗り出すような真似をなさってはなりません！　もー！　何回言ったらわかるんですか⁉」

「デリア、今日はパルゥ採りの日だから、すごく早い時間にルッツとトゥーリが来るわ。すぐに着替えなくては」

二の鐘の開門に合わせて、下町の人達はパルゥ採りのために動き始めるのだ。ルッツやトゥーリが孤児院にやってくるのも早いに違いない。わたしの言葉にデリアは目と声を尖らせた。

「そんなの、予定にありませんわ！」

「吹雪がいつ晴れるかは命の神エーヴィリーベの御心次第ですもの。誰にもわからないわ」

わたしは急いで着替えてトゥーリとルッツが来るのを待った。朝食は皆を見送ってからでもいいだろう。わたし達が上でバタバタしていることに気が付いたのか、フランも客を迎えるための準備を始める。

わたしの予想は正しく、普段は朝食を食べているような時間にトゥーリが駆け込んできた。その後ろには父さんの姿もある。

「マイン、おはよう！　今日は父さんが休みだから一緒に行ってくれるって」

「父さん、久し振りっ！」

ホールへと入ってきた父さんを見て、わたしは階段を駆け下りて「とぉっ！」と飛びつく。父さんはガシッとわたしを一度抱きとめて、ぐいっと抱き上げてくれた。じょりじょりする髭《ひげ》の辺りを撫でて、高さが同じくらいになった顔を見合わせる。

「元気そうだな、マイン。熱は出していないのか？」

「うん、体調が悪くなりそうな時はフランがすぐにベッドに連れていってくれるし、下手に寝込んだら、すごく苦いお薬を飲まされるし、熱が上がる暇《ひま》がないの」

「そうか」

ニコニコとした笑顔で聞いてくれる父さんに近況を報告しながら甘えていると、トゥーリが懐から瓶を取り出した。

「マイン、これがなくなったって言ってたでしょ？」

父さんに下ろしてもらって、わたしは瓶に手を伸ばす。天然酵母《こうぼ》の入った瓶だった。家にいないわたしの代わりにトゥーリが天然酵母の世話をしてくれているのだ。わたしはほんのりと温かい瓶を受け取って抱きしめる。

「ありがと、トゥーリ」

「これを渡そうと思ったのと、マインの顔を見に寄っただけだから、すぐにパルゥ採りに出かけるね。ルッツはもう孤児院に行ってるの」

「うん、いっぱい採ってきてね。お昼には焼き立てのふんわりパンを準備して待ってるから」

二人を見送って、わたしは緩んだ頬に手を当てた。ほんの一時でも家族と触れ合うと嬉しくなる。

そして、今日の午後はパルゥの加工とパルゥケーキ作りだ。

「フラン、エラにこれを届けてくれる？　それから、今日のお昼は父さんとトゥーリとルッツも一緒だと伝えてちょうだい。ふんわりパンを焼いてほしいの」

「かしこまりました」

フランに天然酵母の入った瓶を渡した後は、ロジーナに声をかける。

「ロジーナ、フェシュピールの練習が終わったら、ヴィルマのところに行ってパルゥケーキの準備を始めるように言っておいてちょうだい」

「かしこまりました」


三の鐘までフェシュピールの練習をして、神官長のお手伝いに行った。神官長に不気味なほど機嫌が良いと言われながら、お手伝いをこなす。今日のお昼はパルゥ採りから帰ってきた父さんとトゥーリとルッツも一緒なので、それを考えるだけでも心が弾んだ。

あっという間に四の鐘が鳴り、お昼の時間となった。わたしを部屋まで送り届けた後、ダームエルはまた神官長の部屋へ向かう。

「では、私は昼食に行くので、戻るまで部屋から出ないように」

「かしこまりました、ダームエル様」

ダームエルの昼食は神官長の部屋で準備されている。わたしの部屋の蓄えでは成人男性一人分を賄《まかな》うことはできないからだ。エラから昼食の準備ができたという連絡を受け、わたしはそわそわしながら皆が帰ってくるのを待っていた。


「マイン、ただいま。いっぱい採れたよ」

「おかえりなさい」

昼過ぎに三人とも大満足の笑顔で帰ってきた。やはり人海戦術は強力だったようで、かなりたくさんのパルゥが採れたらしい。トゥーリが持ってきてくれた天然酵母を使ったふわふわパンを味わいながら、午後からの予定について話し合う。

「マイン、午後からは加工だけど、どこでするか考えてるの？　工房？　それとも食堂？」

「果汁を取るのは食堂が良いけど、油を搾るのは工房の圧搾機を使った方が早いんじゃない？」

紙の水を搾るための圧搾機が工房にはある。父さんや灰色神官に手伝ってもらえば、ハンマーでちまちま搾る必要はない。わたしの提案にルッツがうーん、と難色を示した。

「寒いとパルゥが硬いから、暖かい食堂でハンマーを使った方が多分簡単だと思うぞ」

「人数が多いから、ハンマーの数があるなら食堂でやればいいんじゃないか？」

ルッツと父さんの言葉にパルゥの加工は食堂でやることになった。パルゥの加工よりもその後の方が気になっているらしいトゥーリは、そわそわとしながらわたしに尋ねる。

「パルゥケーキはどこで焼くの？　女子棟の地階？　ここの厨房？」

「女子棟の地階の予定。……厨房で作ってエラから街に作り方が広がったら、搾りかすを家畜の餌にしている人が困るでしょ？」

「それは困るな」

　鶏を飼っているルッツが顔をしかめた。冬の餌にパルゥの搾りかすはとても良いのだ。無料同然で手に入る搾りかすが手に入らなくなると、家畜を飼っている人達はとても困ることになる。パルゥケーキは自分達だけでこっそりと楽しめばいい。孤児院の地階で作る分が下町に広がることはないはずだ。

「午後からはパルゥをウチとルッツと孤児院で分けて、加工作業を食堂でしようね」

「じゃあ、わたし、女子棟の地階で女の子達にパルゥケーキの焼き方を教えるよ」

　昼食を終えた後、早速三人は作業をするために孤児院へと向かっていった。わたしはダームエルが戻ってくるのを待ってから孤児院へと移動する。部屋に残るのはやはり孤児院に行きたくないと言うデリアだけだ。

「巫女見習い、これは一体何をしている？」

　ダームエルは孤児院の状態を見て、顔を引きつらせた。食堂の一角では穴を開けた木の実を持って、とろりと落ちる白い果汁をカップに取っている子供達がいて、別の一角ではハンマーを構えた何人もの灰色神官がダンダンと大きな音を立てながら実を叩き潰している。パルゥを知らない人が見れば、ちょっと異様な光景に見えるかもしれない。

「こちらではパルゥの実から果汁を搾っていて、あちらでは果汁を搾り終わった実を叩いて搾って、油を搾り取っています。最後に残った搾りかすはおいしいお菓子になるので、地階で女の子達が頑張ってくれているはずです」

トゥーリが先生として頑張ってくれているようで、搾りかすを持ち込むとすぐに地階からふんわりと甘くて良い香りが漂い始めた。ヴィルマに頼んで、午前中に確保してもらっていたヤギの乳と卵とパルゥの搾りかすと果汁を混ぜ合わせ、バターで焼いたパルゥケーキを作っているはずだ。うっとりするような匂いを軽く目を閉じて胸一杯に吸い込む。

ロジーナとフランにお皿の準備を頼んでしばらく経つと、お皿にパルゥケーキを積み重ねたトゥーリが地階から上がってきた。

「あ、もう来たのね？　ちょうど良かった。どんどん焼き始めているよ」

トゥーリの後ろにはもう一人の見習いがいて、同じようにパルゥケーキを重ねたお皿を持っている。二人はそのお皿をわたしの前に並べていった。

「マインは見張り役ね。つまみ食いされないように、よく見てて」

トゥーリの言葉にわたしは小さく笑いながら頷いた。少なくとも青色巫女見習いであるわたしの目の前にあるパルゥケーキをつまみ食いして、以後お預けを食らいたい物好きはここにはいない。

「わぁ、いい匂い」

「おいしそう～」

甘い匂いと共に現れたパルゥケーキを見て、果汁を搾っていた子供達が仕事を放り出して、駆け寄ってくる。

「お仕事が終わらなければ、食べられませんよ？　働かざる者食うべからずです」

わたしの言葉に、子供達は慌てた様子で自分の持ち場へと戻っていく。その足音に交じって、ゴクリと唾を呑み込んだような音が背後から聞こえた。思わず振り返ると、ダームエルの視線がパルゥケーキをがっちりと捉えていた。

「……巫女見習い、これは？」

食べたい、とダームエルの顔に大きく書いてある。貴族ならば砂糖が手に入るだろうから、甘味など珍しいものではないと思うけれど、初めて見るものだから興味深いのだろうか。

「パルゥで作るパルゥケーキです。パルゥをご存じなかったようですし、初めて見る珍しいものですものね。皆と一緒に召し上がりますか？」

「コホン！　そうだな。孤児院に来ることが多くなる以上、ここでどのような物が食べられているか、少し興味はある」

たくさんあったパルゥの加工を終わらせると、パルゥの果汁や油や搾りかすを女の子や子供達が女子棟の地下室へ運んでいき、男達は加工に使った道具を男子棟の方へと片付けに行く。

フランとロジーナはパルゥケーキを切り分けていき、皿を持って並び始めた子供達に配っていった。わたしはギルに頼んで、お留守番しているデリアにパルゥケーキを届けてもらったり、部屋の厨房でエラの助手をしている子達の分を取り置いてもらえるように指示を出す。

食堂に全員が勢揃いし、皆の前にお皿が並んだ。フランによって部屋から持ち込まれた食器がわたしとダームエルの前に並べられる。

「では、お祈りをいたしましょう」

わたしの言葉に、子供達は両手を胸の前で交差して、食前のお祈りをする。

「幾千幾万の命を我々の糧《かて》としてお恵み下さる高く亭亭《ていてい》たる大空を司る最高神　広く浩浩《こうこう》たる大地を司《つかさど》る五柱の大神　神々の御心に感謝と祈りを捧げ　この食事をいただきます」

つらつらと祈りの文句が出てくる皆を父さんとトゥーリが呆然とした顔で見ているが、わたしも神殿で食事を摂るうちに覚えた言葉だ。ちらりと見ると、ダームエルも当たり前の顔で祈り文句を唱えているのがわかった。貴族も同じようにお祈りをするようだ。

お祈りを終えると、子供達は先を争うようにパルゥケーキを口に入れた。わたしはその様子を見ながら、一口食べる。

「すごい！　おいしい！」

「甘い！」

子供達の喜びの声の中、隣で食べているダームエルが目を見開いて固まっていた。

「巫女見習い、これは下町の者が当たり前に食べている物か？」

「当たり前ではありません。わたくし達がこっそりと楽しんでいる物です。お気に召しまして？」

わたしが尋ねると、ダームエルはゆっくりと息を吐いた。

「うますぎる。……ここの子供達は貴族並みの生活をしているのではないか？　読み書きを学び、このような甘味を摂れるなど」

「ここは孤児院でございます。おそらく貴族の生活とは全く違いますわ。このパルゥも朝早くから雪深い森へ行って自分達の手で採ってきたものです。冬の晴れた朝にしか採れないパルゥは売り物ではございませんから」

釈然《しゃくぜん》としないような顔でダームエルはパルゥケーキを食べていたけれど、それから先も、冬の晴れた日は孤児院へ向かうことを催促《さいそく》するようになった。どうやらかなり気に入ったらしい。

パルゥケーキを気に入ったのはダームエルばかりではない。孤児院の面々も同じだ。

「マイン様、これはとてもおいしいですね」

「今度はいつ晴れるでしょう?」

「パルゥの搾りかすはまだたくさんありますから、また作りましょうね。搾りかすは他の料理にも使えますから、楽しみにしていてくださいな」

わたしがルッツの家に譲ったレシピを孤児院の食事を作るヴィルマ達に公開した結果、孤児達のパルゥ争奪戦には更に熱気がこもることになった。

奉納式

書類仕事を早めに切り上げた神官長とリバーシをしている途中で、コトリと盗聴防止の魔術具を差し出された。わたしが手を伸ばして魔術具を握り込むのと、神官長がペチッと黒を置くのは同時だった。

「マイン、次の土の日から奉納式が始まる」

「はい」

神官長の置いた黒を睨みながら、真剣に次の手を考えていると、神官長がぼそりと呟いた。

「……手を抜くように」

言われたことがすぐに理解できなくて、わたしはぽかんとして神官長を見上げた。「間抜け面を見せないように下を向きなさい」と注意した後、神官長は奉納式で一日に使う魔力量について説明を始めた。

「魔力を込めすぎないように気を付けなさい。神殿長には普段奉納している、君の余った魔力が小魔石七～八個分だと伝えてある。その場合、どれだけ気合を入れても二十個を超えると倒れる」

神官長は「君には二十個でも余裕があるだろうが……」と言いながら、片面が黒で塗られたリバーシ用の小さな板を手に取る。その間も盤面から視線を動かしていない。

「下手に魔力を見せつけると、今まで隠していたとか、騙《だま》すつもりだったというように邪推《じゃすい》される可能性があるので、今回の奉納の儀式で聖杯に込める魔力は小魔石二十個くらいにしておきなさい。できれば、帰る頃は少し気分の悪そうな顔をしていると尚良い」

「別に構いませんけれど、それって、結局のところ、神殿長を騙しているって言いませんか？」

奉納する魔力を抑えるくらいはできるけれど、「騙そうとしている」というのが神殿長の邪推ではなく、事実になると思う。わたしの指摘に神官長はフッと唇を歪めた。

「騙しているのが事実ならば、邪推にはならないだろう？　邪推されるのは腹立たしいが、事実ならば、その通りだ、と言えば済む。それに、本気を見せてしまうよりは隠しておいた方が後々都合は良い。馬鹿正直に全て教えてやる必要などないからな。敵対する者がいるならば、常に隠し玉や余力を持っておくべきだ」

「……なるほど」

一応納得しつつ、「騙したな!?」「その通りだ」という神殿長と神官長のやり取りを想像する。

……悪役は絶対に神官長だよね。

土の日は奉納式が始められる日である。

わたしはデリアによって朝から風呂に入れられて、身を清めさせられた。そして、新しい儀式用の青い衣装を身につける。同色の糸で流水紋と花の刺繍がされた青の衣装は金の縁取りがされていて、腰に締められるのは銀の帯だ。そして、それ以外の飾りに使われる小物の色は冬の貴色《きしょく》である赤。冷たさを和らげ、希望を与える炉の色だそうだ。

「デリア、今日の簪《かんざし》は新しいのを使うわ」

クローゼットから簪を取り出そうとしたデリアを止めて、わたしは数日前にトゥーリから届いたばかりの包みを執務机の引き出しから取り出してデリアに渡した。

「もー！　簪を机の引き出しに入れてはなりませんわ！　形が崩れたらどうするおつもりですの!?」

ぷりぷりと怒りながら、デリアが包みを丁寧に開けていく。

冬と春の儀式で使えるように色は赤と緑の糸が使われているけれど、デザイン自体は前の洗礼式用の簪とよく似ている。赤いバラのような大きめの花が三つあり、藤の花のように垂れていた小花の代わりに緑の小さな葉が何枚も垂れている。騎士団の要請の時にちょっとぐちゃっとなってしまった簪を見て、しょんぼりしていたわたしのために家族が新しく儀式用の簪を作ってくれたのだ。冬籠もりの寂しさを和らげる品物としても活躍している。

「これも似合いますけれど、マイン様の御髪《おぐし》の色には以前の簪の方が映えましたね」

わたしが新しい簪で髪をくるりとまとめると、少し離れた位置からできあがりを確認していたロジーナが少し残念そうにそう言った。

「今回は冬と春に使える儀式用に貴色を使ってもらえるように頼んだから、仕方ないのです」

新しい簪で髪を整えた後は、ダームエルが来るのを待って、神官長の部屋に移動する。

わたしの部屋だけが貴族区域から外れた場所にあり、神官長の側仕えが呼びに来るのが大変なので、神官長の部屋で待機するように言われたのだ。最高級の生地を使った儀式用の衣装は温かいのに軽く、歩くとサヤサヤと心地良い衣擦れの音がする。

「恐ろしく高価なだけあって、素晴らしい衣装だな」

罰として衣装にかかる費用の四分の一を負担することになったダームエルは、わたしの儀式用の衣装を見て感嘆の息を吐いた。

すでに生地が手元にあって、持ち込んで仕立ててもらったわたしの時と違って、この衣装は生地から準備することになった上に、特急料金を上乗せされている。こっそりとダームエルに教えてもらった情報によると、わたしが支払った価格の三倍以上も高価だったらしい。下級貴族で、金銭的に余裕がない家柄のダームエルは金額を聞いて真っ青になり、家族に相談したという。結果として、兄の愛人の実家に用立ててもらって支払ったそうだ。

「巫女見習いは一度自分で仕立てたのだろう？　よくそれだけの資金が手元にあったな」

「わたくしはいただき物の生地を持ち込んで仕立てたので、それほどの金額はかかっておりませんから」

「それはそうだろうが……」

そんな話をしているうちに神官長の部屋へと到着した。部屋の主である神官長は儀式の間にいるため不在で、わたしの世話をするように言いつけられている側仕えだけが数人いた。

「おはようございます、マイン様。他の青色神官の奉納の儀式が終わり次第、アルノーが呼びに参りますので、それまでこちらでお待ちくださいませ」

儀式が終わるまで飲食は禁止されているので、ただ座っているしかできない。勧められた席にわたしは座り、フランとダームエルはその後ろに立った。貴族であるダームエルを立たせた状態で自分が座っているという状況が落ち着かず、わたしはダームエルを振り返って見上げる。

「ダームエル様は座りませんの？」

「巫女見習い、護衛が座っていては緊急時に困るであろう？」

当たり前の顔で言われてしまうと、居心地が悪くてもそのまま座っているしかなさそうだ。

神官長の部屋でおとなしく座って待機していると、アルノーが呼びに来た。

「マイン様、急いでお越しくださいませ」

アルノーに先導されたわたしはフランとダームエルを従えて、貴族区域の最奥にある儀式の間へ向かう。神官長の部屋を出て、いくつかの扉を通り過ぎ、神殿長の部屋の前を通り過ぎて角を曲がる。わたしの歩調に合わせてくれる側仕え達と違って、アルノーの歩調は速めだ。必死に付いていこうとするわたしを見かねてフランがアルノーに声をかけた。

「アルノー、申し訳ありませんが、もう少しゆっくりお願いします」

「あぁ、マイン様には少し速すぎましたね。失礼いたしました」

アルノーが歩調を落として歩き始めた時、一番奥の扉が廊下に立つ灰色神官の手によってゆっくりと開かれるのが見えた。わたしの到着に合わせて開かれたのではなく、中から出てくる者に合わせて開かれたようで灰色神官達の視線は奥へと向かっている。

開いた扉の向こうから出てきたのは、白の衣装に金の帯を締めて金色のタスキのような物をかけている恰幅《かっぷく》の良い人物だった。自分の洗礼式でも見たし、一人だけ神官とは違う衣装なので一目でわかる。

「……神殿長」

思わず呟きが漏れた。神殿に入ってから全く姿を見ていないため、印象が薄れていたけれど、あちらはしっかりとわたしを敵対視《てきたいし》しているようだ。わたしの姿を見つけた神殿長は忌々しそうな顔になってこちらに向かってくる。神殿長室に戻るところなのだろうが、タイミングが悪い。せめて、神殿長が部屋に戻った後だったらお互いに顔を合わせることもなく、嫌な気分になることもなかっただろう。

わたしは廊下の端に寄ると、両手を胸の前で交差させて跪く。アルノーとフランとダームエルもそれに従った。シュシュッと衣擦れの音をさせながらコツコツと靴音が近付いてくる。嫌われている自覚があるだけに、神殿長と顔を合わせることで何事が起きるかと、心臓をバクバクさせながら、通り過ぎるのをじっと待っていた。顔を伏せていても、視界には白い衣装が動いていくのが見える。緊張しながら体を固めてじっとしていたが、目の前で「フン」と鼻を鳴らされた以外は特に何事もなく神殿長は通り過ぎていった。

バタンと部屋の扉が閉まる音がするまで顔を伏せて跪いていたわたしは、安堵の息を吐いて立ち上がる。そして、アルノーに案内されるまま、扉が開いたままの儀式の間に入ろうとした。

「ダームエル様はこのままお待ちください。儀式の間に入れるのは儀式を行う神官と巫女だけでございます」

アルノーの言葉にわたしは思わず振り返った。アルノーは「神官長が中でお待ちです」とわたしに入室するように促す。わたしは知らなかったけれど、アルノーの言葉は正しかったようで、儀式の間には神官長がたった一人、祭壇の前に立っていた。

儀式の間は小さな礼拝室だった。神官長の部屋より少し天井が高く、奥行きがあった。壁も柱もところどころに装飾に金が使われている以外は白だ。

両側の壁際には礼拝室と同じ複雑な彫刻がなされた円柱の柱が並んでいる。その柱の間には窓が等間隔で並び、その前には篝火《かがりび》が焚《た》かれていた。

正面の壁には天井から床まで色とりどりのモザイクで複雑な文様が描かれ、色彩が豊かだ。その前には祭壇が準備されていて、祭壇の両脇にも篝火が焚かれている。部屋の真ん中には赤いカーペットのような布が敷かれていて、その布は祭壇に繋がっていた。赤の布が敷かれた祭壇には、神の石像はないけれど神具が飾られている。

段の一番上には最高神である光の女神の冠と闇の神の黒いマント、その下の段には大きな金の聖杯が中央に置かれ、両脇に小さな聖杯がたくさん並んでいる。小さい聖杯は青色神官達が収穫祭の時に農村から持ち帰った物で、この奉納式で魔力を満たし、春の祈念式にまた農村へ持っていかなければならない物だ。その次の段には神具である杖と槍と盾と剣が飾られている。

その下段には神への供物がある。息吹《いぶき》を象徴する草木、実りを祝う果実、平穏を示す香、信仰心を表す布が捧げられていた。

「マイン、早かったな」

神官長がくるりと振り向いた。神官長の衣装も儀式用の衣装で、普段使いの青の衣とは全く違うものだった。小さな葉のような模様が全体に織り込まれた青の衣に、成人している者が締める金色の帯。小物は同じように冬の貴色である赤でまとめられていた。

「他の青色神官はいないのですね」

「魔力量が違いすぎるからな」

神官長の答えに、平民風情と嘲《あざけ》るわたしと奉納できる魔力に大きな違いがあると、彼等の自尊心が傷つくのだろう、と推測する。こちらとしても顔を合わせて気分良い時間を過ごせるとは思えないので、隔離《かくり》されていても全く構わない。

「彼等の自尊心を守るためだけではない」

わたしの考えを読んだような神官長の声に思わず顔を上げた。

「同じ目的を持って集合し、同じ祈りを捧げながら魔力を放出すると、相乗効果で魔力が流れやすくなるのだ。君の魔力放出量につられてしまうと、他の者にとっては危険を感じるほどの流出になる恐れがある」

「……そうなんですか」

「君の儀式に付き合えるのは私だけだ。……始めるぞ」

神官長がふわりと袖を翻《ひるがえ》し、祭壇に向かって跪き、両手を赤い布に当てる。わたしも同じように神官長の一歩後ろに跪き、手をついて顔を伏せた。

この奉納式は、一年間にある神殿の行事の中で一番大事な儀式だ。次の年の豊穣《ほうじょう》に関係してくる神具に魔力を込める儀式である。祭壇に繋がる赤い布は魔力の籠もった糸が織り込まれていて、手をついて祈りを捧げると神具に魔力が流れていくようになっているらしい。

「我は世界を創り給いし神々に祈りと感謝を捧げる者なり」

低くゆったりとした口調が儀式の間に朗々《ろうろう》と響いていく。わたしも続いて復唱する。

「高く亭亭たる大空を司る最高神は闇と光の夫婦神　広く浩浩たる大地を司る五柱の大神　水の女

神フリュートレーネ　火の神ライデンシャフト　風の女神シュツェーリア　土の女神ゲドゥルリーヒ　命の神エーヴィリーベ　息づく全ての生命に恩恵を与えし神々に敬意を表し　その尊い神力の恩恵に報い奉らんことを」

祈りの言葉を口にするうちに、するりと自分の中から魔力が流れていくのがわかった。赤い布がキラキラと光り、魔力が光の波となって祭壇の方へと流れていくのが目に見える。

「マイン、そろそろ止めなさい」

スッと手を挙げた神官長がそう言った。わたしも同じように赤い布から手を離し、魔力の流れを止める。最後の魔力の流れがキラキラと光りながら小さな聖杯へと吸い込まれていくのをじっと見つめていた。

「今日はこのくらいで良いだろう。予想以上に流れたな」

神官長は祭壇の小聖杯を見つめてそう言った。一日で七個ほどの小聖杯を満たすことができたようだ。単純計算で全ての小聖杯を満たすために八日はかかることになる。

「君がいなかったら、このほとんどを私一人で満たさなければならなかったのだ。私には貴族街での務めもあるというのに……」

珍しく神官長はハァと疲れきったような溜息を吐いた。わたしは祭壇に並んだ小聖杯を見て、肩を竦める。なるほど、神官長が最初からわたしに親切だったわけだ。これを一人だけで満たさなければならないとすれば、嫌になるのもわかる。神官長も結構強い魔力を持っているのに、普段の奉納で手抜きしているのが今まで不思議だったが、神官長はわたしと違って貴族街でのお仕事もあるらしい。大変だ。

それからは、毎日奉納の儀式が行われた。わたしは他の青色神官と顔を合わせることもなく、神官長と一緒に魔力を込めていく。ほとんどの小聖杯への補充が終わったところで、神官長が新しい小聖杯を十個ほど持ってきた。

「マイン、儀式が長引くことになるが、協力してもらっても良いか？」

「どうしたんですか？」

仲が良いお隣の領地でも魔力不足が深刻で、余力があれば、と協力を要請されたらしい。

「恩を売って優位に立つにも良い機会だからな。少々無理でも引き受けておいた方が良い」

「……えーと、仲良し、なんですよね？」

「あぁ、良好だ。だからこそ、良好な状態を保つための駆け引きは常に必要だろう？」

……政治の世界、怖い。

それでも、自分の領地を守りつつ良好な状態を保つことを考えれば、わたしの考えるような仲良しと、領主同士の仲良しは全く違う意味になるだろう。頭では理解できるけれど、馴染まない感覚だ。政治の関係は全くわからないけれど、領主から頼まれたと言われれば協力するのは構わない。どうせわたしの魔力なんて余っているもので、自分の魔石や魔術具を持っているわけではないわたしが自由に使えるようなものではないのだ。

「我は世界を創り給いし神々に祈りと感謝を捧げる者なり」

神官長と共に預けられた小聖杯にも魔力を込めていく。その儀式の途中で、ギギッと音を立てて扉が開いた。

「ずいぶん熱心に祈っておるな」

目の前でざっと立ち上がって振り向いた神官長につられて、わたしも立ち上がって振り返る。今まで全く姿を見せなかった神殿長が儀式の間に入ってきた。一抱えもありそうな袋を抱えた神殿長がゆっくりとした歩みで祭壇の前まで歩いてくる。

「神殿長、どうなさいましたか？」

神官長の質問に答えようとせずに、神殿長は無言でコトンコトンと袋から取り出した小聖杯を並べていく。十個ほどの小聖杯を並べ終わり、くるりと振り返った神殿長の顔には、わたしが貧民だと知る前のような好々爺《こうこうや》の笑みが浮かべられていた。

「さぁ、マイン。これにも魔力を込めよ。これも領主に頼まれた物じゃ」

「そのようなこと、私は伺っておりませんが？」

神官長が不審そうに神殿長を見るけれど、神殿長は好々爺の顔をこれっぽっちも崩さないまま、眼光だけを強めた。

「其方には何も申しておらぬよ。儂《わし》はマインに申しつけておる。神官長の命は聞けても、神殿長である儂の命が聞けぬということか？」

断ることも、顔を立てることも、どちらでもできる。ただ、すでに怒りを買いまくっているわたしがここで神殿長直々の命令を断るのは賢明ではないと思う。後がものすごく面倒なことになりそうだ。わたしはちらりと神官長を見て判断を委《ゆだ》ねた。視線の意図に気付いたらしい神官長は、表情を少し険しくしながら、ゆっくりと頷く。

「今日の儀式は終了しました。明日からでよろしければ、行いましょう」

「その言葉、忘れるでないぞ」

ニヤァと笑った神殿長が入室してきた時と同じゆっくりとした足取りで、儀式の間を出ていく。扉が閉ざされ、シンと静まった儀式の間の中、神官長の口から安堵の息が漏れた。

「君が暴走するのではないかと、冷や冷やした。……だが、この増やされた小聖杯は、領主の命令ではないと思われる」

「やるって言っちゃいましたけど、どうしますか？　たまには顔を立ててあげるくらい、わたしは別に構いませんけれど」

神官長は難しい顔をしたまま、しばらく考え込んでいた。

「儀式はこのまま続行する。領主に問い合わせて裏を調べるつもりだが、この雪ではすぐに情報は集まらないだろう。泳がすためにもしばらくは従順であった方が都合は良い。頼めるか？」

「はい」

こうしてわたしの冬は少しずつ増えていく小聖杯を満たすことで過ぎていった。

ロジーナの成人式

「マイン様、成人式はどうされますか？」

冬の半ばが近くなったある日のこと､儀式を終えて部屋へと戻る途中で突然フランがそう言った。

わたしは意味が理解できなくて目を瞬いた。

「成人式？　わたくしは洗礼式が終わったところですけれど？」

「マイン様の、ではございません。ロジーナの成人式でございます」

思わず笑いが漏れてしまったらしいフランが急いで口元を押さえて訂正する。わたしは予想外の言葉に目を見開いて、ポカンと口を開けた。

「……ロジーナの、成人式？」

「はい。この冬の終わりの成人式でロジーナは成人いたします」

「し、知りませんでした……」

自分の側仕えの節目となるイベントさえ把握できていなかった自分のダメ主ぶりにガックリ感を隠せない。

「成人の折、神殿から灰色巫女として日常に着る服は支給されます。孤児院の巫女見習いならばそれで終了ですが、側仕えとなっている灰色巫女は主から贈り物をされることもございます」

フランはそう言って、孤児院における成人式について教えてくれる。朝早くに清めを行い、新しく支給された服を着て、礼拝室でお祈りと感謝を捧げる。それは、下町の成人式が始まる三の鐘までに終えられるとのことだ。つまり、わたしがフェシュピールの練習をしているうちに孤児院の子供達の洗礼式や成人式が終わっていたことになる。

「わ、わたくし、孤児院の子供達へのお祝いなんて、何一つできていないのですけれど……」

孤児院の院長として、それはどうなのか。神殿に来てから忙しかったけれど、それは言い訳にならない気がする。血の気が引いたわたしにフランはフッと笑った。

「見習いであるマイン様は神殿の儀式には基本的に出席できませんから、ご存じなくても仕方ありません。夏の成人式も秋の洗礼式もマイン様が寝込んでいる間に終わりましたし、秋の成人式は冬支度で忙しくされておりました。それに、今までお祝いなどなかったのに、いきなり始まれば格差が生じます」

孤児院の子供達は基本的に平等でなければならない。格差が出るのはよくないとフランは言う。けれど、物を贈れなくてもお祝いの言葉くらいはかけてあげられたと思う。

「マイン様、どうか孤児院への贈り物は考えないでください。後々、大変なことになるかもしれませんから」

わたしが孤児院長のうちは贈り物ができても、院長が代わるとなくなるかもしれない。十歳になったら貴族院に行くことが決定してしまったわたしが孤児院長でいられる時間はそれほど長くない。その先のことを考えてほしいとフランは言う。

「それに、側仕えへの贈り物ですが、マイン様は普段から側仕えに褒美《ほうび》として物を贈る方ですから、節目にも贈られるのではないかと考えただけで、必ずしも必要なものではございません」

わたしが気付いていなさそうなので、わざわざ教えてくれたらしい。フランは正しい。わたしは自分の側仕えの生まれた季節なんて把握していなかった。ロジーナは成人が近いということは知っていたが、いつ成人式なのか全く知らなかった。

「教えてくれてありがとう、フラン。ロジーナに何を贈るか考えます。……フランは成人式の時、神官長から何か贈り物があったのですか？」

「ペンとインクをいただきました。ペンは今も大事に使っています。あの時、一人前と認められたと感じて、とても嬉しかったのです」

フランは顔を綻ばせてそう言った。その嬉しかった記憶があるからこそ、フランはロジーナの成人式について、助言をくれたのだろう。主としてロジーナに喜ばれる贈り物を考えなくてはならない。わたしの感覚はずれていることが多いので、成人式の贈り物は一体どんな物を贈るべきなのか調査が必要だ。身近なところから聞き込み調査を開始しよう。まずはルッツ……と思ったけれど、吹雪が止むまでルッツは来てくれない。神殿内で身近と言えば、神官長しかいなかった。

「神官長、わたくしの側仕えが成人するのですけれど、成人のお祝いにはどのような物を贈るのが通例でしょうか？」

わたしがお手伝いの終わりに質問すると、神官長は少しばかり目を見張って、「……君にしては珍しくまともな質問だな」と失礼なことを呟いた後、コホンと咳払いした。

「贈り物をするなら相手が長く使う物が良いだろう。一人前になった祝いに贈る物だ。普段の仕事で使える物が良いと思われる。私が贈るのはペンとインクだ」

「普段使う物でロジーナのお仕事を考えたら……楽器でしょうか？」

うーん、とロジーナの普段の生活を思い出しながらそう言うと、神官長は冷たい目でわたしを睨んだ。

「馬鹿者。側仕えの成人祝いに自分が持っていないような高価な楽器を贈ってどうする？　側仕えに贈る前に、まず、自分の分を購入しなさい」

神官長に怒られたので、わたしはさっさと撤退することにした。

「……ですよね。ご意見ありがとうございました。他の物を考えてみます」


神官長に叱られた数日後、吹雪が弱まった日のことである。トゥーリとルッツとベンノが三人でわたしの部屋にやってきた。

「マイン、元気？」

「トゥーリ、ルッツ！……あ、ベンノさんまで」

「わたしは孤児院でお勉強してくるけど、二人は話があるんだって」

トゥーリは挨拶だけをして、お勉強のために孤児院へ向かったけれど、ルッツとベンノは部屋に入ってきた。ダームエルの存在に気付いたベンノが表情を改める。

「マイン様、成人間近のダプラを一人、給仕研修として預かっていただきたいと存じます」

レオンというダプラをわたしの部屋で教育してほしいとベンノは言った。わたしは給仕教育をすることになるフランへと視線を向ける。

「フラン、このお話をお受けしても大丈夫かしら？」

「最近はロジーナやヴィルマに事務仕事を任せることができるようになってまいりましたから、昼食時に給仕の仕方だけを教えるのでしたら問題はございません」

ほんの少しだけフランの表情が強張《こわば》っていることに気付いて、わたしはベンノを見た。

「わかりました。……ベンノ様、こちらで教えるのは給仕の仕方だけですから、給仕以外の教育は済ませている人を送ってくださいませ」

「給仕以外の教育？」

ベンノが怪訝な顔になった。ギルベルタ商会では客に対してきちんとした態度を取ることが徹底的に教育されている。それはわたしやルッツが出入りするようになった頃も徹底されていた。奥の部屋に通される賓客《ひんきゃく》としてベンノがわたし達を遇してくれたから、店員から無下にされたことはない。だからこそ、ベンノは誰を出しても問題ないと思っているのだろう。

「フランが教師役を務めますが、灰色神官で孤児です。教師役を蔑んだり、見下したりするような教育の足りない人は断固として拒否します」

客に対する態度は徹底されていても、従者にも丁寧な態度を取れる店員は半分くらいだとフランから聞いている。わたしが奥の部屋で商談している間、店の方で待っているフランは時折不愉快《ふゆかい》な視線を向けてくる店員がいると言っていた。

「ほぉ、そんなことが店でございましたか。確かに教育が足りていないようで、大変申し訳ないことをいたしました。仮に、レオンがそのような出来そこないであれば、即刻ダプラ契約を切るので、すぐに知らせていただきたい」

「フラン、それで問題ないかしら？　他に要望しておくことはあって？」

「そうですね。レオンに昼食の給仕をさせるのは別に構いませんが、こちらで食事の面倒までは見られません。ここの食料はマイン様のためのものですから」

「食事に関してはルッツと同じように私が面倒を見ますので、ご心配なく」

ベンノとフランが給仕教育の詳細について話し合いを始めたので、わたしはルッツを手招きして、こそっと尋ねる。

「わたしね、ルッツに相談があるの」

「何だよ？　また何かやらかすつもりか？」

ルッツの顔にほんの少し警戒するような色が浮かび、ルッツの言葉にベンノとフランも話を止めて、わたしの方に視線を向けてくる。

「やらかすって、ひどい。ロジーナが成人式なんだって。成人の贈り物ってどんな物を贈るか知ってる？　ルッツのところではザシャお兄ちゃんがそろそろ成人でしょ？」

「ザシャ兄貴には仕事道具を贈ると思う。洗礼式の時に贈られた物は子供向けで小さいからな」

洗礼式の時に贈られる道具は子供でも扱えるように少し軽めだったり、小さめだったりする。そのため、身体が成長すると使いにくくなるそうだ。途中で買う人もいるし、譲られる人もいる。どちらでもなければ、成人の時に一人前としての仕事道具が贈られるらしい。

「職人は仕事道具か……。ベンノ様、商人は成人祝いに何を贈るのですか？」

「私の場合、家族には装飾品を、そして、契約しているダプラには服を贈っています。どちらも貴族の前に出るために必要な物ですから」

「ダルアにはございませんの？」

「はい」

これから先の店に絶対に必要なダプラには成人祝いを贈り、その後は貴族への挨拶にも連れていくようになるが、ダルアは契約が切れたらそれまで、というのが多いので、わざわざお祝いは贈らないらしい。

「装飾品や服も悪くないけど……。ロジーナは普段使わないんだよね」

「でも、成人すれば、髪をまとめるようになるし、櫛《くし》やリボンでもいいんじゃねぇ？」

小さな飾りが付いた髪飾りでもいいかもしれない。身繕いの道具と書字板に書き込んでおく。

「贈り物が必要なら、ルッツを通して早めに注文していただければ、準備できます」

「恐れ入ります」

ベンノはフランとの打ち合わせを終えて、店に戻っていき、ルッツは孤児院へ行くと言う。わたしもフランとダームエルをお伴にトゥーリの様子を見るために孤児院へ向かうことにした。

「トゥーリは頑張ってるぜ。マイン、今度簡単な言葉で手紙を書いてやってくれよ」

「うん、そうする。ありがとね、ルッツ」

ルッツは時々トゥーリの先生をしてくれているらしい。去年のわたしにしてもらったことをしているだけだと言うけれど、おかげでトゥーリは完全に孤児院の子供達においていかれることなく勉強についていけるのだ。

「では、これを計算してみましょう」

今日の神殿教室は計算の練習をしているようだ。トゥーリが計算機を前に難しい顔をしているのを横目で見ながら、わたしはヴィルマのところへと向かう。ヴィルマとロジーナは同じ主のもとで仕えていた。ヴィルマが成人祝いに何をもらったのか聞けば参考になるかもしれない。

「あぁ、そういえば、この冬でロジーナは成人でしたね」

「そうなのです。その時の贈り物で悩んでいるのです。ヴィルマは成人した時、クリスティーネ様から何をいただいたのか伺ってもよろしくて？」

わたしが尋ねるとヴィルマは複雑な笑みを浮かべた。

「わたくしが成人した時は、クリスティーネ様が神殿を去られた直後でしたので、特に何もございませんでした」

「……え？　では、ヴィルマにも何かお祝いを……」

まさかもらっていないとは思っていなかった。わたしが慌てながらヴィルマにそう提案すると、くすくすとヴィルマが笑う。

「マイン様、そのようなことを気にしていたら、他の側仕えにも贈ることになりますよ」

孤児院にいたデリアやギルも洗礼式の時の贈り物はなかったのですから、とヴィルマが言う。

「わたくしばかりではなく、ギルやデリア、皆に贈れば、成人するロジーナへのお祝いが霞《かす》むことになりませんか？　それに、一人だけ何もないフランも複雑な気分になるかもしれませんわ」

「うーん……」

……皆に喜んでほしいだけなのに、難しいな。

ヴィルマはいつものおっとりとした笑みを浮かべて、考え込むわたしの顔を覗き込んだ。

「主にいただける物は何でも嬉しいものでございます。それに、ロジーナの欲しがる物はいつだって音楽関連の物ですもの。……そうですね、新しい楽譜などいかがです？」

「新しい楽譜！　それはいいかもしれません」

「……よほど珍しい楽譜でなければ、クリスティーネ様はたくさん所持していらしたので難しいかもしれませんけれど」

珍しい楽譜を準備するのは簡単だ。わたしは次の日、神官長を訪ねた。

「神官長、ロジーナの成人祝いに新しい楽譜をプレゼントしたいので、楽譜の書き方を教えてください」

「一体何の曲の楽譜を書くつもりだ？」

「……もちろん、わたくしが覚えている曲ですけれど？」

芸術巫女だったクリスティーネが持っていなかった曲をここで探すのが難しいなら、わたしの記憶にある曲を楽譜に起こせばいいじゃない。楽譜の書き方がわかれば、楽譜を準備するのはそう難しいことではない。きっと。

「曲？　あの夢の中の、か？」

「そうです。それ以外にロジーナが知らない曲というのが思い当たりませんから」

「フラン、部屋からフェシュピールを持ってきなさい」

「かしこまりました」

フランが部屋に楽器を取りに行っている間、わたしは神官長から楽譜の書き方を教えてもらっていた。当然のことだが、こちらの楽譜の書き方は記憶にあるものとは違う。音階だけならば、今までもらっていた楽譜から何とか書けるが、それ以外の記号や約束事が全くわからない。

「お待たせいたしました」

「ありがとう、フラン」

フランが持ってきてくれた小さいフェシュピールをピィンと爪弾きながら、わたしは自分の記憶にある音を探していく。

「あれ？　ちょっと違う。こっちかな？　あ、そうそう。こんな感じ……ふふふ〜ん……」

一小節くらいの音がわかったら、神官長に書き方を尋ねながら楽譜に書き込んでいく。

「神官長、ここの書き方って、これで間違っていないですか？」

「……もういい。フェシュピールをこちらに渡しなさい」

わたしのやり方に我慢ができなくなったようで、苛々《いらいら》した表情の神官長にフェシュピールを取り上げられたのは五小節が完成した時だった。子供用の小さいフェシュピールを構えた神官長がじろりとわたしを睨む。

「君は歌いなさい。私が音を取る。それに、君に楽譜の書き方を教えるより、私が書いた方がよほど早い」

わたしは鋭い視線で促されて、ハミングで曲を口ずさんでいく。途中で神官長が軽く手を挙げたので、そこで曲を止めた。すると、その部分までを神官長がフェシュピールで弾き始めた。迷いない音の連なりにあんぐりと口を開けているうちに、神官長は何度か弾いて、フェシュピールで弾くのにちょうど良いように適当なアレンジを加え、楽譜に書き留めていく。

……神官長、マジ万能。

わたしの鼻歌で歌ったクラシック曲の主旋律《しゅせんりつ》だけではなく、フェシュピール用のアレンジを加えた楽譜があっという間にできあがった。

「マイン、他の曲は覚えていないのか？」

「……自分で弾けるほど暗譜している曲は少ないですけれど、鼻歌で歌う程度でよければ覚えている曲はたくさんありますよ」

「では、歌いなさい」

わたしの返事に神官長は満足そうに頷いた。

「え？」

「私も新しい曲が欲しいと思っていたところだ。そうだな、三曲ほどあれば良い」

アレンジまでして楽譜を書いてもらったのだから、三曲くらい歌うのは別に構わない。せっかくなので、アニメソングもこっそり混ぜておいた。音を確認したり、アレンジを加えたりするためにアニメソングを奏でる神官長を見ているだけでちょっと楽しい。

「これを君の手で書き写して贈ると良い」

「ありがとう存じます」

わたしは神官長の手書きの楽譜を執務机の引き出しに入れて、ロジーナがフランと一緒に書類仕事をしている時を見計らいながら、こそこそと書き写し始めた。

四曲分の楽譜を書き写し、ルッツに頼んで穴を開けてもらって紐で綴じれば楽譜の完成だ。

「できた！」

そして、冬の終わりの土の日、成人式の当日になった。

デリアとギルが一生懸命に朝早くから水を運び、ロジーナは身を清める。そして、神殿から配られた新しい灰色巫女の衣装を身につけるのだ。これまではふくらはぎほどの長さだったスカート丈は靴先が見えるだけというような長さのものになり、髪を結い上げることになる。

「ロジーナの髪が結い上げられてしまうのは、少しもったいない気がしてしまうわ」

ふわりとした波打つ豪奢な雰囲気の栗色の髪を下ろしたロジーナの姿をもう見られなくなると思えば、少し寂しい気がした。

デリアは髪を結い上げるロジーナの姿を羨《うらや》ましそうに見つめる。

「もったいなくないですわよ！　あたしも早く結い上げられるようになりたいですもの」

きっちりとひっつめた感じで髪を結うヴィルマと違って、ロジーナは女性らしさを残してふんわりと結い上げる。元々大人びた容貌《ようぼう》のロジーナは髪を結い上げると、途端に大人の女性に見えるようになった。ほっそりとした白い首筋が露わになり、キラキラと光る後れ毛が襟《えり》足に残るのが何とも色っぽい風情になる。

「ロジーナは本当に綺麗ですね」

ほぅ、と感嘆の息を吐いて、わたしがロジーナの成人姿を見つめると、ロジーナは少し照れたようにはにかんで笑う。

「もー！　あたしが大人になれば、もっと美人になりますわよ」

「そうね。デリアもきっと美人になるわ」

ロジーナに対抗するデリアに苦笑しながら、わたしはロジーナに「おめでとう」と言って、礼拝室で行われる成人式へと送り出した。

「いってらっしゃい、ロジーナ」

「えぇ、いってまいります、マイン様」

今日は青色神官も灰色神官も成人の儀式に駆り出されるので、神官長のお手伝いはない。そして、ロジーナがいないのでフェシュピールの授業もない。あんまり暇なのでフランとダームエルを連れて孤児院に向かい、ヴィルマに頼んでパルゥケーキの生地を作ってもらう。エラにレシピを教えるつもりはないけれど、女子棟の地階で焼くと匂いにつられた子供達が寄ってくるので、生地を作るのは女子棟、焼くのはわたしの部屋の厨房で行うことにした。

「ヴィルマ、ロジーナのためにわたくしのお部屋に来られませんか？　男性はいますけれど、見知った顔だけならば、もう平気でしょう？　ロジーナはずっと一緒だったヴィルマにもお祝いしてもらった方が喜ぶと思うの」

「……そうですね。食堂や工房で灰色神官と接することにも少し慣れてまいりましたし、ほんの少しだけお邪魔いたします」

ケーキ生地の入ったボウルを抱えたヴィルマも一緒に部屋へと戻る。フランとダームエルが驚いたように目を見張った後、ヴィルマが緊張しない程度の距離を空けて歩いてくれた。


「ただ今戻りました、マイン様」

「おかえりなさい、ロジーナ。待っていたわ」

三の鐘が鳴る前に成人式を終えたロジーナが部屋に戻ってきた。二階に上がってきたロジーナの手を軽く引いて、席を勧める。

「マイン様？」

「ロジーナはそのまま座っていてちょうだい」

「ですが、主を差し置いて座るわけにはまいりません」

固辞《こじ》するロジーナを見上げてどうしようかと思っていると、フランが仕方なさそうに溜息を吐いてわたしの分の椅子を引いた。

「ロジーナの言う通りです、マイン様。ロジーナに座ってほしければ、まず、マイン様がお座りください」

おとなしくわたしが席に着くと、戸惑った様子でロジーナも席に着いた。ふわりと甘い香りが厨房からこちらへと近付いてくる。

「ヴィルマ⁉」

驚いて目を見開くロジーナを見つめて笑みを深めながら、ヴィルマがロジーナの前にパルゥケーキの載ったお皿をコトリと置いた。デリアがその隣で真剣な眼差しでお茶を淹れ始める。

「今日はロジーナのお祝いです。マイン様が提案されて、わたくしが焼いたのですよ」

「……とてもおいしそうだわ」

パルゥケーキと丁寧に入れられたお茶を見つめた後、テーブルを囲むように揃った全員の顔を見回したロジーナの青い瞳がじわりと潤む。わたしはフランに頼んで、執務机から楽譜を取ってもらった。

「これはわたくしからのお祝いの品です。よかったら、練習して聴かせてくださいね」

「……知らない曲ばかりですわ。どのようにして、こんな……。ありがとう存じます、マイン様。そして、わたくしのために皆が集まってくださるなんて、本当に、本当に嬉しく思います」

わたしが書き束ねた楽譜を胸に抱き、ロジーナは輝くような笑顔を浮かべた。

「成人おめでとう、ロジーナ。貴女の切り開く未来に神々の祝福がありますように」

ルムトプフと靴

暦の上では春、とは言ってもまだ外は吹雪が減ってきたくらいで、寒さは厳しくそれほど春を感じさせない。だが、吹雪が減ることで、トゥーリが遊びに来てくれる日が増えてきた。それは家に帰れる日が近付いているということで、嬉しくて仕方ない。

ある日、トゥーリは小さな壺《つぼ》を抱えてやってきた。

「ねぇ、マイン。これって、冬に食べるはずだったでしょ？　どうするの？　マインがいないから、ずっと置きっぱなしなんだけど。母さんがマインに使い方を聞いてきなさいって」

トゥーリがテーブルの上に置いて、蓋《ふた》を開ける。それと同時に、ツンとしたアルコール臭が鼻に飛び込んできた。中にあるのはたっぷりのお酒に浸かって茶色くとろりとなった果物達だ。家で漬けていたルムトプフが小分けにされた壺だった。夏から一生懸命に果物を漬け込んでいたことをすっかり忘れていたわたしは、ひぃぃっ、と息を呑んだ。

「ぎゃーっ！　孤児院長室には蜂蜜も砂糖もあって、ジャムも作ったから忘れてた！」

「……やっぱり」

色々な種類の果物をお酒に漬けていたルムトプフが完全にできあがっている。果物の角が取れて丸みを帯び、お酒もとろみを帯びているのがわかる。すぐにでも食べられそうだけれど、どうやって食べればおいしいだろうか。

「どうしよう？　最初は『アイスクリーム』か『プリン』で食べようと思ってたんだけど、家で作れる一番簡単な甘味はパルゥケーキだよね？」

夏に作り始めた時は神殿に籠もる予定なんてなかったので、ルッツの家に砂糖とルムトプフを持っていって、料理してもらおうと思っていた。卵と牛乳と労働力を提供してもらい、新作レシピとして、アイスクリームやプリンを作って、ルムトプフの果物を小さく刻んでかけて食べようと思っていた。けれど、わたしがルッツの家に行けない以上、計画は泡となって消えてしまった。家で家族が簡単に食べられる方法を考えなくてはならない。

「パルゥケーキを作って、これを上からかけて食べればいいの？」

「ルムトプフを小さく切ってかけるんだよ。トゥーリと母さんは果物だけ食べて、残ったお酒は父さんにあげると喜ぶと思う。パルゥケーキの他は……何度か一緒に作ったよね？　フレンチトースト！　あれにかけてもおいしいよ。それから、それから……」

ルムトプフを使うお菓子の定番はシュトーレンだが、家ではオーブンがないので焼けない。

「マイン、落ち着いて。ここでは何を作って食べるの？　パルゥケーキはダメなんでしょ？」

「……うん」

エラにパルゥケーキのレシピが伝わることは基本的に避けたいと思っている。なので、料理人であるエラに協力してもらおうと思ったら、パルゥケーキは食べられない。パルゥケーキを孤児院の子供達を巻き込んで女子棟で作るにはルムトプフの量が足りない。

「何が良いかなぁ？　『シュトーレン』が定番だけど、今日これから作ってもらうには時間がかかるよね。うーん、『クレープ』をエラに作ってもらおうか」

「……それって、レシピを公開しちゃっても大丈夫なの？」

わたしの料理のレシピはイタリアンレストランで使われたり、イルゼやフリーダに売ったりして、金銭に繋がることを知っているトゥーリは少しばかり警戒した顔になった。

「多分。『クレープ』に似たような料理はあるし……大丈夫だと思うよ？」

この街でわたしが見たことがあるのは、クレープではなく、蕎麦《そば》粉を使うガレットのような料理で、卵やハムを入れたり、茸《きのこ》やチーズを入れたりして焼くものだ。軽食として食事処で作られている。しかし、意外なことにガレットをデザートにしているのを今まで見たことはない。もしかするとどこかで作られているのかもしれないが、わたしは知らない。基本的に下町ではお腹を満たすことが優先で、甘味に重きを置ける食生活ではないので仕方ないのかもしれない。

「フラン、クリームってすぐに準備できるかしら？」

「寒い季節ですので、簡単に準備できます。どの程度必要ですか？」

わたしが振り返ると、フランはすでに書字板を手にメモを取る体勢で待ち構えていた。何の処理もしていない牛乳ならば、寒いところに放置しておけば脂肪分が分離してくるので、牛乳がたくさんあれば、生クリームを作ることはそれほど難しいことではない。水分を取り除きすぎるとクロテッドクリームに近くなってしまうから、注意は必要だけれど。

「カップ一杯くらいのクリームとカップ一杯くらいの牛乳の両方をお願いします」

蕎麦粉も食糧庫にはあるのでガレットでも作れるが、個人的な好みで今回は小麦粉で作るクレープにしたいと思う。砂糖を使うお菓子は基本的に貴族様向けらしい。この部屋の厨房で作るならば、下町でも食べられている料理より、少しでも貴族らしさを出した方が良いだろう。クレープを作ってもらって、泡立てた生クリームと小さく切り刻んだルムトプフで食べるのだ。

フランがクリームをもらうために貴族区域にあるという大きな氷室に向かったので、わたしはすぐさまクレープのレシピを書き始めた。これをエラに渡して作ってもらわなくてはならないのだ。

「ねぇ、トゥーリ。えーと、ほら、蕎麦の粉を水と塩でこねて作る生地にハムやチーズを載せて焼いて食べる料理の名前、わかる？」

「あぁ、ブーフレットね」

「そう、それ」

この街でのガレットの呼び方を覚えたわたしは作り方の手順に、「ブーフレットのように薄く焼く」と書き加える。レシピを書き終わる頃にはフランが水差しのように取手の付いたミルクポットに牛乳とクリームをもらってきてくれた。

厨房にミルクポットを置いたフランが二階へ上がってきたので、わたしは木札を見せる。

「フラン、エラにこれを作ってもらえるように頼んでください。ブーフレットみたいな焼き方で、何も入れずに生地だけ焼いてほしいと伝えてちょうだい。エラには多分それでわかると思います。焼けたら、お皿に置いて運んでほしいの。そう頼んでください」

「かしこまりました」

わたしがレシピをフランに渡すと、トゥーリがルムトプフの入った壺を抱えて立ち上がった。

「あの、フラン。わたし、お手伝いするから作っているところを見ても良いかな？」

トゥーリがプロの料理に興味を持っていることがわかったので、わたしからもフランに頼む。

「フラン、トゥーリならわたくしのレシピに慣れているし、邪魔にならないと思うから、エラに頼んでみてちょうだい。本当はわたくしも行きたいけれど、行けば皆が緊張して邪魔になってしまうでしょう？　わたくしはここで待っていますから、トゥーリをお願いします」

一緒にお菓子作りなんて、すごく女の子らしくていいと思う。冬籠もりの間は厨房にいるのがエラと助手をするニコラとモニカの三人なので、休憩時間に聞こえてくるお喋りも何だか華やかですごく楽しそうに思える。トゥーリが交じるならわたしも一緒に行きたいけれど、青色巫女見習いとしては我慢するしかない。

「お嬢様って意外と大変なんだね」

自分の部屋の中でも自由にはならないわたしにトゥーリは同情の籠もった目を向けてくる。ここでは下町の常識が通じないので、わたしの方がおかしいのだ。同じ意識を持ってくれるトゥーリの存在が嬉しくて、わたしは大きく頷いた。

「そうだよ。カッコばかり気にするんだから」

「……カッコばっかりって、靴下？」

トゥーリとわたしの視線がわたしの足元に向く。その後、顔を見合わせて、肩を竦めて苦い笑いを浮かべた。本当にお嬢様ぶりっこは楽ではないのだ。

「マイン様、靴下って何の話ですの？」

トゥーリがフランと一緒に厨房へと行ってしまった後、デリアが興味津々に目を輝かせてやってきた。服や髪飾りの話題になると、そそそっと寄ってくるデリアに思わず小さな笑いが浮かぶ。

「この靴下は寒いという話です」

わたしの靴下は薄い布製の、太股の半ばまであるような長い靴下だ。ゴムがないこの街の靴下には長い紐が付いている。神殿で毎朝服を着る時、わたしは最初に布製のベルトを締められる。次に、靴下を穿いて、靴下に付いている長い紐をそのベルトに結び付ける。簡単なガーターベルトのような物だ。

それから、膝より長くて、薄くて余裕がたっぷりあるキュロットのような物を穿く。この膝の辺りには紐が通されていて、結ぶようになっている。すごく頼りないパンツだ。麗乃時代に比べたらお尻がスースーする。この後で上のシャツを着ていくことになる。だが、これで絶対に素足は見えない状態となるのだ。

富豪や貴族階級では素足を見せるのは恥ずかしいことだとされているので、男も女も必ず靴下を着用する。これは身嗜みとか礼儀のようなもので、靴下を穿いていないのはとてもみっともないことだとされている。わたしが靴下を着用するようになったのは、ギルベルタ商会の見習い服を誂《あつら》えた時からで、神殿では灰色神官や巫女でも必ず靴下を着用しているのだ。

「……マイン様、靴下が寒いとはどういうことですの？」

「神殿と違って下町の靴下は実用性重視なのです」

下町の人間にとって靴下は防寒具だ。夏は穿かない。冬になると、毛糸で編んだ巾着のような袋状のものに足を突っ込んで紐を縛る。これは足首までなので、その上にやはり毛糸で編んだレッグウォーマーを膝の辺りまでつけるのだ。防寒重視なので、数枚重ねたズボンの上につけると結構温かい。

「でも、トゥーリの靴下は見栄えが良くないですわ」

「えぇ、そうね。でも、見栄えより温かさが欲しいと思う時があるのです」

「……温かさが必要でしたら、マイン様はどうして深靴を準備なさいませんでしたの？」

見栄えを気にするお貴族様は、毛糸で編んだレッグウォーマーを使わない。裏が起毛した膝くらいまでのブーツを使うのだ。確かに、そんなブーツを履いていれば、暖かいと思う。けれど、わたしは神殿でレッグウォーマーをつけてはいけないと知らなかったので、わざわざお金のない時期に裏が起毛したブーツなんて仕立ててもらわなかった。わたしが使っている靴はギルベルタ商会の見習いが使う、動きやすさを重視した革製のショートブーツだ。

「せめて、成人していれば、長いスカートで隠せたのですけれど……」

神殿内を動くにしても薄い布の靴下だけでは寒いので、レッグウォーマーを使おうとしたら、ロジーナに却下された。わたしのスカートは膝下丈なので、レッグウォーマーをつけたら丸見えだ。

ハァ、と残念な溜息を吐くと、デリアがキッと目を吊り上げる。

「もー！　見えないところだからといって、オシャレの手を抜いてはなりませんわ！」

……デリアの女子力、マジ高い。

わたしはオシャレより防寒を優先したいが、神殿である以上、周囲が許してくれないのだ。

「次の冬には忘れないように深靴を仕立てます。さすがに寒いもの」

「そうなさった方が良いですわ」

「マイン様は近いうちに短靴をいくつか仕立てなくてはなりませんよ。淑女らしい飾りの付いた靴が一つもございませんもの。ベンノ様に頼んで靴職人を呼んでいただいた方がよろしいのではございませんか？」

書類仕事が一段落したらしいロジーナが口を挟んできた。春の祈念式に向かう際、持っている靴が一つでは困るかもしれないと助言をくれる。

「今から頼んでおけば祈念式には間に合いますけれど、早めに注文なさってくださいませ」

「ロジーナ、そういう時間がかかりそうな大事なことは早めに言ってちょうだい」

「えぇ、気を付けます。マイン様に何が足りないのか、わたくしにもまだ全て把握できていないのです」

ロジーナはまさかわたしが一つしか靴を持っていないとは思わなかったらしい。同じような靴をいくつか持っているのだろうと思っていたが、冬籠もりをするようになって、靴が一つしかない事実に驚いたという。

下町で使われている靴は二種類ある。貧乏人のサボのような木靴と富豪層が使う革の靴だ。木靴も履けなければ、ぼろ布を巻くだけか、素足であることも珍しくはない。わたしはギルベルタ商会の見習い服を作る時までずっと木靴を使っていた。それに、履き潰すまで新しい靴を作るなどという発想はなかった。麗乃時代は用途に合わせて何足も当たり前に持っていたのに、環境は思考を変えるものだ。

わたしは書字板を開いて、ベンノに靴の仕立てを頼むと書いておく。

「ねぇ、マイン様。何の革で仕立てますの？　馬ですの？　それとも、豚？　布の靴も一つくらいは仕立てられたらいかがです？」

デリアが目を輝かせてまくしたてる。本当にオシャレ関係には食い付きが良い。わくわくしているデリアには悪いが、わたしはそういうことに関する知識が全くないのだ。ここでどのようなデザインの靴が流行り、どこでどのような靴が使われているのか知らないわたしには、相応しい靴がわからない。今回のロジーナの選び方を見て、勉強させてもらうつもりだ。

「どのような靴を仕立てるかは、基本的にロジーナに任せます。わたくしに今一番必要な靴を注文してくださいな。わたくしが注文すれば、今と同じ物になってしまいそうですから」

「かしこまりました。お任せくださいませ」

どのような場面でどのような靴が必要なのか、ロジーナのお話が始まって少しした頃、厨房からフランとトゥーリがお皿を持って上がってきた。丁寧に泡立てられた真っ白のクリームが入ったお皿と小さく切られたルムトプフが入ったお皿がテーブルに並ぶ。

「デリア、お茶を頼みます」

「はい」

フランの声にデリアが厨房へと向かう。トゥーリとフランはカトラリーを並べると、また厨房へと戻っていく。今度は円く焼かれたクレープが載ったお皿を持ってきた。一緒に食べるトゥーリと二人分だ。

「マイン様、お待たせいたしました」

コトとお皿が目の前に置かれる。自分の記憶にあるのと同じクレープが目の前にあった。ふわりと鼻孔をくすぐる甘い匂いにうっとりと相好《そうごう》を崩す。

「これはわたしが切ったのよ」

トゥーリが得意そうにそう言いながら、ルムトプフのお皿を指差した。そして、エラの手際の良さや助手の女の子達の頑張りを教えてくれる。

「フラン、悪いけれど、蜂蜜も持ってきてください。あと、できればエラをここに呼んでもらえないかしら？」

「それは一体何故でしょう？」

「このお菓子の完成形を見せたいのです。次回からは最後まで厨房で作ってほしいの」

料理人を二階に上げるのはフランにとっては好ましいものではないことを知っている。しかし、クレープは生地を焼くだけで終わりだと思われても困るのだ。

「私からエラに教えますので、マイン様は私に教えてくだされば十分だと存じます」

「では、フランが覚えてちょうだい」

わたしは周囲の視線が集中する中、生クリームをスプーンですくって生地の半分より手前に六分の一くらいの扇形に置いて塗った。そして、クリームの上に小さく切られたルムトプフをスプーンですくって散らしていく。

「クリームは半分より手前で、このように三角になるように塗ってください。クリームは少ないくらいでちょうど良いです。その上にルムトプフを散らします。これはたっぷり。季節が違えば、その季節の果物を使いますから、ルムトプフでなくても、クレープは作れます」

説明しながら、わたしはルムトプフの上から蜂蜜を少し垂らした。そして、ペタと半分に折ってくるりと丸める。

「こうすれば、手に持って食べることもできます。貴族らしくカトラリーで食べるなら、ここで丸めずにこうして折りたたんでください。そして、こうしてクリームと果物と蜂蜜を添えて飾れば完成です」

一度丸めたクレープをお皿の上でたたみ直し、生クリームを脇に添えた。その後、ルムトプフと蜂蜜で可愛くお皿を飾っていく。フランがクレープの完成形を見て、何度か目を瞬いた。

「……これは確かに貴族に出しても恥ずかしくない出来ですね」

「うわぁ、可愛い！　すごくおいしそうだね、マイン」

トゥーリは大喜びで自分のお皿のクレープを飾り始める。

デリアが興味津々の目で見ているけれど、食べられるのはわたしが食べ終わってからだ。側仕えと一緒に食べられないのがわたしには寂しいけれど、決まりだと言われれば仕方ない。

「でーきた！」

トゥーリが満足そうな声を出して、自分のお皿を見つめる。お皿を飾ることに馴染みがないトゥーリにしてはかなり良い出来だ。

「幾千幾万の命を我々の糧としてお恵み下さる高く亭亭たる大空を司る最高神　広く浩浩たる大地を司る五柱の大神　神々の御心に感謝と祈りを捧げ　この食事をいただきます」

一口分の生地だけを切り取って口に運ぶ。柔らかいクレープ生地の端だけが少しカリッとしていて、ほんのりとした甘みがあった。次は生クリームも入った部分を切って、ぱくりと口に入れた。少し弾力のある生地に包まれた滑らかな生クリーム自体にはほとんど甘みをつけていない。けれど、クリームと一緒に挟んである蜂蜜が何とも言えない甘みを添えている。

そして、何度か噛むうちにルムトプフにぶつかった。噛んだ瞬間、とろりと溶けていくような食感の果物から、アルコール臭と強い甘みがにじみ出てくる。

「どう、トゥーリ？」

「おいしいよ、マイン」

満面の笑みを浮かべてこちらを向いたトゥーリの口元はクリームでベタベタになっていた。

「トゥーリ、口元にクリームがいっぱい」

「だって、これ、難しいんだもん」

カトラリーを使ってクレープを食べるにはコツがいる。クレープと格闘してクリームで口の周りをべたべたにしているトゥーリと笑いながら一緒に食べるおいしさは格別だ。

「ハァ、幸せ。今度は『プリン』が食べたいな。次にトゥーリが来た時に作ってもらおうか?」

「新しいお菓子? わぁ、楽しみ」

このおいしさと幸せを家族で味わいたくて、早く家に帰りたいな、と切実に思った。

金属活字の完成

神官長に職人を部屋に入れても良いかどうか尋ねた後、ベンノには早速靴職人を連れてきてもらえるように依頼した。

「雪解けに祝福を。春の女神が大いなる恵みをもたらしますように」

そう言って、春を寿《ことほ》ぐ挨拶と共にベンノと靴職人が二人、やってきた。わたしはホールの椅子に座ったまま、職人を迎え入れる。

「水の女神フリュートレーネとその眷属の祝福がありますように」

護衛のダームエルが睨みを利かせる中、ベンノと同年代の靴職人とその助手が手早くわたしの足のサイズを測り、どのようなデザインにするか、何の革を使った靴にするか、質問する。

「そうですね。祈念式に赴《おもむ》く時の靴が最優先ですもの。馬の革の深靴が必要でしょう」

「でしたら、白い靴にいたしましょう」

「デリア、よく考えてくださいませ。祈念式では農村を歩くことになるのですよ。色は濃い色の方が好ましいです」

わたしが答えるまでもなく、ロジーナとデリアが決めていく。二人の会話を聞きながらフランが表情を引き締めているのは、わたしが二人の見張りを頼んだからだ。

デリアは最初から豪華な物や綺麗で可愛い物が大好きで、買い物となればテンションは上がり続けて止まらない。オーダーメイドともなれば、どんどん豪華な靴になっていくに違いない。ロジーナはクリスティーネ様の側仕えだったため、センスは良いし、必要な物は弁《わきま》えているのだが、必要数の基準がちょっとおかしいところがある。金銭的に不自由がなく、好みと気分に応じて、欲しい物を揃えてきたクリスティーネ様と同じに考えられると、わたしが破産する。予想通り「あれも素敵」「せっかくだからこれも加えたい」と飾りや注文がどんどん増えていった。そんな二人をフランがビシッと一言で切って捨てる。

「デリア、これ以上の飾りは必要ありません。ロジーナ、マイン様はすぐに成長なさるのですから、それほどの数は必要ないでしょう。成長に合わせて買い直せば良いのです」

フランは無駄を嫌う神官長の側仕えだったため、礼儀を弁えた身嗜みの必要最低限をよく知っている。ただ、神官長もフラン自身も男性なので、可愛い物や綺麗な物に対するセンスはロジーナに劣るのだ。フランの押さえるラインを把握しつつ、ロジーナやデリアの意見を取り入れて、最終的に注文するのがわたしの仕事だ。

「マイン様、これでよろしくて？」

「えぇ、この三足でお願いするわ」

結局、農村へと向かうため、しっかりした作りの膝までの馬革ロングブーツと柔らかめの豚革ショートブーツ。それから、神殿内や貴族街で履くための布製の豪華な靴の三足を注文することになった。

注文を終え、靴職人が帰り支度を終えると、ベンノはちらりとわたしを見る。

「すまないが、私はマイン様と重要な話がある。フラン、彼等を門まで案内してもらって良いだろうか？」

「では、デリア。靴職人の方々を門まで送ってきなさい。ロジーナはお茶の準備を頼みます」

ベンノの言葉に頷いたフランが、デリアに靴職人を門まで送るように言いつける。買い物でテンションが上がっていたデリアは機嫌良く職人を連れて部屋を出ていった。

「それで、お話とは？」

「マイン様、先日ヨハンが店に参りました。課題の品が完成したそうです」

課題の品、というところで、わたしは目を瞬く。秋の終わり、わたしは鍛冶職人のヨハンのパトロンになった。ヨハンがダプラとして一人前と認められるか否か、という大事な課題に金属活字の作製を依頼したのだ。

「え？……あの、ベンノ様。課題の品って……金属活字ですよね？　え？　すごく早いと思うんですけれど？」

基本文字三十五文字には同じ音で二種類の文字がある。その両方において、母音は五十ずつ、子音は二十ずつで活字を準備してもらうというのが、ヨハンに出した課題だったが、まさか冬の間に全て終わるとは思っていなかった。

「つきましては、パトロンであるマイン様の評価をいただきたいそうです」

課題は客からの注文品だ。まずは注文した客に見せ、その評価を得なければならないらしい。

「できれば、店に来ていただいた方が良いと存じますが、マイン様が出られないならば、こちらにヨハンと鍛冶工房の親方をお連れしてよろしいでしょうか?」

「……神官長に相談してみます」

「かしこまりました」

わたしの部屋に出入りする人間については、神官長とダームエルがとても神経を尖らせている。お伺いを立てなければ、何とも返事ができないのだ。

「ヨハンには雪が解けてからでなければ、マイン様は店に来られない旨《むね》、伝えておきましたので、必ず神官長の許可を取った上で、慎重に行動してくださるようお願いいたします」

絶対に神官長に相談しろ、とベンノからガンガン釘を刺されてしまった。

わたしは早速神官長にお伺いを立ててみる。冬籠もりの間に溜まっていた大量の仕事を片付けたらしい神官長は、比較的暇なのか、すぐに面会時間が決定した。

「あの、神官長。鍛冶職人のヨハンとその親方をわたくしの部屋に招いても良いですか?」

「……名前が出てくるということは、君の知り合いか?」

「そうです。わたくし、ヨハンのパトロンなので、ヨハンが作った物を評価しなければならないのです」

ふむ、と神官長がこめかみをトントンと軽く指で叩く。

「マイン、ヨハンという鍛冶職人は、君が青色巫女見習いだということを知っているのか？」

「いいえ、特に話していません。ヨハンはわたくしのことをギルベルタ商会のお嬢様だと思っていたくらいですし、多分、ベンノ様も話していないと思われます」

「そうか。ならば、神殿に招くのは止めておきなさい。君が店に行った方が良いだろう」

「何故靴職人は良くて、ヨハンはダメなのですか？」

わたしが首を傾げると、神官長はそっと息を吐きながら、教えてくれた。

「靴職人はギルベルタ商会の紹介で青色巫女見習いの靴を作るために、巫女見習いの部屋に来た。だが、ヨハンはギルベルタ商会のマインに品物を見せるために神殿へ来ることになる」

「……あ」

わたしが口元を押さえると、神官長は目をすがめた。

「冬の間、色々なところで情報を集めてみたが、君に関してはベンノがよく情報を抑えているのであろう。ギルベルタ商会と繋がりがある子供と青色巫女見習いである君が同一人物だと知る者は少ないようで、君の素性は意外と知られていないようだった」

そういえばベンノはわたしを表に出さないように考慮していると言っていた。神官長が調べた結果、あまり知られていないと断言するなら、本当にかなり頑張ってくれているのだろう。

「君が店へと出向いた方がよかろう。君が青色巫女見習いだとあまり広げたくはない」

「わかりました。ギルベルタ商会へ行ってきます」

久し振りのお外だ。神殿から出られる解放感にわたしは、自分の顔が緩んでいくのを感じていたが、感情をなるべく出さないように必死に顔を引き締める。しかし、神官長はわたしの努力を「口元だけニヤニヤしていて気味が悪い」と切って捨てた。

「ダームエル、マインの護衛を頼む。マイン、店に向かう時には必ず馬車を使いなさい。決して外をフラフラと出歩かないように。馬車についてはベンノに連絡すれば良い。それから、二人とも外に姿を極力晒さないように気を付けなさい」

「はっ！」

「気を付けます」

次々と出てくる神官長の注意事項に頷きながら、わたしは、むふっと笑う。

……待ってて、わたしの金属活字ちゃん！　今すぐ会いに行くからね！

もちろん決意したところで、すぐに会いに行けるわけがない。孤児院で作業しているルッツを呼んで、ベンノへの伝言を頼み、馬車を回してくれるようにお願いしなければならない。

ベンノが鍛冶工房とも連絡を取ってくれて、会合の日時が決まる。天気が悪くて吹雪くと馬車が出せなくなる可能性もあるので、会合の日が延期になる恐れがある。

「今回の活字が上手くいっていたら、空白や記号の金属活字も必要になりますもの。次の注文書も作っておいた方が良さそうね」

わたしは会合の日に間に合うようにせっせと次の注文書を書いた。その傍らで、店に向かうための準備も怠《おこた》らない。できれば印刷の実演も行いたい。

「一応インクと紙、それから、馬連《ばれん》、雑巾は準備しておいた方がいいかしら？　金属活字をどんなふうに使うのか、わかった方がいいでしょう。フラン、ギルに頼んで工房で準備してもらってちょうだい」

「かしこまりました」

「ねぇ、マイン様。一体何をするためにお店に参りますの？」

わたしが浮き立つような気分でギルベルタ商会へと向かうための準備についてフランと話をしていると、デリアが呆れたような顔でわたしを見た。デリアから神殿長にどれだけ情報が流れているか、全くわからない。わたしはニコリと笑う。

「商品の評価を行うのです。わたくし、パトロンですから」


護衛であるダームエルとフラン、それから、ルッツに妙な対抗心を持っているギルが今回のお伴だ。ギルベルタ商会に係わる仕事は工房を預かっている自分の領分だと主張したので、連れていくことにした。店の中で金属活字の使い方を軽く説明するにしても、わたしが動くわけにはいかないので、ギルが実演を行うことになる。

ベンノが差し向けてくれた馬車に乗ってガタガタと揺られながらわたし達はギルベルタ商会へと向かう。神殿の門を出た瞬間、下町に出たことがないダームエルが街に漂う悪臭と汚さに顔を歪めた。

「一体何の臭いだ？」

「下町の臭いだと思って慣れるしかないですよ」

……あの綺麗な貴族街と丁寧に清められた神殿しか知らなかったら、そういう顔になるよね。わかる、わかる。

わたしがマインになった当初もきっとこういう顔をして街を歩いたんだろうな、と感慨深くなった。直《す》ぐに慣れて普通に生活できるようになるのだ。人間の慣れというか、耐性はすごいと思う。

「これが神官長からダームエル様に課された課題でしょうね。わたくしの護衛をするには下町に行く必要がありますから」

「……なるほど。これは過酷《かこく》な課題だ」

ダームエルのみが顔を歪めたまま、馬車はギルベルタ商会へとたどり着いた。馬車を迎えるためにマルクが店の前へと出てくる。

「ようこそおいでくださいました、マイン様。皆様、すでにお揃いでいらっしゃいます」

「こんにちは、マルクさん。案内をお願いします」

「巫女見習い、手を」

当たり前のことのようにダームエルから手を差し伸べられて狼狽《ろうばい》した。こういう場合はお嬢様らしくエスコートしてもらわなければならないのだろうが、似非《えせ》お嬢様であるわたしにはスマートにエスコートしてもらえるだけの経験値が足りない。何というか、馬車のステップが小さい上に、わたしにとって段差が大きいのだ。ダームエルの手に気を取られていたら、転げ落ちる危険性がある。

「ダームエル様、マイン様はまだ小さくてエスコートでは危険なのです」

わたしがだらだらと冷や汗をかいていると、失礼します、とフランが断りを入れて、抱き下ろしてくれた。

「ほぅ。それはすまなかったな、巫女見習い。周囲には幼い者がいないので、勝手が良くわからないのだ」

「いいえ、わたくしこそ早く成長して、ダームエル様に一人前の淑女として扱っていただけるようにならなくてはなりませんもの」

淑女への道は険しいので、大きくなっても淑女になれるかどうかわからないけれど、と心の中で付け加えながら店に入る。マルクに案内されるまま、わたし達は奥の部屋へと向かった。

「旦那様、マイン様が到着されました」

奥の部屋では鍛冶工房の親方とヨハン、それから、ベンノとルッツが待っていた。

「お待たせいたしました」

わたしが入っていくと、ヨハンと親方が息を呑んで目を見開いた。ルッツと一緒に街の中を歩き回っていた時の身軽さと違って、三人もお伴を引きつれているのだから、驚かれても仕方がないと思う。

「マイン様、ようこそおいでくださいました」

ベンノが挨拶すると、親方とヨハンが慌てたように挨拶する。

わたしはフランが引いてくれた椅子に座りながら、正面のヨハンに笑顔を向けた。

「ヨハン、ごきげんよう。課題の品ができたと聞いてきたのですけれど」

「これが課題なんだけど……」

ヨハンはわたしの後ろに立つダームエル達三人を見て、困ったように視線をさまよわせながら、布に包まれた四角の箱を二つ、テーブルの上へと取り出した。カチャカチャと中で金属同士がぶつかり合って音を立てる。その音を聞いて、ドクンとわたしの心臓が高鳴った。

「さすがに全部を一つの箱に入れると重すぎるから、二つに分けたんだ」

金属活字はまず父型を作るところから始まる。父型は硬い金属に文字を浮き彫りにしたものである。この父型を作るのが非常に細かい作業になるのだ。一センチくらいの大きさの金属に字を浮き彫りにしなければならないのだから、細かいヨハンの職人技が必須である。

父型ができたら、次に、柔らかい金属でできた母型に打ち込む。すると、父型の文字の形に母型の金属が凹《へこ》む。その後、この母型を鋳型《いがた》に入れて、そこに合金を流し込む。冷めた後、鋳型から合金を外せば、父型と全く同じ文字の金属活字ができあがるのだ。同じ鋳型に合金を流し込んでは冷やして取り出す。これを繰り返すことで、全く同じ大きさの文字のセットができていく。

「予想以上に早くて驚きました。まさかこんなに早くできるなんて……」

包みをじっと見ているだけで、何とも表現できない胸の高鳴りを感じる。心臓がドキドキいって、頭がのぼせていくような感覚がして、わたしは胸を押さえながら、ほぅ、と軽く息を吐いた。姿が見えない恋人を探すような気分で、わたしは布の向こうが透けて見えないか、じっと凝視する。焦れるわたしの心境には全く気が付かないようで、ヨハンはちょっと照れたように笑いながら、頬をぽりぽりと掻いた。

「……皆が面白がって手伝ってくれたんだ」

全ての文字に関して、父型と母型を作ったのはヨハンだが、その後の量産するところでは、冬籠もりで暇な職人達が面白がって手伝ってくれたと言う。

親方はニヤニヤ笑いながら、ヨハンの肩をバンバンと叩いた。

「誰が一番綺麗に合金を流し込めるか競ったり、効率の良い作り方を皆で考案したりしながら、ダプラの課題ではあり得ない細かさに大笑いだったさ。さすがヨハンの腕を見込むパトロンだ、鍛冶の神ヴァルカニフトのお導きだ、ってな」

ヨハンを笑ってからかいはしているものの、細かさを売りとするヨハンにきちんと細かい注文をするパトロンがついたことに親方は鍛冶の神のもたらした巡り合わせだ、と感心したそうだ。

わたしもこの巡り合わせには心の底から感謝する。

「この金属活字ってヤツは、ウチの工房の職人の本気の塊だ。ヨハン、見せてやれ」

「はい、親方」

親方に促され、ヨハンは布をざっと取り去っていく。

A4くらいのサイズの浅い木の箱が二つあり、その中には鈍い銀色の輝きがずらりと並んでいた。文字の凹凸《おうとつ》が光を照り返し、キラキラと輝いている。注文通りに全ての基本文字が揃っている様は、まさに圧巻。

「わぁ……」

わたしは感動のあまり震える手で、一つの金属活字を取り出した。二・五センチくらいの長さの小さな銀色にはしっかりと文字が刻まれている。小さい割にしっかりと重みのある金属で、わたしはくるりと手の中で回しながら全体を見回す。

そして、もう一つの金属活字を取り出し、テーブルの上で二つを並べた。目を細めて検分し、その高さに違いがないことを確認する。この高さの違いは印刷に大きく影響するのだ。ぐらつきもせずにテーブルの上に立っている活字を見て、わたしは想像以上の出来に相好を崩した。

「どうだ、嬢ちゃん？　ご希望通りの品かい？」

親方の声にハッとして周りを見回せば、ヨハンが固唾《かたず》を呑んで、わたしの評価を待っている。小さな金属活字がぎっちりと詰まった箱とヨハンを見比べると、わたしは手の中に金属活字を握りしめて大きく頷いた。

「素晴らしいです！　まさにグーテンベルク！」

「は？」

「わたくし、ヨハンにグーテンベルクの称号を捧げます！」

「え？」

周りがポカーンと目と口を開ける中、ルッツだけが顔色を変えてわたしの椅子に近付き、「マイン、落ち着け！」と肩を揺さぶった。わたしは座ったままルッツを見上げて反論する。

「落ち着いていられるわけないでしょ！　グーテンベルクだよ!?」

「興奮しすぎだ、バカ！」

ルッツの慌てたような声が降ってくるが、完成された金属活字を前に落ち着くなんてできるわけがない。絶対に無理だ。

「ルッツこそ興奮が足りないよ。これで本の歴史が変わるんだよ!?　ドキドキするでしょ？　わくわくするでしょ？　さぁ、もっと感動して！　このときめきを共有しようよ！」

「悪い、マイン。全くわからねぇ」

ルッツはわたしと感動を共有できないらしい。部屋を見回すと、誰もが理解できないような困惑した顔になっている。この感動を誰とも分かち合えないなんて、悲しすぎるではないか。

「だって、印刷時代の幕開けだよ!?　まさに歴史が変わる瞬間に立ち会ってるんだよ!?」

わたしはガタッと立ち上がって、この金属活字の素晴らしさを力説する。しかし、周囲の反応は芳《かんば》しくない。

「グーテンベルクだよ!?　グーテンベルクの名前もヨハネスで、ヨハンなんだよ。何て素敵な偶然！　奇跡的な出会い！　神に祈りを！」

わたしがビシッと祈りを捧げると、ルッツが頭を抱えた。

「……あ～、嬢ちゃん。グーテンベルクって何だ？」

鍛冶工房の親方がギョロリとした目を瞬きながら、不可解そうに答えを求める。少しでも共感しようとしてくれる言葉が嬉しくて、わたしはギュッと手を組んで親方を見つめた。

「本の歴史を一変させるという、神にも等しい業績を残した偉人です。まさにヨハンはこの街のグーテンベルク！」

そう主張しているうちに金属活字だけでは印刷ができないことにわたしは思い至った。印刷するには金属活字だけではなく、紙もインクも印刷機も必要だ。ヨハンだけを褒め称えるのはおかしいから、皆の反応が良くないのかもしれない。

「……あ、そうですよね？　金属活字のヨハンだけじゃなくて、インクを作ってくれる人、印刷機を作ってくれる人、植物紙のベンノさん、それから、本を売るルッツ。誰が欠けてもダメですよね？　すみません。全員まとめてグーテンベルクです。皆、グーテンベルク仲間ですよ」

「そんな仲間、俺は嫌だぞ」

仲間に入れてあげたら、即座にベンノから拒否された。

「嫌とは何ですか、ベンノさん！　本を印刷して出版して、世界中に影響を与えるグーテンベルクに対する侮辱《ぶじょく》ですよ！　むしろ、喜びましょう。ときめきましょう。ね？」

ベンノは呆れたような、諦めたような表情でわたしを見た後、何か言いたそうにルッツに視線を向けた。ルッツは「処置なし」と言わんばかりに首を振って、溜息を吐く。

「金属活字ができたら、次はいよいよ印刷機ですよ！　木工工房に注文ですよ。うわぁ、本当に印刷ができるんだ！　すごい、すごい！　英知の女神メスティオノーラに感謝を！」

メスティオノーラへの感謝を最後に、わたしの意識は幸せの絶頂で暗転した。

滞在期間延長

目が覚めたらお説教のフルコースだった。ルッツとベンノから始まり、フランとギル、それから、ダームエルと神官長。何故かどんどん説教する人が増えてきているような気がする。

……でも、熱を出して寝ている時に見舞いと称してのお説教は勘弁《かんべん》してほしい。寝かせて。

今回のお説教で一番長くて熱かったのはダームエルだった。護衛対象であるわたしがいきなりバタッと倒れたことで、またもや上司の指示に従えない騎士だと神官長に判断されるのではないか、と戦々恐々としていたらしい。「今度こそ処刑されるのではないかと思うと、本当に生きた心地がしなかった」と涙目で怒られた。

「ごめんなさい。ホントにごめんなさい。先に謝っておくけれど、これから本格的に印刷を始める予定だから、似たようなことが頻発《ひんぱつ》すると思います」

「全く反省していないではないか、巫女見習い！」

「倒れないように体力をつけなくてはいけない、と反省してます」

「反省する点が違うぞ！」

皆があまりにもつらつらとお説教するので金属活字の興奮はあまり続かなくて、自分で思っていたよりも熱が下がるのは早かった。けれど、熱が下がってからもお説教は繰り返される。同じことばかり言われる現状にうんざりしてきたわたしは早く家に帰りたくなった。少しずつ雪も解けてきて馬車も動くようになってきたし、そろそろ家に帰っても良いと思う。

「もうおうちに帰りたい……」

帰宅のためには、まず神官長に面会の手紙を書かなくてはならない。そう思っていたら神官長の方から面会依頼の手紙が届いた。面会依頼と言っても神官長がわたしの部屋に来るのではなく、都合の良い日時を聞いてくれる招待状だ。

「フラン、神官長から届くなんて珍しいからきっとお急ぎだと思うの。なるべく早く面会したいのですけれど、いつとお答えすれば良いかしら？　わたくしは今からでも良いのですけれど」

「さすがに今からではお迎えの準備をする側仕えが困るでしょう。明日ならば、大丈夫だと思われます」

フランに苦笑されたので「明日ならば大丈夫です」とわたしは手紙の返事を書いた。

「何か手土産を持っていった方が良いかしら？　お見舞いもいただいたでしょう？」

お見舞いと称して神官長は大量の食料を運び込んでくれた。雪解けが始まっているので、そろそろ帰宅しようと思っているわたしにはもう必要のない物だ。帰宅する時には半分ほど孤児院の地下室に移そうと考えている。

「こちらで作っているお菓子を持参すれば良いと思われます。神官長はずいぶんクッキーを気に入っておいでででした」

「だったら、この間作ったプリンはどうかしら？」

トゥーリが遊びに来た時にプリンにもアイスクリームにも挑戦した。その結果、やはりアイスクリームは暑い時に食べるものだと思い知った。炬燵《こたつ》で食べるアイスはおいしかったけれど、暖炉の前で食べても「おいしい」より「寒い」という感想の方が強くて、身体が冷えただけだった。

「そうですね。……プリンはあの食感に慣れればおいしくいただけますが、口に入れるのに少し躊躇《ちゅうちょ》してしまうので、初めて召し上がる方への手土産にはあまり向かないと存じます」

ルッツとカルフェ芋を蒸した時に思った通り、こちらでは蒸し料理がないようで、プリン作りに関してはエラにとても驚かれた。試食した人全員から食感が不思議だとか、噛む前になくなって頼りないとか言われたけれど、甘くておいしいということで最終的な評価は高かった。

「では、エラには神官長が気に入ってくださったクッキーを焼いてもらいましょう」

手土産はクッキーで決定した。プレーンなクッキーと紅茶の葉を混ぜ込んで作るクッキーの二種類を準備することに決める。わたしの好みだ。

手土産も決定したので、わたしは心置きなく印刷機の設計図に取り掛かった。ワインを作るためのブドウの圧搾機を改造して作られたのが初期の印刷機だったはずなので、ここでも比較的簡単に作れるとは思う。ただ、困ったことにわたしが細かい寸法や構造を覚えていない。

「えーと、確かインクを塗るための道具がいるでしょ？　こんな感じの取手が付いていて、ここは革が張ってあって……。これを置くための場所がこんなふうに側面にあって、紙を置くための場所が付いてて……。組んだ活字を置く場所はこんな感じだったような……？」

必死で記憶を掘り起こしてみるが、曖昧《あいまい》すぎて設計図というほどの物にはならない。大体こんな感じ、と口では説明できても、寸法なんて覚えているはずもない。実際に測りながら、書き込んでいくしかなさそうだ。

「神官長、あの記憶を探る魔術具を使ってくれないかなぁ？」

執務机に向かって、うんうん唸《うな》っているわたしの周りでは、側仕え達がそれぞれの仕事に精を出していた。

「おはようございます、神官長」

わたしは挨拶に加えて、お見舞いのお礼を言って手土産を渡す。「わざわざすまない」と言いながら受け取る神官長の表情がほとんど変わらなかったので、本当に喜んでくれているのかどうか、わたしにはわからない。

「アルノー」

神官長の呼びかけにアルノーが皿を持って出てきてテーブルに置き、フランがお皿にクッキーを開封して盛っていく。フランは部屋から持参したカップを取り出し、アルノーが同じポットから神官長とわたしのカップにお茶を注いでいった。

「どうぞ、マイン様」

スッとアルノーがクッキーの皿をわたしの前に持ってきた。何を求められているのかよくわからなくて神官長に視線を向ける。

「客が持参した物はその場で客の手で開封されて、毒見のために客自身が食べて見せるのが貴族の礼儀だ。……君には馴染みのない習慣だろうから、教えておいた方が良いと思ったのだ」

……毒見って何それ、怖い。

自分が持っていったものなので、わたしは躊躇いもなく口をつけられるが、そんな話を聞くと余所で飲み食いするのが怖くなるではないか。

「お茶に手をつけるのは、招待主が口をつけてからだ」

神官長が同じポットから入れられたカップに口をつけ、わたしがクッキーを一つ食べた後で、それぞれ好きな物に手を伸ばすことになる。

フランの言った通り、神官長はクッキーをとても気に入っているらしい。表情は変わらないけれどクッキーの減りが他に比べてちょっと早かった。

少しの間、天気や孤児院の報告など、当たり障りのない話をする。そして、カップ一杯分のお茶を楽しんだ後、おもむろに本題を切り出すのだ。わたしも少しは貴族の習慣に慣れてきたと思いたい。

「あの、神官長。わたくし、そろそろおうちに帰りたいのですけれど……」

わたしが「よろしいですか？」と最後まで口にする前に、カップを置いた神官長が即座に却下した。

「駄目だ」

「……え？」

雪も少しずつ解けてきているのに、帰宅を却下される意味がわからなくて、わたしは首を傾げた。

神官長はカタリと音を立てて立ち上がる。そして、一度部屋の中を見回した後、ベッドの更に奥へと向かった。

「来なさい」

側仕えにも聞かれたくない話らしい。わたしもそっとカップをテーブルに置いて立ち上がり、神官長が開くドアの奥へと入っていった。わたしはいつもの長椅子に座り、神官長も椅子に座る。

「側仕えに聞かれるのも困るのですか？」

「……そうだな。なるべく知られない方が良いと思っている」

そう言った後、神官長はゆっくりと息を吸い込んだ。

「実は、ヴォルフが突然死んだと、先日知らせが入った。カルステッドに頼んでヴォルフへの依頼人を探っていた矢先のことだ」

死んだという言葉に、わたしは思わずコクリと息を呑んだ。ただ、肝心要《かんじんかなめ》のことがわからなかったわたしはゆっくりと首を傾げる。

……ヴォルフって誰だっけ？

「全く理解できていない顔だな」

「あの、神官長。つかぬことをお伺いいたしますが、ヴォルフさんというのはどちら様でしょう？どこかで聞いた名前なんですけれど、覚えがなくて……」

名前を聞いても顔が浮かんでこないので、大した知り合いではないと思う。神官長が知っていて当たり前のように話をするので重要人物のはずだが、全く思い当たらない。神官長は信じられないと言わんばかりに目を見開いた後、大仰に溜息を吐いた。

「……ヴォルフはインク協会の会長だ」

「インク協会の会長って、あの不審人物ですよね？」

インク協会の会長と言えば、わたしの情報を嗅《か》ぎ回ったり、ルッツに絡んだりしたことで、わたしが神殿に籠もることになった原因そのものだ。

「……え？　亡くなったんですか!?　なんで!?」

「遅い！」

わたしを調べるように、とヴォルフに命じた貴族が一体誰なのか、黒い噂がどこまで本当なのか、神官長やカルステッドが探っていたらしい。しかし、数人まで候補者が絞られたところで、突然ヴォルフが死んだという。

「ヴォルフは、どこからか、平民の巫女見習いが工房長をしていることを聞いたようだ」

どこからか、という部分を強調して神官長が言う。そういえば、わたしの素性は意外と貴族に知られていないと言っていたはずだ。知っている人間は限られてくる。

「その工房長が本当にベンノと繋がりがあるのか、どのような容貌をしているのか、情報を得るために探っていたようだ。しかし、君はすぐに神殿に籠もってしまった。それに、元々身体が弱くてあまり周囲と係わりがなかったようだな？　結果はあまり芳しくなかったようだ」

神官長の言葉に心臓が跳ねる。貴族に情報収集を頼まれて探っていたのに、結果は芳しくなく、逆に、神官長やカルステッドがヴォルフと繋がりのある貴族を調べ始めたのだ。その矢先の死亡となれば嫌な予感がする。

「……ヴォルフさんが亡くなったのは、貴族の仕業ですか？」

「おそらく」

神官長はゆっくりと、しかし、躊躇いなく頷いた。

邪魔だと思ったものは即座に処分する。貴族にとって平民は同等のものではない。わかっていたけれど、あまりにも唐突に、そして、当然のこととして眼前に突きつけられて、わたしはぞっとした。自分自身を抱きしめるように抱えて、鳥肌の立った二の腕を擦る。

「……貴族に、わたくしが狙われているのですか？」

「様々な貴族から狙われているのは確実だが、君をどうする目的で、誰が狙っているのかまではっきりとわかる者は少ない」

神官長の言葉にわたしは小さく震えた。

「これから行われる春の祈念式に向けて、農村を預かる貴族達が一斉に動き出している。一番厄介なのは君がこの街から連れ出されることだ。ある程度貴族が散るまで、神殿に籠もっていなさい。この街にいる貴族の数が減れば、彼等の動向にも目が届きやすくなる」

絶対に家へ帰れないわけではない。わたしはそう自分を慰めて、春の祈念式まで神殿に滞在することを承諾した。わたしが承諾したことに神官長は安堵したように小さく息を吐いた後、彼の手のひらサイズの木札を取り出す。

「君の家族には滞在期間が延びることと、養女の件について話をしておかなければなるまい。これを渡しておいてくれ」

「……かしこまりました」

さすがに貴族の養女になるなんて重要な話を、お手伝いに来てくれたトゥーリや父さんに、何かのついでのように話せるわけがない。家に帰ってからきちんと話をしようと思っていたが、帰る前に神官長からお話しされてしまうようだ。わたしは神官長から預かった招待状を見つめて項垂れる。

「わかっていると思うが、ヴォルフや養女に関することは決して他人に話さぬように。君の側仕えは信用できる者ばかりではない」

そう言われた時にデリアの顔が思い浮かび、反論はできなかった。

わたしは部屋に戻るとすぐにルッツを呼んでもらって神官長の招待状を渡す。両親に届けてもらうことは了承してくれたけれど、「神官長からの呼び出しって、お前一体何をしたんだよ？」と怪訝な顔をされた。神官長にも口止めされているので、養女の件は伏せて「祈念式が終わるまで、家に帰れなくなったの。それに関する話だよ」と説明した。これは公表しても良い話だ。むしろ、側仕えを含めて周囲にきちんと話をしておかなければ、日々の生活に困る。

「祈念式が終わるまで家に帰れないなんて、食料はどうしますの？」

ルッツとの会話をしっかりと聞いていたらしいデリアの質問にわたしは小さく笑う。

「そろそろ市も立つし、神官長からのお見舞いの品がまだ残っているでしょう？」

神官長が見舞いと称して贈ってくれた食料は、わたしが春になっても神殿に籠れるように、という心配りであったらしい。

ルッツに招待状を持って帰ってもらった三日後、両親がやってきた。門の近くの待合室で待っていたわたしは、久し振りに母さんに会った。変わらない笑顔といつ生まれてもおかしくないほどに大きくなったお腹を見て、グッと熱いものが込み上げてくる。

「母さん……」

「マイン様、ここはお部屋ではございません。……お気持ちはわかりますが、お立場を考えてくださいい」

フランが困ったようにわたしの肩を押さえる。手を伸ばしかけた母さんがそっと手を下ろし、父さんが慰めるように母さんの肩を抱いた。

「ご案内いたします」

フランが先頭に立ち、わたしはその後ろに続く。ダームエルが隣で、両親はその後だ。後ろを振り返りたい気分になりながら、歩いているとそっと頭を撫でられた。父さんとは違う柔らかい感触に頬が緩む。振り返ろうとしたら、前を向いていなさい、と言わんばかりに、指に力が込められた。フランが振り返る寸前にスッと引かれる手との無言の触れ合いが、楽しい。時折大きくてごつい手と交代しながら、神官長の部屋に着くまでの間、無言の触れ合いは続いた。

「おはようございます、神官長」

「招待状により参上いたしました。今回は何のお話ですか?」

父さんが兵士の敬礼を向けると、神官長は軽く頷いて席を勧めた。テーブルを挟んで長椅子と個々に座る椅子が二つ、準備されている。普通に考えれば長椅子に座るのが両親で、わたしと神官長がそれぞれの椅子に座ることになる。お腹の大きい母さんが少し苦しそうに長椅子に座るのを父さんがそっと助けて、二人が座った。

「全員下がりなさい」

神官長はお茶が運ばれるとすぐに人払いした。その上で、範囲を指定する魔術具を使って、防音の結界のような物を張る。父さんが周りを不気味そうに見回した。

「な、何だ?」

「これで声が外に漏れなくなるのだ。マイン、人払いしたから両親の間に座っても良い。ここまで我慢したのであろう？」

神官長は父さんに結界の説明をしながら、座る場所を決めかねて立っていたわたしを両親の方へと押し出してくれた。

「ありがとう存じます、神官長」

わたしは満面の笑みでお礼を言うと、両親の間にすとんと座る。父さんと母さんの顔を交互に見た後、母さんにそっと抱きついた。

「母さん、久し振りだね。会いたかった。それに、もういつ生まれてもおかしくないくらい大きくなってるよね？」

「まだよ。もうちょっと大きくなるわ」

大きくなった母さんのお腹を撫で、母さんに抱きしめられて、ハァと満足の息を吐く。

「……満足したようだから、話を始めても良いか？」

「はい」

わたしは正面に座る神官長に顔を向け、座り直した。

「では、回りくどい挨拶は省略して、本題に入る。いいな？」

わたしの相手をしてきたことで、神官長は平民に挨拶をしても無駄だと理解しているようだ。カルステッドとの話し合いの時にはしていた貴族らしいやり取りを完全に省いた。

「マインは春の祈念式が終わるまで神殿預かりとする」

「ちょっと待ってください。それは何故ですか？　冬の間だけだというお約束だったはずです」

慌てたように身を乗り出す父さんに、神官長は冷たく見えるような無表情で口を開く。

「今が一番危険だからだ」

静かに短く答えられたことで、父さんは状況が思わしくないことを悟ったらしい。表情を改めて、グッと拳を膝の上で握った。

「何がどのように危険なのでしょう？」

神官長は「決して口外してはならない」と言い置いた後、秋から春にかけて起こった貴族関係の色々について説明をする。それはわたしが聞かされてきたことばかりだ。

「マインの魔力は私の予想以上に多かった。魔力不足のこの街にとって貴重な魔力だ。だからこそ、ある貴族達は欲しがり、そして、ある貴族達は疎ましく思うのだ」

色々な目的で貴族から狙われていると聞かされた両親の顔色は真っ青で、わたしの背中に回されている手が小さく震えているのがわかる。

「今、マインを街から連れ去られるのが一番困る。そのため、門でも貴族の出入りについて改変が色々あったはずだ。ギュンター、君が門を守る兵士ならば、当然知っているだろう？」

あまりにも意外な話に父さんは目を丸くしながら、神官長をじっと見つめる。

「……知っております。貴族の移動に大幅な改変があって、貴族の騎士団が……」

「あぁ、マインを連れ去るのはおそらく貴族階級に属する者だ。この領地の、もしくは、別の領地の貴族が動くか、今の段階では全くわからぬ。だからこそ、騎士団の方から領主に働きかけ、貴族の出入りに制限をつけてもらった」

神官長やカルステッドは冬の間に騎士団を動かしたり、貴族の出入りに制限をつけたり、色々と動き回っていたようだ。

「まさか、その改変はマインのためですか？」

「いくつか他にも理由はあるが、ここで公開できる理由はマインの確保だけだ。それ以外を公開するつもりはない。それに、それだけ知っていれば十分ではないのか？」

父さんはコクリと頷きながら、ほんの少し身体の力を抜いた。

「土地の管理を任されている貴族は春の祈念式までにそれぞれの土地へと向かう。そうなれば貴族街から貴族が減って、少しは細かいところに目が届くようになる。それまで、離れて暮らすことになるのは辛抱《しんぼう》してほしい。……マインを守るためだ」

神官長の言葉は真摯《しんし》で力が籠もっている。人を従え、動かすことに慣れていると言えばいいのだろうか。騎士団でも人を従える方の立場だった神官長に、兵士として従うことに慣れている父さんは敬礼で応じる。

「格別のご配慮、ありがとうございます。だが、何故マインのためにそこまで……？」

「言ったであろう？　今は魔力が必要なのだ。マインが貴族の養女となることをさっさと承諾してくれれば、このような面倒は必要なかった」

ハァ、とわざとらしく神官長が息を吐く。父さんは「養女⁉」と叫び、ぎょっとしたように目を見開いた。わたしの手を握っていた母さんの手に力が籠もる。

「ギュンター、其方は今すぐマインを貴族の養女にすることに関してどう思う？」

父さんがギリッと歯を食いしばった音が響いた。母さんはわたしの手を離すまいと痛いほどに握りしめている。何も言わなくても、答えは明らかだった。

「親子揃って答えは同じか……」

神官長はこめかみを指先で軽く叩いて「両親の方から手放してくれれば、少しは諦めがつくかと思ったのだが……」と小さく呟きながら、わたし達を見る。

「マインも同じように、どうしても家族から離れたくない、と言ったので、十歳までは猶予《ゆうよ》を与えることにした。だが、マインの魔力は平民の身食いとしては高すぎるので、十歳で貴族の養女とする。これは決定事項だ」

「なっ……」

親の承諾も何もなく、決定事項だと言われた両親は、衝撃を受けたように身体を強張らせた。わたしを守ると言いながら、一方では独断で貴族の養女にすると言う神官長にどのような態度を取れば良いのかわからないようだった。

「制御もできない大きすぎる魔力は本人にも周囲にも危険でしかない。この地に置いておくのに危険だと判断されれば、マインは領主より処分される」

「処分⁉」

「危険な者を排除するのは街を守る者として当然だ。兵士である其方ならばわかるであろう？」

父さんは自分の娘がそれほどの危険人物だと思えるはずもなく、戸惑ったようにわたしを見た。

母さんもまた悲しげに眉尻を下げる。神官長は感情を感じさせない顔で両親を見つめたまま、決定事項として淡々と言葉を紡ぐ。

「処分を回避《かいひ》するためには魔力を制御する術を学ばなければならない。そのための養子縁組だ。貴族院に入らなければならない十歳までは家族と過ごせば良い。ただし、それ以後は何を言っても無駄だ。貴族の養女か、処刑か、どちらかになる」

「……十歳」

二年と少し、と期限を切られて呆然と呟く父さんを見て、神官長はゆっくりと息を吐く。

「養女先は私が懇意《こんい》にしている貴族だ。無下な扱いはさせない。それは約束しよう」

その言葉を聞いた途端、ハッとしたように母さんが顔を上げた。神官長を真っ直ぐに見詰めた後、コクリと頷く。

「……わかりました。神官長にマインを預けようと思います」

「エーファ⁉」

驚いたような父さんの声にも構わず、母さんは神官長を見つめたまま、目を離さない。

「この冬、神殿に籠もることになった時、マインの身体の弱さでは、とてもそんなことはさせられないと思いました。けれど、皆の助力のお陰で、マインは元気に過ごしているとトゥーリから聞いています。神官長の心配りのおかげでしょう」

妊娠しているため神殿に出向くことを禁じられた母さんは父さんやトゥーリから話を聞くしかできなかった。それでも、ずっと寝込んでいて務めを果たせないということもなく、わたしが冬を乗り切ったのは周りがよく面倒を見てくれたからだ、と言う。

「エーファ、お前……。だからと言って、養女は……」

反論しようとした父さんの口元に母さんは静かに手を伸ばし、言葉を遮《さえぎ》った。一度目を伏せた後、ゆっくりと首を振る。

「ダメよ、ギュンター。よく考えて。十歳ならダプラとして、余所で生活するようになる子供もいるでしょう？　わたしはマインが危険な存在として処分対象になる方が嫌よ。マインのことをよく知らない貴族にさらわれてしまう方がよほど命の危機だと思うの。神官長は今まで誠実に対応してくれているわ。わたし達の手を離れるならば、せめて、信頼できる人に託したい」

母さんはそう言って、神官長の方を向くと、胸の前で手を交差させる。

「神官長、マインをどうぞよろしくお願いいたします」

母さんの言葉に父さんも観念したように肩を落とした後、右の拳で左の胸を二回叩いて敬礼した。

十歳になると同時に養女になることが、両親公認で決定してしまった。

「十歳なんてなりたくないね……」

自分のためだとわかっていても何とも言えない寂しさが胸を突く。まとわりつくような寂寥《せきりょう》感を振り払いたくて、わたしはしばらく母さんに抱きついていた。

祈念式の準備

　街を覆っていた雪が半分ほど解け、少しずつ暖かくなってきた。冬籠もりは終わり、皆が雪の除去や春の準備に取り掛かる。トゥーリのお仕事も再開し、神殿に遊びに来てくれるのが隔日になってしまった。

　孤児院で準備していた冬の手仕事は全て完了し、ルッツを通してベンノに売り払った。おかげで、孤児院の予算はかなり潤っている。今はまだ森に雪がかなり残っているけれど、もう少しすれば、また森に行けるようになる。そして、採集しつつ、紙を作ることになるのだ。

　それまでの間は教育期間ということで、元側仕えの灰色神官が子供達に礼儀作法を教えることになった。わたしが孤児院をうろうろするので、青色巫女見習いに失礼のないように教育しなければ他の青色神官にも同じような態度で接しては困る、というのがその理由らしい。

　今は孤児院の食堂で教育が行われているはずなので、工房の中はガランとしていて、わたしとルッツ、護衛のダームエル以外の姿はない。

「次の本を印刷する時は、文章の方だけでも印刷機を使ってみたいんだよね」

「使うのは良いけどさ、印刷機はどうやって作るんだ？」

「えーと、圧搾機を改造して作るつもりなんだけど……」

わたしは設計図を取り出してルッツに見せる。グーテンベルクが作った初期の印刷機はワイン造りのブドウを搾る圧搾機を改造した物らしい。初期の印刷機なら何とか作れる気がしたが、わたしの記憶を頼りに再現するのは意外と難しい。

「こんなふうに活字を置いて、インクを塗って、紙を置いたら……こうやって、ギュッと」

わたしの身長では手が届かない圧搾機を使う動作をして見せながら、わたしはルッツに印刷機がどのような物か伝えていく。わたしが神殿から出られない以上、注文したり、工房に説明したりするのはルッツの役目になるのだ。

「だったら、この……組版？　この大きさを決めなきゃダメだな」

「それは前に作った絵本を測れば、すぐにわかるよ」

工房でルッツと一緒に印刷機についての話をしながら、メジャーであちこちを採寸しては設計図に書き込んでいく。「ここに紙を置くための台をやや斜めになるように取り付ける」とか「ここにインクの入った箱を取り付ける」など、覚えている限りに書き込んだわたしの設計図を見たルッツが肩を竦めた。

「なぁ、マイン。とりあえず、余計な物は後から付けていけば良いんじゃねぇ？」

「余計な物って？　必要な物しか書いてないよ？」

むしろ、わたしの記憶力では、足りない物や気が付いていない物、忘れている物の方が多いと思う。わたしの反論にルッツは「そういう意味じゃなくて」と設計図を指差した。

「そりゃ紙を置く場所とか、インクを置く場所は必要な物だけどさ、マインが頭を悩ませてるのは、印刷機にどう取り付けるかだろ？　そんなの、最初は印刷機の横にテーブルでも置いておけばいいんじゃねぇ？」

ルッツの言う通り、圧搾機の下に組版を固定して置くことができれば、手順が面倒でも最低限の印刷はできる。

「マインは完成形が頭にあるから難しく考えすぎるんだ。紙作りだって、最初は手探りで代用品がいっぱいあったじゃねぇか。ひとまず印刷する上で絶対に必要な機能だけあればいいだろ」

「……そっか。むしろ、扱うのにすごく力がいる圧搾機を子供達数人がかりで使えるようにするための工夫の方が大事だよね？」

そんな話をしているうちに簡単な設計図ができあがる。一番シンプルな形で作ってみようという話になり、インゴの木工工房にベンノ経由で注文してもらうことになった。

「あとは小物が必要になるよね」

印刷機について大体のことが決まったので、組版やステッキなどの小物について話をしようとしていたら、ギルが慌てた様子で工房に駆け込んできた。

「マイン様！」

「どうかしたの、ギル？　もう神官長のお部屋に行く時間？」

今日は祈念式の準備のために女の側仕えが総出で支度をしている。そのため、フェシュピールの練習はお休みになっていた。

「マイン様を呼んできてくださるかしらって、ロジーナに言われたんだけどさ……。祈念式の準備が終わってないのに、マイン様が印刷機にばっかり時間を割いてるからロジーナが怒ってる。静かに、すっげぇ怒ってる」

多分、フェシュピールの練習時間が減ったのに、わたしが好きなことをしている八つ当たりが大部分を占めているような気がする。

「そう。では、ギル、わたくしの代わりに怒られてきてくださる？」

「おぅ！……ん？　ちょっと待ってくれよ。ダメだ！　嫌だ！」

一瞬つられたギルがハッとしたように急いでブルブルと首を振る。その様子が面白くて、思わず吹き出したわたしとルッツをギルはじとっと睨むと、「絶対に部屋へ連れて帰る」と呟いた。これは観念して部屋に戻るしかなさそうだ。

「……仕方ないから怒られてくるよ。ルッツ、あとのことは任せるから」

「わかった。明日から大事なお勤めなんだろ？　頑張ってこいよ」

ルッツに軽く頭を撫でられ、わたしは気乗りしないまま頷いた。そして、膨れっ面のギルに連行される形でわたしは自分の部屋へと戻る。

部屋の惨状に息を呑んだ。祈念式への出発を明日に控えたわたしの部屋では、服、靴、身嗜みを整える道具諸々、タオルやシーツなどのリネン類、食器、道中の食料、筆記用具、紙、書字板……まるで引越しのような荷物が側仕え達によって箱に詰められていくことになっている。

ホールにはいくつかの木箱が置かれ、食料品が詰め込まれているのが見えた。まだ空の木箱もいくつかある。今日の調理が終わったら、調理道具の一部を運び出すことになっている。

二階に上がると、部屋の散らかりようは更にひどくなった。木箱にリネンの類が詰め込まれ、服や靴が詰め込まれるための順番待ちをしている。他にも日用品がテーブルの上を占領《せんりょう》していた。その中でデリアとロジーナとヴィルマが忙しげに動いている。

「マイン様、祈念式の準備も終わっておりませんのに、工房に行ってはなりません」

準備が終わっていない、とロジーナは言うけれど、わたしが自分で準備しようとすれば怒られるのだ。準備は側仕えの仕事なので、わたしが手を出してはならないと言われる。どうやら、皆が準備しているところをよく見ているのが、わたしの仕事らしい。

「もー！　やる気が感じられませんわよ！　マイン様の大事なお役目でしょうに！」

「……わたくしの側仕えは優秀ですから、わたくしがいなくても大丈夫でしょう？」

「そういう問題ではございません」

今回、わたしが祈念式に連れていくのは、神官長と共に祈念式に出席したことがあって、一連の流れを知っているフラン、わたしの身の回りの世話をするのは女性でなければならないのでロジーナ、それから、料理人のフーゴとエラだ。

ヴィルマは孤児院管理のため、ギルはマイン工房の管理、デリアは部屋の管理で留守番である。もう一人の料理人トッドと冬の間エラの助手を務めてくれたニコラとモニカが留守中の食事を作ってくれることになっている。

「それにしても、ずいぶんな荷物ですね」

冬籠もりのために予想以上に荷物が増えていた自分の部屋を見回して、わたしが思わず呟くと、ロジーナは軽く眉を上げた。

「マイン様のお荷物など、少ない方ですわ。クリスティーネ様ならばあと二つほど衣装の詰まった箱に、数々の楽器、絵画用品も必要ですもの」

「クリスティーネ様のお荷物を準備するのはかなり早くから始めなければなりませんでした。貴族街への外出も大変でしたね」

ヴィルマもくすくすと笑いながらロジーナの意見に賛同する。クリスティーネのすごさに驚いていると、ロジーナが何かに気付いたように軽く目を見張った後、おずおずと切り出した。

「……あの、マイン様。フェシュピールは持っていってもよろしいでしょうか？」

「わたくしの物ではないから、置いていく方が無難だと思うけれど？」

部屋の隅に飾るように置かれているフェシュピールを見て、わたしは軽く首を振った。あれは神官長からの借り物で、独断で持ち出して良いような物ではない。壊したり、失くしたり、盗られたりしても、そう簡単に弁償できる物ではないのだ。

それでも諦めきれないように、ロジーナはじっとフェシュピールを見つめる。

「……神官長にお伺いしてみてはいただけませんか？」

「聞くだけで良いなら、聞いてみます」

「ありがとう存じます」

結局、部屋にいても大して役に立たないわたしは、神官長のお手伝いをする時間だと言い置いて、フランとダームエルを連れて部屋を出た。

「祈念式は準備が大変ですね。騎士団の要請は緊急性が高いけれど、準備らしい準備はそれほど必要ないので、側仕えとしては楽だったのですが」

騎士団の要請で行ったトロンベの後始末と違って、祈念式は馬車で農村を移動することになるので準備が大変だとフランも言う。しかし、わたしにとっては準備よりも、道中を考える方が気鬱《きうつ》になる。馬車で移動という時点で、もう行く気になれないのだ。農村に到着しても絶対にへろへろになっていて、使いものにならない気がする。

「ハァ、祈念式に行かずに済ませられる方法って、何かないかしら？」

「何を言っているのだ、巫女見習い？　祈念式は大事な儀式なのだろう？」

ダームエルに滅多なことを言うな、と睨まれたけれど、大事な儀式であることくらいは知っている。ちょっと愚痴を零すくらいは見逃してほしいものだ。

「大事なことは存じております、ダームエル様。ただ、馬車での移動を考えると、わたくし、一体どれだけ寝込むことになるのか見当がつかなくて……」

「……む。普通でも大変なのだから、巫女見習いには負担が大きかろう。それを考慮した上で、フェルディナンド様が指名したのだから逃れようもないだろうが」

逃れようがないことはわかりきっている。それでも、諦めきれず、わたしはお手伝いが終わった時を見計らって、神官長にも最後の悪あがきという名の愚痴を言ってみた。

「神官長、絶対に農村まで行かなければなりませんか？　わたくし、馬車で絶対に体調を崩すと思うのですけれど……」

「ふむ。薬が大量にいりそうだな」

神官長は何ということもなく、あっさりとそう言った。体調を崩したら、薬で無理やり立て直せと言われて、その薬に心当たりがあったわたしは顔を歪める。

「……薬って、もしかして、効果はあるけれど、死にそうなくらい苦くてまずいあの薬ですか？」

「そうだ」

「うぐぅ……。更に行きたくなくなりました」

馬車の移動で気分が悪くなって体調を崩し、神官長の特製薬を飲まされて苦さにのたうち、無理やり体調を整えて儀式を行ったら、移動してまた倒れる。それが農村巡りを終えるまでエンドレスで続くのだろう。考えただけで憂鬱《ゆううつ》だ。

「神官長、せめて薬の味を何とかしてください。それか、いっそ眠り薬でも準備して到着まで寝て過ごすとか、馬車じゃなくて、あの騎士の人達の魔力で動く石像で移動するとか……何かできませんか？」

泣きたい気分で神官長に頭に浮かんでくる案を並べたてると、神官長はやや引き気味に頷いてくれる。

「……ずいぶんと切実そうだな。少し考慮してみよう」

「ぜひともよろしくお願いいたします。それから、フェシュピールを持っていきたいとわたくしの側仕えからお願いがあったのですが、ダメですよね？」

高価すぎて持ち運ぶのが怖いわたしとしては、断ってくれた方が気楽だったが、神官長はあっさりと許可を出してくれた。

「いや、むしろ、ロジーナが同行するならば、披露《ひろう》してもらえば良い。長い夜の慰《なぐさ》めになるだろう」

「え？　いいのですか？　街の外には盗賊や獣もいて危険だと聞いていましたけれど、楽器のように高価な物を持って移動しても大丈夫なのですか？」

わたしが信じられない思いで目を瞬くと、神官長も不可解そうな顔になった。

「神官と貴族が乗る祈念式に向かう馬車に攻撃を仕掛けてくるような愚かな盗賊がいるわけがなかろう」

「……そう、なのですか？」

お金や高価な物を持っている貴族こそ盗賊から狙われそうだと思うのだけれど、わたしが間違っているのだろうか。理解できていないわたしに神官長が説明してくれる。

「マイン、盗賊になるのは、大抵がその辺りの農民だ」

「え？　盗賊って、人から物を盗んで生計を立てている集団ではないのですか？」

「馬鹿者。盗賊が出れば、商人はその道を避けようとする。当然、通る場合は護衛が増えて手を出しにくくなるし、あまりにも被害が多いと騎士団の討伐隊が出るのだぞ。集団が生きていけるだけの物がずっと何度も盗めるわけがなかろう」

商人は結構行き来があるものだと思っていたけれど、違うのだろうか。やっぱり事情がよく呑み込めないわたしに、神官長が呆れた顔になった。

「道を通る商人から商品や金を少しでも巻き上げようと農民が盗賊化することは多いが、貴族を襲えばその地には聖杯が運び込まれなくなる。祈念式に向かう貴族や神官に手を出してくるような愚かな農民はいない。また、貴族を襲ったところで返り討ちになるだけだ」

自分達の生活に直結してくる上に、貴族は例外なく魔力持ちなので襲われないらしい。

「では、わたくし達の道中は安全なのですか？」

「……まぁ、そうだな」

神官長の答えが少しばかり歯切れが悪いことが気になったけれど、わたしが思っていたよりは安全な旅になるようだ。それに関しては少しだけ気が楽になった。

祈念式に出発する朝は実に慌ただしく始まった。わたしは身を清められ、儀式用の服を着せられ、簪も儀式用の物をつけられている。農村へ向かうので、靴は新しく仕立てたばかりの膝丈のブーツだ。農村は泥が跳ねるとフランが言っていたけれど、下町の道路の方がひどいのではないかと思うのはわたしだけだろうか。

身支度に使っていた道具を次々と箱に詰めて、紐でガチガチに縛っていく。最後の荷造りを終えると、フランとギルが一つずつ箱を馬車へと運び始めた。ロジーナは大事に梱包《こんぽう》したフェシュピールの箱を抱えて、馬車へ持っていく。準備を終えた部屋はガランとしていた。わたしは留守番をしてくれる側仕えに一人ずつ声をかけていく。

「ヴィルマ、孤児院のことはお願いしますね」

「はい、マイン様。帰ってきた頃にはきっととてもお行儀の良い子達になっているでしょう」

子供達の成長を褒めてあげてくださいませ、と言われて、わたしは頷いた。そして、その場に跪き、「さぁ、褒めろ」と顔に書いてあるギルを見て、手を伸ばした。

「ギル、工房は任せます。……ギルなら大丈夫よね？」

「おぅ、任せとけ！」

「デリア、留守をお願いします」

「かしこまりました。……もー！　何ですの、その不安そうな顔は⁉　マイン様こそ、しっかりお勤めしてくださいませ」

深紅の髪をパサリと掻き上げたデリアがわたしを睨む。不安なのは残るデリアではなく、馬車で農村へ向かうわたしの方だ。

「う……馬車、大丈夫かしら？」

「もー！　こちらが心配になるようなことを言わないでくださいな！」

「せ、精一杯頑張ってきます」

わたしがそう言うと、デリアがものすごく不安そうな顔になる。一通り全員に挨拶を終えたのを見て、フランがそっと声をかけてきた。

「マイン様、そろそろ馬車へ向かいましょう」

「えぇ。では、いってまいります」

「いってらっしゃいませ。お早いお帰りをお待ちしております」

側仕えに見送られて、フランを先頭にわたしとロジーナ、ダームエルが部屋を出た。馬車は貴族区域の正面玄関に付けられているので、貴族区域へ向かう。

「私とロジーナは荷物の最終確認やアルノーとの道中の打ち合わせがあるので、マイン様はダームエル様と共に待合室でお待ちください。そちらに神官長もいらっしゃるはずです」

ダームエルと共に待合室へと向かっていると、側仕えを連れた神官長が早足でこちらへと向かってくるのが見えた。

「おはようございます、神官長」

「おはよう。マイン、君は私の部屋へ行きなさい。火急の用件がある。私はアルノー達に命じることがあるので、先に部屋へ向かってくれ。ダームエルも良いな?」

「はっ！」

神官長はそれだけを言い置くと、またスタスタと馬車の方へ向かっていく。一見優雅なのに、とても速い。わたしはダームエルと一瞬顔を見合わせた後、神官長の部屋へ歩き始めた。

神官長の部屋にも留守番をする側仕えがいたため、すんなりと部屋に通してくれる。席を勧められ、しばらく待っていると、神官長が戻ってきた。

「待たせたな、二人とも」

「神官長、火急の用件とは何でしょうか？」

わたしが首を傾げて質問する間に、神官長が次々と書類の詰まった戸棚を閉めて、鍵をかけていく。

「我々は魔石の騎獣に乗っていくことになった。馬車は先程出発させ、今夜宿泊予定の農村へと向かうように言いつけてある」

「……何かあったのですか？」

「なければ良いと思っている」

そう言いながら、神官長は鍵の束を持って隠し部屋へと入っていき、すぐに戻ってきた。その手には薄い黄色の魔石の付いた指輪と七色の石が付いたブレスレットを持って。

「マイン、これらを身につけておきなさい」

「フェルディナンド様、これは……」

「念のためだ」

わたしに向かって魔術具を差し出す神官長の手首にも同じブレスレットが見えた。中指にも似たような指輪がはまっている。そういえば、騎士団の要請の時にも指輪を貸してくれた。あれが役に立ったので、今回も持っておけということだろう。わたしはありがたく受け取って、神官長と同じように左の中指に指輪をはめ、ブレスレットをつけた。

「それから、非常に言いにくいことだが……」

「はい？」

「同行者に……青色神官が一人増えることになった」

わたしが大きく目を見開くのと、扉が開いて一人の青色神官とカルステッドが入ってくるのはほぼ同時だった。

「私が今回同行することになったジルヴェスターだ。お前が平民の巫女見習いか」

きりっとした意思の強そうな眉と深緑の目がわたしを見下ろしていて、青味の強い紫の髪が背中の中ほどで揺れる。髪を後ろで一つにまとめ、銀細工の髪留めで留めてあるのが、何となく目を引いた。神官長より少し背が低いけれど、がっちりとした体つきをしている。神官長が騎士と言われるより、この人が騎士と言われた方が納得できるくらいだ。年の頃は見た感じベンノや神官長と同年代に見える。ただ、わたしの目にはベンノと神官長が同年代に見えるので、当てにならないけれど。

「……小さいな。これで洗礼式が終わっているのか？　年齢詐称《さしょう》してないか？」

深い緑の目でじろじろと不躾にわたしを見下ろした後、ジルヴェスターはフンと鼻を鳴らした。わたしは慌てて「してないです！」という言葉を呑み込んだ。ジルヴェスターは青色神官だ。勢いで反論してはならない相手である。

「お前、ぷひっ、と鳴いてみろ」

しばらくじっとわたしを見下ろしていたかと思うと、突然ジルヴェスターは人差指をビシッと立てた。そのまま勢い良く頬を突かれ、ぐりっという感じで指が頬に当たる。思わず「いたっ！」と声を上げたわたしを見下ろし、ジルヴェスターは「違う」と首を振った。

「ぷひっ、と鳴くんだ」

先程よりは幾分力を抜いてはいるが、うりうりと頬を突かれ、わたしは神官長に助けを求めて視線を向けた。神官長は一度目を伏せた後、諦めたような溜息を吐いて視線を逸らす。

「マイン、その男は性格が悪い。だが、性根《しょうね》が腐っているわけではない。諦めて適当に相手してやってくれ。それから、ジルヴェスター、マインは虚弱だ。いじりすぎると死ぬぞ。それより、カルステッド。ここのことだが……」

「はっ！」

地図を広げた神官長のところへカルステッドが向かったことで、わたしは顔色の悪いダームエルと一緒にジルヴェスターの前に取り残される。救いの手はなくなった。

「こら、鳴け」

ジルヴェスターがわたしの頬を何度も突くうちに、だんだんと深緑の目が険しくなっていく。出発前から貴族階級を怒らせるわけにもいかない。

「ぷ、ぷひ」

仕方なく要望通りに鳴くと、ジルヴェスターは満足そうに頷いた後、また突き始めた。

「よし。もっと鳴け」

「ぷひぷひ、ぷひぃ……」

この意味不明なことをする青色神官と一緒に祈念式に向かわなければならないということに、出発前から不安でいっぱいになった。

祈念式

わたしをぷひぷひと鳴かせることにはすぐに飽きたようで、ジルヴェスターの指の動きが止まった。しかし、飽きたのではなく、別のものに興味が移っただけのようだった。

そんな呟きと同時に、ジルヴェスターはわたしの簪をするりと引っこ抜いた。え？　と思った時には髪がパラリと落ちてくる。くっと顔を上げると、家族がわたしのために作ってくれた儀式用の簪を持ったジルヴェスターが興味深そうにしげしげと簪を見ていた。

「何だ、これは？」

ジルヴェスターの見た目は二十代後半の大人だが、やっていることは意味不明で力加減を知らない小学生男子と同じだ。そう思った瞬間、「壊される」という単語が頭の中に浮かんできて、一瞬で血の気が引いていく。

「か、返してください」

わたしは思わず手を伸ばした。わたしの声にジルヴェスターはチェシャ猫のようにニヤッと目を細めた。わたしには届かない位置に手を上げ、「ほら、取ってみろ」とごつごつした指の間から零れた緑の葉の飾りをゆらゆらと揺らす。返してくれる気はこれっぽっちもないようだ。

「返してください！」

手を上げ下げするジルヴェスターを追いかけて、ぴょんこぴょんことジャンプしていると、すぐに息切れがしてきた。

「もう、返してって、言っているのに……わたしの、簪。父さんと母さんとトゥーリが作ってくれた、わたしの簪」

……こういう男子、大嫌い。

高い位置にある簪をキッと見据えてグッと拳を握る。それと同時に全身に魔力が漲《みなぎ》っていくのがわかった。

「うわぁっ！　巫女見習いっ！」

焦ったようなダームエルの声に振り向いた神官長とカルステッドが目を吊り上げ、同時に光るタクトを取り出して、素早く振りかぶった。

「この馬鹿者！　いじりすぎるなと言っただろう！」

「子供相手にみっともない真似をするな！」

スパパーン！　と小気味良い音が二人分、ジルヴェスターの頭で炸裂《さくれつ》した。目の前で光るタクトが変形した笏《しゃく》のようなもので叩かれるジルヴェスターの姿にわたしはビックリして息を呑んだけれど、当の本人は肩を竦めただけだった。

「二人して怒らなくても良いであろう？　少しからかっただけではないか」

全く懲りていなそうなジルヴェスターだが、限度を過ぎると神官長とカルステッドが諫めてくれることがわかった瞬間、全身に漲っていた怒りがすぅっと抜けていく。

神官長がジルヴェスターの手から簪をさっさと取り返し、わたしに返してくれた。

「マイン、自分でつけ直せるな？」

「はい。ありがとうございます、神官長」

わたしは手早く簪で髪をまとめる。それを面白そうに見ていたジルヴェスターがまた簪に手を伸ばそうとした。カルステッドは「くぉら！」と怒鳴りながらバシッとジルヴェスターの手を払い退けると、目を白黒させているダームエルをくいっと指差す。

「マインではなく、ダームエルで遊んでいるといい。あっちは頑丈だ」

神官長も「そうだな。ダームエルとあっちで遊べ。マインはこっちだ」と言って、ぺっぺっと手を振る。そして、わたしを小脇に抱えて執務机のところに戻ると、カルステッドと打ち合わせを再開した。ダームエルが「ぎゃーっ！　止めてくださいっ！」と情けない声を上げるのを完全に無視して、二人は地図を見ながらさっさと道順を決めていく。

わたしは机の上に広げられている地図に、ほぉ、と感嘆の息を吐いた。商業ギルドで以前に見た地図より詳細だった。商業ギルドで見た地図は街の名前と街道しかなかったので、領地の形や地形がわかる地図は初めてだ。領地は南北に長い形をしていて、何かの基準で赤と青に色分けされている。この街の周辺はほとんどが赤で、遠くに行くほど青が増えていく。

……どういう基準で色分けされているんだろう？

聞いてみたかったけれど、わたしの頭上で真剣に話をしている二人に質問すると邪魔だろうと判断して、わたしは黙ったまま地図を眺めていた。

「……ふむ、これでよかろう」

「では、出発しましょう」

二人の間で意見がまとまると、すぐさま貴族門へと向かうことになる。

「ダームエル、マインを抱き上げろ。ジルヴェスターはこれを、カルステッドはこれを持て」

大きな荷物を持たされたカルステッドとジルヴェスターが部屋を出ていき、わたしはダームエルに抱き上げられる。わたしはこっそりとダームエルに囁《ささや》いた。

「ダームエル様、できれば少しでもあの神官と距離を取ってほしいのですけれど」

「私もそうしたいと心から思っている」

ダームエルと意見は一致した。ジルヴェスターを警戒して、少しでも距離を開けることにする。ジルヴェスターは青色神官だが、ダームエルの態度を見る限りでは実家の勢力がダームエルより圧倒的に上のようだ。

怒らせたらシキコーザの時のようになるかもしれないので、何とか距離を置こうとしているのに、「お前達、少しつれなくないか？」と向こうが何故か寄ってくる。

「お、恐れ多いだけです」

そう答えながら、わたしはジルヴェスターを何とかしてくれそうな人を探す。けれど、カルステッドは先に行ってしまって姿が見えない。居残る側仕えに留守を任せた神官長が早足で追いかけてくるのをダームエルの肩越しに捉えて、わたしは手を伸ばして助けを求めた。

「神官長……」

わたしの情けない声に、神官長はこめかみを押さえた。

「ジルヴェスター、マインにはあまり近付くな。祈念式が始まってもいないのにマインが不安定になると後々面倒だ」

「この程度で不安定になるなんて、弱すぎるだろう？」

ダームエルに抱き上げられたことで目線が近付いているせいだろう、ジルヴェスターが人差指でわたしの頬をぷすぷすと突く。神官長はその手を軽く払って、じろりと冷たくジルヴェスターを睨んだ。

「あぁ、その通り。マインは脆弱《ぜいじゃく》で虚弱で手間がかかって面倒だ。何度も言わせるな」

先に行っていたカルステッドが貴族門を開け、門を抜けたところにある広場で、待ち構えていた。

神官長とカルステッドとダームエルの三人が魔石の騎獣を出し、神官長が指示する。

「カルステッドが先行だ。マインとダームエルを挟んで、私とジルヴェスターが後ろを行く」

「巫女見習い、不満そうだな？」

「ダームエル様はジルヴェスター様からわたくしを守ってくださいませんでしたもの」

ジルヴェスターにいじられている間、全く守ってくれなかったダームエルは護衛としてとても頼りなく思える。正直なところ、わたしは神官長と相乗りする方がよかった。

「あ、あれは……」

何か言いかけたダームエルが一瞬だけピタリと止まる。言っても良いのかどうか、しばらく逡巡した後で「……すまない」と小さく呟いた。

ダームエルの騎獣は天馬だ。わたしはその背に乗せられ、ダームエルがわたしの後ろに座って手綱を握った。ばさりと天馬が羽を広げると、先に飛び立ったカルステッドのグリフォンもどきを追いかけて駆けていく。

下町の上空を駆けて外壁を越えると、グリフォンもどきはすぐに降下を始めた。目的地は豚肉加工でウチのご近所さんがお世話になっている南門から一番近い農村の冬の館と言われるところだと思う。まるで昔の小学校のような木造の大きくて広い建物があり、運動場のような広場があった。そこに大勢の人間が集まっているのが上からでもわかる。千人くらいの人々がいるように見えた。わたし達が広場に降り立とうとすると、人々が押し合いながら場所を開けてくれて、真ん中の辺りから人がいなくなる。

最初にカルステッドがその場にゆっくりと降り立ち、騎獣を消した。そこにダームエルの天馬がふわりと降り立つ。カルステッドがわたしを下ろしてくれて、ダームエルが滑るように下りると同時に天馬が消えた。

「退《ど》け！」

上空からジルヴェスターの声と共に、神官長のライオンもどきが下りてくる。数歩下がるカルステッドに抱き上げられたまま見上げていると、「はっ！」という短い掛け声とともに、青いものがライオンの上から飛び出してきた。

「なっ⁉」

「うわっ⁉」

突然のことにざわめく民衆の前で、その青い影は空中で何度かくるくると回った後、ビシッとポーズを決めて降り立った。ジルヴェスターの勢いにつられたようで、見世物を見ているような興奮が広場に一瞬で広がり、「おおおぉぉぉ！」とポーズを決めたままのジルヴェスターに喝采《かっさい》が湧きおこる。

「あの馬鹿、浮かれすぎだ……」

カルステッドの口から何とも言えない苦々しい声と同時に、ジルヴェスターを踏み潰す意図を持っているとしか思えない神官長のライオンが勢い良く滑降《かっこう》してきた。しかし、アクロバティックな身のこなしでその場から飛び退き、ジルヴェスターはまたもやポーズを決める。

「おおおおぉぉぉ！」

更に拍手喝采を浴びて、満足そうなジルヴェスターはまるで自分にできることを見せつけたい小学生男子だ。

「……春の祈念式って、神官が民衆に芸を見せる行事なのでしょうか？」

わたしが知っている青色神官とは似ても似つかないジルヴェスターの存在に呆然としながら呟くと、カルステッドが真剣な顔で首を横に振った。

「マイン、あれは参考にならないから見なくて良い。むしろ、手本には絶対にしてはならぬ」

「カルステッド様がご存じで気安く接しているのですから、ジルヴェスター様はとても位の高い貴族の方、ですよね？　わたくし、またシキコーザ様の時のように理不尽な要求をされるのでしょうか？」

反論も何も許されず、気分のままに目下の者をいたぶるような相手にどう対応すればよいのか、と相談すると、カルステッドは少しだけ困った顔になった。

「暴力を振るうような男ではない。その点は安心しても良い。だが、頭が痛くなるような理不尽は、多々ある」

「ジルヴェスター様に理不尽な要求をされたら泣き付いてもいいですか、未来の養父様《おとうさま》？」

わたしが首を傾げて尋ねると、カルステッドは一瞬目を丸くした後、ニヤッと唇の端を上げて笑った。

「いいだろう、泣き付いてこい。フェルディナンド様からの預かり子を泣かせる悪者は私が退治してやろう」

……わたしの未来の養父様、マジ頼りになる。

わたしがこっそりカルステッドの保護を取りつけた後、神官長がライオンを消して、広場の前方に作られている小さな舞台のような場所に向かって歩き出した。

神官長の動きに合わせて、ざっと人波が割れ、真っ直ぐに舞台までの道ができる。ジルヴェスターは背負っていた荷物から八十センチほどの高さがある大きな聖杯を取り出し、恭《うやうや》しそうに持って神官長の後ろに続く。カルステッドは「ほら、行け」とわたしを一度下ろしたけれど、わたしが歩くスピードを数秒間観察すると、すぐさま抱え直した。そして、大股で神官長達の後に続く。やはり、わたしのスピードには我慢できないらしい。

……わたしが遅いのは、大人とは足の長さが違うから仕方ないんだもん。

わたしを舞台に下ろした後、カルステッドとダームエルは舞台の前に立って、民衆に睨みを利かせる。神具である大きな金色の聖杯がジルヴェスターから神官長へと渡され、神官長の手によって舞台の中央に設置されている大きな台に置かれた。

「これより、祈念式を始める。各村長、上がりなさい」

神官長の呼びかけと共に、蓋の付いた十リットルバケツくらいの大きさの桶《おけ》を持った五人が舞台に上がってくる。

「マイン、出番だ」

立ったままでは聖杯に届かないわたしは、神官長に抱き上げられて聖杯が載せられた台に上がった。赤い布が敷かれている台の上を膝立ちした状態で前に寄っていく。台の上に置かれた聖杯は、ワイングラスのような形だ。丸いボウル部分に大きな魔石がはめ込まれていて、ステム部分からプレート部分にかけて複雑な彫刻と小魔石が並んでいる。

わたしは台に正座して、プレート部分の小魔石にそっと手を触れて目を伏せた。

「癒しと変化をもたらす水の女神フリュートレーネよ　側に仕える眷属たる十二の女神よ　命の神エーヴィリーべより解放されし　御身が妹　土の女神ゲドゥルリーヒに新たな命を育む力を与え給え」

聖杯にわたしの魔力が流れ込んでいき、カッと金色の光を放つ。広場の民衆からはどよめきの声が上がった。

「御身に捧ぐは命喜ぶ歓喜の歌　祈りと感謝を捧げて　清らかなる御加護《ごかご》を賜らん　広く浩浩たる大地に在る万物を　御身が貴色で満たし給え」

わたしが祈り言葉を終えると、神官長とジルヴェスターがそっと聖杯を傾けた。聖杯から緑に光る液体が流れ出し、順番に並んでいる村長の桶へと注がれていく。

「土の女神ゲドゥルリーヒと水の女神フリュートレーネに祈りと感謝を！」

一つ桶が満たされて蓋がされると、広場の一部分が神への祈りを口々に叫び始めた。おそらく満たされた桶の村人達なのだろう。次の桶が満たされると、更に祈りと感謝を口にする人が増える。五つの桶が満たされるまでプレート部分から手が離れないように気を付けて、わたしはずっと魔力を流し続けた。

「マイン、もうよい」

神官長の声にようやく手を離した。傾けられていた聖杯が元通りに置かれて、わたしは神官長に抱き上げられて、舞台へと下ろされる。ずっと魔力を注いでいたわたしが中央に立たされ、その半歩後ろに神官長とジルヴェスターが立った。

「神に祈りを！」

神官長の声につられて、わたしがバッと祈りを捧げると、広場にいた人々もまたザッと祈りを捧げた。農村の人々にとっては毎年の慣れた祈りなのだろう。下町の人々に比べて、当たり前のように祈りを捧げるグ〇コポーズができている。

「これで祈念式を終える。神の御心に従い、新たなる命と共に正しく生きよ！」

神官長の言葉に人々が歓声を上げる中、ジルヴェスターはさっさと聖杯を布に包んで、袋に詰めた後、荷物として背負う。それを見た神官長は魔石の騎獣を出して、ジルヴェスターと共に飛び乗った。

「今回は予定が詰まっているので、次に向かう。其方等に神の祝福を」

金の粉を振りまくようにして、白いライオンが広場を一周する。その間にカルステッドとダームエルも騎獣を出した。わたしはダームエルに抱えられて天馬に乗る。バサリと翼を動かした天馬が空へと駆け上がり、農村を後にした。

その後、四つほど農村の冬の館を回り、それぞれで祈念式を終えた時には日が暮れかけていて、わたしはぐったりとしていた。

「後は宿泊先に向かうだけだ。巫女見習い、しっかり意識を持て。落ちるぞ」

ダームエルに叱咤《しった》されながら、わたしは手綱を握ってこっくりこっくりと頷いていた。

「マイン、起きなさい」

「ふへっ⁉」

神官長の叱咤する声に、ハッと意識が戻った時には大きなお屋敷の前にいた。

「ここ、どこですか？」

「ブロン男爵の夏の館だ」

神官長の説明によると、領主から農村の管理を任されている貴族は、祈念式から収穫祭までの間、農村のある土地の館で過ごすそうだ。そして、冬は貴族街に戻り、一年間の報告や納税を行い、貴族間の情報収集に励むらしい。

「あちらの建物は貴族が住む場所で、ここの離れは神官が滞在する場所だ」

祈念式と収穫祭の時期には毎年神官が訪れることになっているので、領地内の農村を預かる貴族の館には離れが神官の滞在場所として準備されているそうだ。貴族階級出身であっても、厳密には貴族ではない神官達を隔離しておくための建物だとも言える。その証拠に、代表者が到着の挨拶にさえ向かえば、後は目通りする必要もないらしい。

「今回はアルノーが挨拶して、開けてもらっているはずだ」

神官長の言葉通り、離れには馬車が何台も停められていた。大量の荷物が載せられていたはずの馬車はガランとしていて、全てが中に運び込まれていることがわかる。

「お帰りなさいませ」

わたし達が離れの扉を開けて中に入ると、側仕え達が揃っていた。見知らぬ顔が何人もいたけれど、彼等はおそらくジルヴェスターの側仕えだと思う。一人だけ前に進み出てきたアルノーが神官長に囁くように声をかけてきた。

「お食事の準備を整えたいのですが、食堂が二つしかございません。いかがいたしましょう？」

「大きい方の食堂で全員が食べれば良かろう。ただし、マインとジルヴェスターの席は離しておいてくれないか」

「かしこまりました」

冬籠りが終わったばかりの農村には、側仕えを含めた一行の食事を全て準備できるほどの食料がまだないので、多少の野菜や卵や牛乳は売ってもらえるが、穀物や油などはある程度持参しなければならない。これが今残っている神官達が祈念式に行きたがらない理由になっている。

「では、各自、身支度をして食堂に集まるように」

神官長の声と共に、それぞれの従者が主のもとへ向かって動き始める。わたしのところにはロジーナとフランが足早にやってきた。二人の顔を見て、何だか自宅に戻った気分になる。

「マイン様、おかえりなさいませ。まずはお召し替えをいたしましょう」

わたしは二人によって整えられた部屋に案内された。神官は大体二人で移動するので、神官のための豪華な部屋は不測の事態に備えても三部屋しかなかったらしい。今回はその豪華な部屋を神官長とカルステッドとジルヴェスターが使うことになっていて、身分を考えた結果、ダームエルとわたしは、通常従者が使う部屋を割り当てられたそうだ。

「ダームエル様にはお辛いかもしれませんね。わたくしは、自分の家より広いので全く問題ないですけれど」

部屋のグレードが多少下がろうが、下町の自宅の寝室よりずっと広いので、わたしには何の不都合もない。孤児院長室から持ち込んだカーペットやシーツで整えられているので大満足だ。

フランが盥《たらい》にお湯を運んでくれたので、わたしはロジーナに手伝ってもらって湯浴みをする。一日中外にいたので、お湯を使うとかなりすっきりした。

ロジーナによって夕食のために若草色の衣装が選ばれ、仕立てたばかりの豪華な飾りが付いた布製の靴を履かされる。祈念式のためにいくつか準備した簪の中からロジーナが選んだのは、この冬にトゥーリが作っていた手仕事の小花の簪だ。黄色とオレンジと黄緑の小花が菜の花のように見える春の色の髪飾りである。

「フーゴとエラが張り切って食事を作っていましたよ。余所の料理人に負けるわけにはいかない、と言って……」

「では、わたくしも頑張らなくてはならないわね」

貴族階級が集まる夕食は、わたしにとって気の重いものでしかない。ロジーナやフランからマナーについては冬の間に叩き込まれているけれど、恐らく平民にどれだけのことができるのか、と養父となる予定のカルステッドからは厳しい査定の目を向けられるだろう。それから、もう一つの懸念はジルヴェスターだ。彼が何を言い出すのか、全くわからない。小学生男子なら無視すればいいけれど、相手が高位貴族出身なので完全に無視することもできないのだ。

「お食事が終わったら、お部屋に下がっても良かったのですよね？」

「食後の会合に招かれれば、マイン様のお立場上、お断りはできませんよ？」

……あ、嫌な予感がする。

食事は大きな食堂で行われた。全員が着替えている。青い神官服と全身鎧しか見たことがない神官長の貴重な私服だ。貴族らしい袖口の深緑を基調としたゆったりとした服だ。神官という点ではジルヴェスターも同様なのかもしれないが、今まで会ったことがない人なので大してジルヴェスターの私服姿を貴重だとは思わなかった。

「そうした服を着ていると、マインは本当に貴族の令嬢と見分けがつかないな」

カルステッドがわたしを見てそう言った。これは褒められていると判断して間違いないだろう。

いきなりダメ出しをされたり、ガッカリされたりしなくてよかった。

「恐れ入ります、カルステッド様」

「冬の間にかなり所作が洗練されたな。感情が丸見えである点は、相変わらず要改善だが……」

神官長は基本的に褒め言葉と改善点が同時に出るので、あまり褒められた気分に浸れない。

「マイン様、こちらへどうぞ」

フランに席に座らせてもらい、給仕してもらう。わたしの前にコトリと出されたお皿を見て、「どうしてお前だけ違うのだ？」とジルヴェスターが声を上げた。

「料理人が違うからではございませんか？　フラン、わかるかしら？」

フランが声を落として事情を説明してくれた。二つある厨房のうち、狭い方がフーゴとエラに与えられ、広い方の厨房でお貴族様用の食事が作られていたそうだ。

「わたくしだけ厨房が違うから、だそうです。従者の人数を考えれば、わたくしの料理人が狭い方の厨房を使うのは妥当でございましょう」

わたしは自分が食べ慣れた物を食べられるので全く問題なかったが、一番遠い席のジルヴェスターが興味津々にこちらを見てくるのが面倒だ。

「良い匂いがするな」

「わたくしの料理人はとても腕が良いのです」

全員分の食事が揃ったので、胸の前で手を交差させ、お祈りを捧げる。

「幾千幾万の命を我々の糧としてお恵み下さる高く亭亭たる大空を司る最高神、広く浩浩たる大地を司る五柱の大神、神々の御心に感謝と祈りを捧げ、この食事をいただきます」

わたしが一口食べた瞬間、「ぬあっ！　何故食べる⁉」とジルヴェスターの声が響いた。意味がわからなくて、わたしは首を傾げる。

「え？　何故とは？」

「ジルヴェスターはマインの食事に興味があったのだ。良い匂いだと言っただろう？」

神官長は軽く肩を竦めた。どうやら、ジルヴェスターの言葉は、それを寄こせ、という貴族特有の遠回しな催促だったらしい。全く気付かなかった。

「全部は差し上げられません。半分こならいいですよ」

「は、半分こだと？」

信じられないものを見るようにジルヴェスターがわたしを見た。信じられないのはこっちだ。

「これはわたくしの食事ですもの。まさか貴族階級の青色神官であるジルヴェスター様が貧しい平民の食事を全て取り上げようなんて卑しい真似をなさるおつもりですか？」

「す、するわけがなかろう……」

結局、好奇心を抑えきれなかったらしいジルヴェスターは、半分こを所望《しょもう》した。どうやら側仕えに下げ渡すことはあっても、誰かと半分こしたことはなかったらしい。神官長とカルステッドがこめかみを押さえて呆れ返ったような溜息を吐き、ダームエルは埴輪《はにわ》のような顔で固まっていた。

後で神官長が教えてくれたところによると、所望されたら自分の皿を差し出し、代わりにジルヴェスターが下げ渡してくれるのを待つのが正解だったらしい。

……半分こは不正解だって。惜しかったね。

スープを食べて、目を輝かせたジルヴェスターに料理人を寄こせと脅されたけれど、神官長とカルステッドが守りに入ってくれたおかげで、食事は恙無《つつがな》く終了した。席を離してくれた神官長に感謝しながら、わたしは席を立つ。

「では、わたくしは失礼いたします。後は殿方でごゆっくりなさってくださいませ」

食後の会合に入ろうとする男達に挨拶して、そそそっと部屋に戻ろうとしたら、獲物を見るような目のジルヴェスターに睨まれた。深緑の目でわたしを見て、こちらへ来いと手招きされる。

「待て、マイン。お前も来い。料理人の交換について、じっくり話し合うとしよう」

……うへぇ、まだ諦めてなかったんだ。

食後のお招き

「し、神官長……」

「身分を考えたら、君が招きを断れぬことは、知っているな？」

嫌な予感がするお招きを受けて神官長に助けを求めてみたが、あっさりと却下された。

……この場は貴族階級の者ばかりが集まっている食事会ですものね。平民のわたしに拒否権なんてありませんよね。わかってます。一応聞いてみただけです。

「こちらへ来い、マイン」

せっかく神官長が席を離して設置してくれているのに、ジルヴェスターは自分とカルステッドの間を軽く叩いて、ここへ座れと主張する。席がないのにどうしろと言うのか、とわたしが困惑していると、「諦めろ、マイン」と言いながら、カルステッドとダームエルが立ち上がって、席を移動し始めた。

「マイン、ダームエルと同じようにあちらから回って、ジルヴェスターの隣に座りなさい」

この席替えも多分拒んではいけないのだろう、神官長が気の毒そうにわたしを見ながらそっと背中を押した。

「し、失礼いたします」

食堂の大きなテーブルをぐるりと回って、わたしは仕方なくジルヴェスターの隣に座る。反対側の隣はカルステッドなので、椅子の上でじりじりっとできるだけカルステッドの方へと移動した。ジルヴェスターの正面に神官長、わたしの正面にダームエルがいる。

「マイン、料理人を交換しようではないか。取り上げるわけではないから良いだろう?」

勝手にトレードなんてしたらベンノに怒られるだろうし、レシピの流出も困る。

「彼等は余所からお預かりしている料理人なのです。わたくしの独断で交換などできません」

「では、その者と交渉しよう。誰だ?」

ベンノが貴族階級に命じられて断れるわけがない。ここまで準備してきたイタリアンレストランが料理人不在で開店できないなんてことになったら、どうしてくれるのだ。ベンノとマルクの胃痛と頭痛と赤字が限界を超えてしまうに違いない。

「ジルヴェスター様、商人は貴族階級であるジルヴェスター様の要望に逆らうことなどできません。それはもう交渉ではなく、理不尽な命令でございます」

「なるほど、商人相手にはそうなるか」

面白そうに目を光らせてジルヴェスターがそう呟く。「性根が腐っているわけではない」と言った神官長の言葉は正しかったようで、わたしの指摘に逆切れして怒り出すようなことはせず、更に続けるように、と軽く顎を動かした。神官長に視線を向けると、神官長も「構わない」と言うように、小さく頷いたのが見えた。神官長の隣のダームエルは真っ青でガクガクブルブルしているけれど、ここで負けて料理人を取られるわけにはいかない。

「わたくしの料理人はもう少ししたら開くお食事処の料理人となるのです。そのための教育期間で、料理人の教育にも開店準備にも多額のお金と人手がかかっています。貴族の方々には大した金額でなくても、平民にとっては生死に係わる金額です。それらを踏まえた上で、ジルヴェスター様は出店計画を潰せと仰《おお》せですか？　それほど彼等のお料理が気に入ったのでしたら、出店計画を潰すのではなく、お食事処のお客様になってくださいませ」

「ほぉ、食事処だと？　あの食事を平民が食べるのか？」

信じられないと言わんばかりに目を見開くジルヴェスターに、わたしはベンノと同じようにお得意様に向ける笑顔でここぞとばかりに宣伝しておく。

「下町でも富豪と呼ばれる方々でなければ入れない値段設定になっておりますし、紹介がなければ入店をお断りするお店でございます。貴族の館を模した造りの食堂で、貴族の方が食べているような食事を、いいえ、貴族の方も食べたことがない食事を提供するのです」

「ほぉ、紹介は誰がするのだ？」

「……えーと、興味がおありでしたら、わたくしが紹介いたします」

本音を言ってしまうと、意味不明な言動が多いジルヴェスターを紹介するのは後々の負担が大きそうで嫌だが、料理人を取られて計画が潰れるよりはマシだ。

「よし。では、紹介しろ。足を運んでやろう」

「ありがとう存じます。……カルステッド様と神官長もご一緒にいかがですか？」

暴走しそうになったら手綱を握れる人が欲しいな、と視線でお願いすると、「……行くしかないであろう」と二人が揃って項垂れた。

……ジルヴェスター様も一応、貴族階級のお客様だけど、ベンノさん、喜ぶかな？　頭を抱えるかな？　どっちだろ？

どちらにしても、平和的に料理人トレードを阻止できたことだけは褒めてほしいものだ。

わたしがよくできた、と内心で自画自賛していると、チーズやハムなどの簡単なおつまみとお酒を手にした神官長が何かを思い出したように顔を上げた。

「マイン、ロジーナにフェシュピールを弾いてもらってはどうだ？」

そういえば、長い夜の慰めになるので持っていくように、と言われていたのだ。わたしは視線でフランを呼んで、ロジーナにフェシュピールを弾いてほしい、と伝言を頼む。その様子を見ていたカルステッドが驚いたように目を見張った。

「平民がフェシュピールを持っているのか？」

「神官長から覚えるように言われたのです」

神官長から「教養を身につけろ」と言われた話をすると、カルステッドは「すでに準備済みとは、さすがフェルディナンド様だな」と小さく呟いた。たしかに、あの時点では貴族の養女になる話などなかったのだから、さすが、なのかもしれない。

「マインはなかなか筋が良いぞ。練習は怠っていないのであろう？」

「ロジーナが優秀なのです」

神官長が褒めてくれるが、わたしの練習時間はロジーナによって、きっちりと確保されている。わたしがいくら練習をサボりたくても許してくれないのだ。毎日練習していれば、ある程度までは誰でも弾けるようになるのはピアノだって同じだ。ただ、麗乃時代は毎日できなかったから上達しなかっただけである。


「お呼びと伺いまして、参りました」

ロジーナがフェシュピールを持ってやってきた。食堂の椅子が一つ、ロジーナのために準備され、ロジーナは満面の笑みでフェシュピールを構えた。そして、ジルヴェスターがリクエストした曲を次々と奏でていく。

「見事だな。灰色巫女が一体どこでそれだけの技を身につけたのだ？」

「前の主であるクリスティーネ様は芸術に造詣《ぞうけい》が深かったのでございます」

「ほぉ……。では、マイン。次はお前だ」

ロジーナのフェシュピールに聴き入っていた直後に、「お前も弾け」はひどいと思う。比べられるではないか。わたしは慌てて断る理由を探す。

「わたくし、その、大人用のフェシュピールでは弾けませんので……」

「あら？　こんなこともあろうかと、マイン様のフェシュピールも持参しております。お部屋から取ってまいりましょう」

……のおぉぉ、ロジーナ、余計なことを。

カクンと項垂れるわたしの背中を、必死で笑いを堪えているカルステッドが軽く叩いて慰めてくれる。ジルヴェスターはニヤッと笑いながら、わたしから神官長へと視線を移した。

「よし、その間はフェルディナンドが弾け」

拒否するかと思いきや、神官長は面倒くさそうな溜息一つで立ち上がり、フェシュピールを手に取って弾き始めた。ロジーナの後に弾いても全く劣らないところがすごい。だがしかし、選曲はわたしの教えたアニメソングである。

……アレンジが違いすぎて原曲がわかりにくくなってるし、歌詞が神様賛歌になっているけれど、元はそれ、アニメソングですから！

うっとりと聴き入る周囲と腹筋崩壊を堪えるわたし。まさか、ちょっと面白そうだな、と思ってやらかしたことがこんな形で自分に戻ってくることになるとは考えていなかった。

「聞いたことがない曲だな」

「さもありなん」

軽く流した神官長の答えに、ジルヴェスターがむむっとした顔になる。

「どこの誰が作曲した曲だ」

「……秘密だ」

一瞬わたしをちらりと見て、フッと得意そうに笑った神官長にわたしは、ひいぃっと息を呑んだ。隣でジルヴェスターが軽く眉を上げて、深緑の目を輝かせる。

……あぁぁ、公表されるのも困るけど、変な煽《あお》り方をされるのも困る！　興味持っちゃったよ、この人。

わたしが内心大嵐になっている中、ロジーナが小さなフェシュピールを持ってきた。

「どうぞ、マイン様」

「ありがとう、ロジーナ」

わたしは無難に練習中の課題曲を弾いて歌った。さすがにここで麗乃時代の曲を弾くような墓穴《ぼけつ》は掘らない。わたし、成長した。

「……まだまだ、だな」

「では、次はジルヴェスター様の番ですね。わたくし、聴いてみたいですもの」

わたしの周りは神官長やロジーナやヴィルマのように芸術に精通した人ばかりで、一般的な貴族が一体どれくらいのレベルかわからない。ここはジルヴェスターにも弾いてもらって、貴族のレベルを知っておきたいものである。

「フッ、私のフェシュピールを聴きたいのか。よかろう、聴かせてやろう」

得意そうにフェシュピールを持ったジルヴェスターだが、わたしは彼の今までの言動からまさか芸事に通じているとは思わなかった。けれど、ピィンと弾いた音は存外柔らかく、張りのある声が良く伸びて、予想外に上手い。

……おおぅ、貴族のレベルが高すぎる。

神官長達の要求レベルが高すぎるというサンプルが欲しかったのに、貴族のレベルの高さを確認する結果になってしまった。

「カルステッド様も弾いてくださいます？」

「私はフェシュピールが得意ではない。横笛の方が得意だが、今回は持参していないのだ」

なんと、見るからに無骨な武官という感じのカルステッドも楽器はできるらしい。細い弦を爪弾くより、鍛《きた》えた肺活量で音を奏でる笛の方がお好みだそうだ。

……何それ、ちょっとカッコイイ。

「だが、皆が芸を披露しているのだから、何もしないわけにはいかぬか。……そうだな。ここですぐに見せられて見栄えがすると言えば、剣舞《けんぶ》くらいか」

「剣舞ですか⁉　わたくし、まだ見たことがないです。ぜひ、見てみたいです」

麗乃時代も剣舞なんて実物は見たことがない。わたしが期待で目を輝かせてカルステッドを見上げると、カルステッドはダームエルを呼んだ。そして、光るタクトを出して「シュヴェールト」と呟くと、光るタクトが剣へと変わっていく。

片手剣を持って、向かい合った二人が軽く剣先を合わせた後、ビシッと真っ直ぐに剣を立てる。それが開始の合図だったようだ。剣がヒュンと空を切って動き始めた。真剣が閃《ひらめ》き、緩急がついた二人の剣舞は、動きに無駄がなくて洗練された美しさがある。

これは剣の練習をする時に、基本の型として叩き込まれる動きをいくつも繋げてできる舞だということで、騎士団に所属する者ならばできて当然らしい。だが、今回のように打ち合わせもない即興の場合、相手の動きや視線をよく見て、型を見切って動かなければ、二人の動きが噛み合わなくなるし、怪我をする恐れもあるという。

ダームエルの額に汗が浮き、息が上がり始める。それを見たカルステッドが涼しい顔で剣を引く。

「こんなものか……」

「素敵です！　カルステッド様もダームエル様もすごいです！　怪我をしそうでハラハラしましたけれど、二人ともとてもカッコ良かったです」

手放しでわたしが二人を褒めたら、ジルヴェスターが「そのくらい私もできる」と対抗して、カルステッドを相手に剣舞を始めた。

……えーと、もうお部屋に帰っても良いかな？

真面目な顔で剣舞を披露するジルヴェスターはカッコいいと思う。ダームエルとやっていた時よりスピードが速くなっていて高度なことをしているのもわかる。でも、鬱陶《うっとう》しい。

「フッ、カッコ良かっただろう？　ほら、褒めろ」

得意そうに胸を張って言われて、もう一度心の底から思う。ホントに鬱陶しい。剣舞が終わるといつも通りすぎる。一瞬でカッコよさと感動が吹き飛んだ。

「……ジルヴェスター様もとても素敵でした」

「感情が籠もってない。やり直しだ」

三回褒め直しをさせられたところで、ジルヴェスターがあまりにも面倒なので、わたしは体調が悪くなったふりをして、さっさと与えられた部屋に引っ込んだ。

襲撃

次の日の朝、ブロン男爵に奉納式で魔力を込めた小さな聖杯を渡すために神官長が目通りした。貴族が治めている農村はそれだけで良いらしい。神官や巫女の人数に余裕がある時は、それぞれの貴族の農村にも赴いていたようだが、ここ数年は魔力に余裕がなく、貴族の農村まで回っていないそうだ。今年は他領に魔力を融通したので特に余裕がない、と神官長は言っていた。

いくつかの農村の人々が集まって過ごす冬の館へと赴いて、大きな聖杯で村長に直接聖杯の恵みを与えなければならないのは、領主の直轄地の農村だけらしい。小さな聖杯に魔力を込めてあるので、発動だけならば貴族にもできるようだ。

……小さい聖杯に魔力を込めるなんて、魔力を持っている貴族なら当然できるんだから、わざわざ神殿で冬に奉納式なんてせず、聖杯を渡しっぱなしにして、自分で魔力を込めてもらえばいいのに。それができないなら、せめて春に貴族が領地へ戻る時に配って、持って帰ってもらえば、わざわざ赴く必要もないのに。変なの。

わかったような顔で話を聞いたけれど、よくわからない。面倒でもわざわざ行う理由があるのだろう、と心の声は外に出さず、ほぅほぅと頷いておいた。

神官長がブロン男爵との会合を終えた後は、直轄地内で一番大きな農村が集まる穀倉地帯を一日中飛び回った。五カ所の冬の館を巡って祈念式を行った後は、また貴族が治める農村へ向かって宿泊だ。そして、出立時に神官長が目通りして、小さな聖杯を渡す。

次の日も、その次の日も、同じように冬の館を回って祈念式を行った。それで、直轄地の農村は終わったらしい。「明日からは貴族達の館ばかりを回ることになる」と言った神官長の顔が少し厳しいものになっていた。

基本的には騎獣に乗って貴族の土地を回る。けれど、何の法則があるのか、馬車で行くところと騎獣で行くところがあるようで、時折、馬車に合流しては、いかにも「ずっと馬車で移動していました」という顔で訪れる貴族の館がある。

その時はいつも「マイン、これで顔を隠せ」と、ゴトゴトと揺れる馬車の中で、神官長の指示により、貴族の令嬢が被るというヴェールを被らされることになる。そして、貴族の館に入るのは、わたしと神官長、フラン、アルノーの四人だけなのだ。騎士達やジルヴェスターは馬車で居残りだ。目立ちたがり屋のジルヴェスターが騒がないか心配していたけれど、大人しく馬車の中で待つことに異論を唱えなかった。

「次のゲルラッハ子爵の元には馬車で行くことになる。合流するぞ」

朝早い時間に、ある貴族へ小さな聖杯を渡した後、騎獣で飛び立った神官長はそう言って、先にゲルラッハ子爵のところへ向かっている馬車の方向へと騎獣を駆けさせる。馬車に魔術具を設置してあるらしく、神官長には馬車のいる場所がわかるらしい。

難なく馬車に合流した。馬車はわたしとダームエルと神官長、カルステッドとジルヴェスターに分かれて乗る。戦力的にそれが一番良いらしい。よくわからないのでお任せである。

「ゲルラッハ子爵は君にずいぶんと興味を持っていた。春の祈念式ではぜひ君に立ち寄ってほしいと言っていたが、彼は神殿長と交流が深い。警戒しておいた方が良かろう」

神官長がかなり警戒した状態で、わたしにヴェールを深めに被るように言った。

ゲルラッハ子爵の館に着いたが、すぐに出立するので、馬車はそのままで、わたしと神官長だけがアルノーとフランを従えて目通りする。

「おぉ、遠いところ、ようこそいらっしゃいました、フェルディナンド様。それから、そちらが噂の巫女見習いかな？」

先入観のせいか、じっとりとした嫌らしい声に聞こえた。ヴェールを被せられて、跪いているわたしにはゲルラッハ子爵の顔は全く見えない。足元が辛うじて見えるが、ちょっと太そうとしかわからなかった。

「今日は泊まっていかれるのでしょう？　盛大に歓待いたします」

「いや、急ぐのですぐに出立する。今夜はライゼガング伯爵のところで泊まることになっている」

神官長は小聖杯を渡すと、さっさと話を切り上げて立ち去る。最初から最後まで神官長が対応したので、わたしは直接顔を合わせることなく、特に何事もないままに終わった。


午前中にゲルラッハ子爵の館を出たはずなのに、お隣さんであるライゼガング伯爵の夏の館へ到着した時には夕方になっていた。騎獣が速くてわからなかったが、馬車の進みはかなりゆっくりだった。部屋を整える側仕えより先にライゼガング伯爵のところに着いても困るので馬車で移動する、と聞いていたが、しきりに後ろを気にする神官長の様子から、別の理由がありそうだとも思った。

ライゼガング伯爵の管理する農地は領地の貴族の中でも最大規模の大きさらしい。だが、年に二回訪れるだけの神官のための離れが大きいはずもなく、わたしはいつも通りに従者の部屋で眠った。さすがに疲れが出てきて体調が不安になってきたので、神官長が調合した薬をもらって飲んだ。そのため、朝までぐっすりと熟睡して、爽快《そうかい》な気分で目が覚めたのである。

ところが、爽やかな朝一番に神官長の部屋に呼び出され、盗聴防止の魔術具を渡された。

「昨晩遅く、カルステッドの部屋に賊が入った」

だが、物騒な言葉にわけがわからなくて首を傾げているのはわたしだけだった。集まっている面々は皆すでにわかっているようで、厳しい顔をしている。

「……賊が入ったって、泥棒か何かですか？」

「いや、さらうつもりだったようだが、男が二人だったな。布団の盛り上がり方でマインではないことに気付いたようですぐさま移動しようとしていた。即座にベッドから飛び降りて捕らえようとしたのだが……」

そこでカルステッドが言葉を濁し、言いにくそうにわたしを見た。

「もしかして、逃げられたのですか？」

「違う。片方を捕らえて、フェルディナンド様に任せ、もう片方は少し泳がせようと思って追いかけたのだ。館の東の森に馬が繋がれていて、男は馬に乗って走り出した。私が騎獣を出して追いかけようとした途端、馬ごと弾け飛んだ」

「……え？」

最後の言葉を理解したくないと、わたしの頭が拒否する。馬ごと弾け飛ぶなんて言われても意味がわからない。固まったわたしを見ながらジルヴェスターが先を続ける。

「捕らえた捕虜については、フェルディナンドが武装解除している時に自害、カルステッドが泳がせようとした方は爆発という結果に終わった」

「君に知らせないことも考えたが、相手の狙いが君である以上、現状を把握した方が良いと判断した。ここに泊まることを知っている相手を考えれば、おそらくゲルラッハ子爵だ。マイン、気を付けなさい」

神官長が犯人を断定口調で言い切った。不安と恐怖が広がっていく胸元を押さえながら、わたしはそこに揃う面々をゆっくりと見回す。

「……犯人がライゼガング伯爵という可能性はないのですか？」

わたしの質問にカルステッドがきっぱりと頭を振って否定した。

「ない。ここは私の母の実家だ。私が同行している者に仇なすようなことはあり得ない」

喉を通りにくい朝食を終えて、わたし達はライゼガング伯爵の館を出立する。次に宿泊する場所は領地の一番南に位置する貴族の館だ。馬車はそちらに向かって出発し、わたし達は騎獣で、午前と午後に一カ所ずつ貴族の館を訪問することになっていた。

「では、馬車と合流するぞ」

予定を問題なくこなし、最も領地の境界に近い貴族の館へ向かうためにそろそろ馬車と合流しようと、神官長が声をかけ、騎獣を馬車が走る街道へ向ける。上空を駆け出してすぐに、空に一筋の赤い光が真っ直ぐに立ち上った。騎士団の間では救援を乞《こ》う時に使われる赤い光の屹立《きつりつ》に全員の顔色が変わる。

「襲撃だ！」

そう言いながら、カルステッドがグンと騎獣のスピードを上げた。グリフォンもどきが赤い光に向かって突っ込んでいく。

「先に行くぞ！」

そう叫びながら、神官長のライオンもどきがわたし達を追い抜いていく。置いていかれることに焦って、わたしは手綱をつかんだままダームエルを振り返った。

「ダームエル様、わたくし達も急ぎましょう！」

「……あのスピードに追い付くには、私の魔力では足りないのだ」

「だったら、わたくしの魔力も使ってください」

わたしは気が急くままに手綱を強く握りしめた。その瞬間、魔力が流れていくのを感じて、天馬の速度がギュンと上がる。

「助かる！」

森と耕地の境目に沿って続いている道の真ん中に、馬車の群れが立ち往生しているのが見え始めた。あの中にフランやロジーナ、フーゴ、エラがいるというのに、馬車はわけがわからない黒い靄《もや》に包まれている。

「何ですか、あの黒いの⁉」

わたしは大声で後ろのダームエルに問いかけた。やっと神官長達に追いついたが、高速で移動しているのでおそらく声が届かないと思ったのだ。

「闇の神の結界だ。あれは魔力を吸い取る。魔力による攻撃が効かなくなるのだ。あのようなことができるということは、襲撃者の中に貴族がいるということだ」

相手の魔力がわからなければ攻撃も難しい、とダームエルの声が緊張を帯びる。その時、農民だろうか、手に手に武器を持った百人ほどの襲撃者達が森の中からわらわらと出てきて、馬車を目がけて走っていくのが見えた。フランやロジーナの危機に頭が真っ白になって、わたしは神官長の隣に並びながら叫ぶ。

「神官長！　馬車に魔力が効かないなら、魔法攻撃であの男達を蹴散らしてください！」

「待て！　あれはこの地の領民かもしれないのだぞ⁉」

ぎょっとしたように反論したジルヴェスターをわたしは力いっぱい睨みつけた。顔を知りもしない有象無象の襲撃者など、どうなっても構わない。

「そんなもんよりフランとロジーナが大事です！　神に祈れば魔法になるんですよね⁉」

わたしは祈りを捧げるのに相応しい神を思い浮かべながら、身体の奥の魔力を解放し始める。身体中に魔力が満ちて、腕輪と指輪が光り出した。

「フェルディナンド！　今すぐアレを止めろ！」

ジルヴェスターの怒声に、「無理だ！」と即座に神官長が怒鳴り返す。

「無理だと⁉　あの規模の魔力で攻撃などされたら周囲にどれだけの被害が出るか、わからぬ！　境界を越えれば宣戦布告だ！　せめて、境界の結界を強化できるだけの時間を稼げ！」

「止めるのは無理だが、方向性を与えるのは可能だ」

静かにそう言った神官長がライオンを天馬へと寄せてきて、わたしを見た。

「マイン！　フラン達を守りたいなら、風に祈れ！」

神官長の言葉を聞いて、祈る神を選びきれていなかったわたしの頭の中に、ヴィルマの描いた風の女神の絵が浮かび上がる。それと同時に自分が調べてまとめた女神の項目が頭を過《よぎ》った。

風の女神シュツェーリアは秋の女神だ。春の女神達に追い払われた後、力をつけて戻ってくる命の神から妹神である土の女神を守っている。収穫を終えるまで、雪と氷で土の女神を捕らえようとやってくる命の神を風の盾で防ぎ続けるのである。雪と氷を押し流す水の女神とは違い、防御と守りに特化した女神と言える。今、わたしが祈るのに相応しい。

……絶対にフラン達を守る！

下の方に見える黒い靄に覆われた馬車の列をキッと睨み、わたしは大きく息を吸い込んだ。

「守りを司る風の女神シュツェーリアよ　側に仕える眷属たる十二の女神よ」

神に祈り、その名を唱えることで、わたしの中で膨れ上がっていた魔力が方向性を持った。攻撃ではなく、大事な物を守るための力が全身から左腕へと流れて、渦巻き始める。

「マイン、闇の神の結界に魔力を食われぬよう、その上から更に包み込め！」

神官長の声を聞きながら、わたしは眼下の黒い靄を見据え、小さく頷く。今までに儀式のためと言われ、暗記させられたお祈りのおかげで言葉がするすると口から出てきた。

「我の祈りを聞き届け　聖なる力を与え給え　害意持つ者を近付けぬ　風の盾を　我が手に」

神官長から借りているブレスレットの石の中でも風の女神シュツェーリアの貴色である黄色の魔石が一際明るく輝いた。魔力が明るい光となって迸《ほとばし》り、馬車に向かって真っ直ぐに飛んでいく。

神官長に言われた通り、黒の結界に触れないように、大きくボウルを被せたように風の盾をドーム型でイメージすれば、魔力はわたしが脳内で思い描いたように動いた。キンと高い音を立てて、丸いドームができあがる。上から見れば、神具の盾を大きな琥珀に彫刻したようなドームの中に馬車が黒い靄ごと閉じ込められているように見えた。

「うおぉぉぉ！」

わらわらと武器を手に突進していた男達は突然目の前にできたもう一つの結界に気付かなかったのか、勢いがありすぎて止まれなかったのか、大声を上げたまま突っ込んでいく。

先頭が結界に触れた瞬間、強風で一斉に男達が吹き飛ばされた。

「うわぁっ!?」

「何だ、何だ!?」

将棋《しょうぎ》倒しのようになったところもあれば、数メートルくらい本当に吹き飛ばされた者もいる。

何が起こったのか、わからないように困惑した顔で彼等は風の盾を見た。

「……見事だな」

軽く目を見張ったカルステッドが眼下の様子を見てそう言った。フランやロジーナを守ってくれた神の盾に対する思いは、わたしが抱いていたものと同じだ。

「ですよね!? カルステッド様もそう思いますよね? さすが風の女神シュツェーリアの盾! フランとロジーナを守ってくださった神に祈りを!」

「お前はこれ以上祈らなくて良い!」

予想以上の盾の威力にわたしが興奮してバッと手を挙げた途端、ジルヴェスターに怒られた。

……でも、神様に力を借りたんだから、お祈りと感謝は必要じゃない?

わたしが口を噤《つぐ》んで下を覗き込んでいると、武器を構え直した男達がもう一度挑戦するように突進するのが見えた。先程と同じように強風が吹き荒れて吹き飛ばされ、周囲にいる者を巻き添えに飛んでいく。数回強風を食らったところで、それ以上突進する者はいなくなった。

「今、森の中に魔力の反応がありました」

ダームエルの言葉に皆が一斉にダームエルを見た。魔力の反応があったということは、風の盾に魔力で干渉しようとしたか、吹き荒れる風を魔力で防ごうとしたか、何かした人物がそこにいるということだ。大きすぎる魔力を持つ者は微弱な魔力を感知しにくいらしい。下級貴族であるダームエルにはわかっても、他の誰にも森の中に魔力の反応は感知できなかった。

全員の表情が厳しくなり、神官長が全員を見回して指示を出した。

「我々は森へ探索に向かう。ダームエルはこのまま上空でマインを守れ！」

「はっ！」

神官長の指示に大きく頷き、ダームエルが歯切れの良い返事をした瞬間、「駄目だ！」とジルヴェスターが首を振った。

「ダームエル、もっとこっちに寄れ！」

ジルヴェスターはそう言ったかと思えば、神官長のライオンの上に立ち上がった。そして、不自然なほど軽い動きで、わたしも乗っているダームエルの天馬の大きく広げられている翼の上へと飛び移る。

「ぎゃあっ⁉　何をしているんですか⁉　危ないですよっ！」

元が石のせいか、天馬はジルヴェスターが乗ったところで全く揺るぎはしなかった。ジルヴェスターは両手を広げてバランスを取りながら、トットッと身軽な動きで近付いてくる。

「お前は邪魔だ」

ジルヴェスターはそう言ってわたしの脇に手を入れると、ぐんと高く持ち上げて、そのままブンブンと大きくわたしを振り回す。振り子のように左右に大きく振られるわたしには一体何が起こっているのか全く理解できない。振り回されながら目を瞬くしかなかった。

「フェルディナンド、受け取れ！」

ジルヴェスターがそう言った直後、わたしは大きく振り回された勢いのまま、ぺいっと投げ出された。何もない空中へ。

「……え？」

心の準備も何もなく、いきなり空中に投げ出されたわたしは何が起こったのかわからないまま、呆然と目を見開いていた。腕を伸ばしてもつかむ物など何もない。ただ、目の前には大きな青い空が広がっている。

「巫女見習いっ⁉」

わたしと同じように信じられないと言わんばかりに大きく目を見開いたダームエルが腕を伸ばす様子と、ジルヴェスターがひょいっとダームエルの頭を馬跳びの要領で飛び越えて、後ろに座る様子がスローモーションで見えた。

空中にぽんと投げ出されたほんの一瞬、勢いでふわりと浮いていた身体はすぐに重力に囚《とら》われて落下を始める。ヒュッと自分の身体が空気を切りながら落ちていき、髪がビシビシと自分の頬を叩いた。その痛みにハッと我に返ったわたしは、心の準備も安全考慮もない紐なしバンジージャンプに息を呑んだ。

「ひゃあああぁぁぁ！」

「っと……」

ジルヴェスターの行動とわたしの落下地点を予測していたように、騎獣を移動させた神官長がガシッと受け止めてくれる。多分、実際には一メートルも落ちていない。けれど、わたしにとってはとんでもない距離に感じられた。自分ではどうしようもない空中に投げ出された恐怖は大きく、つかめる物を見つけたわたしの手が神官長の服をがっちりとつかんだ。受け止められた今になって、なす術もなく落ちていく恐怖に歯の根が合わない。

「こ、怖かっ……た」

「さもありなん」

神官長はがっちりと服をつかんでいるわたしの肩を何度か叩いて、落ち着かせようとした。だが、そこにわたしを震えあがらせた元凶であるジルヴェスターの声が響き、わたしの全身が縮みあがる。

「フェルディナンド、お前はここに残れ！　あっちが囮《おとり》とも限らぬからな！」

「了解した」

「境界が近い。逃げられる前に捕らえるぞ。来い、カルステッド！」

「はっ！」

カルステッドが短い返事をして、二頭の騎獣が森に向かって飛んでいく。その後ろ姿を見ていた神官長が静かな声で言った。

「やっていることは乱暴だが、一応君の安全と合理性を最優先にした結果だ。許してやってくれ」

「え？」

「森にいる魔力持ちはダームエルとそう変わらない程度の魔力しか持っていない。感知するにはダームエルが同行するのが一番良い。また、あちらの魔力持ちが囮だった場合、ダームエルと君だけ残しておくのは危険だ」

神官長は周囲を油断なく探るように視線を向けている。わたしは今が本当に危険な状態で、空中に投げ出されたことに震え上がっている場合ではないのだと肌で知った。

「マイン、彼等の武運を共に祈ってくれるか？」

上空で守られている自分にできることを提示されて、わたしはコクリと頷いた。何かやっている方が怖くない。神官長に祈り文句を教えられ、それを一緒に唱える。

「火の神ライデンシャフトが眷属　武勇の神アングリーフの御加護を彼等に」

わたしと神官長、二人分のブレスレットが青く光り出す。青の魔石から飛び出した光がくるくると交差しながら、真っ直ぐに彼等に向かって飛んでいった。

森の上空でジルヴェスターが光るタクトをブンと大きく振って、赤い大きな鳥を飛ばす。まるで不死鳥のようだと思いながら見ていると、その鳥は大きく羽を広げて何かに溶けていくように姿を消した。その鳥が羽を広げていた場所に赤く透けた壁が立ち上がる。そして、次に同じような黄色の大きな鳥が光るタクトから飛び出し、周囲をぐるぐると飛びながら形を崩し、光る粉になって周囲に降り注いでいく。

赤い鳥が壁になったのとほぼ同時に、カルステッドは光るタクトを両手で持つ大きな剣に変化させた。虹色に光る大きな両手剣を振りかざし、大音声を張り上げながらブォンと振り抜く。

「うおおおおぉぉぉっ！」

カッと眩《まばゆ》い光が剣から飛び出し、森へと真っ直ぐに落ちていく。

「わぁっ⁉」

まるで隕石でも落ちたみたいに耳が痺《しび》れるような途轍《とてつ》もなく大きな音が響き、同時に地震が起こったように地面が揺れた。直後に大爆発が起こったように、森の一部が吹っ飛ぶ。馬車を守る盾を張っているせいか、わたしの魔力もごっそりと減った。

「無茶をする……」

神官長の声にハッとしたわたしは、神官長を見上げた。

「馬車は、馬車は無事ですか⁉」

「闇と風の二重結界になっているので、全く問題ないようだ」

「よ、よかった」

わたしは馬車を守れたことに胸を撫で下ろした。緊張が解けた直後、くらりとした目眩《めまい》に襲われて騎獣から落ちないように神官長の胸元をつかむ。

「どうした、マイン？」

「皆が無事だったって、わかって身体の力が抜けたみたいです。ちょっと寒くなってきました」

身体中がひやりとして力が抜けていく感覚を伝えると、神官長は不審そうな顔になってわたしの首筋に片方の手を当てた。

「かなり冷たくなっている。もしや、魔力の使いすぎではないか？」

「……え？　あ、そうかもしれません」

そういえば、初めて奉納の儀式を行った後もこんな状態になったことがある。あの時は奥の方の魔力をゆっくりと流してやればすぐに回復した。同じようにしようとしたけれど、今は祈念式の最中で魔力を使っている上に、風の盾を作るために魔力をギリギリまで使った。全身に行き渡らせるだけの魔力がない。あり余る魔力を押し込めることは今までずっとしてきたが、魔力がなくなって足りないという事態は初めてで、どうすればいいのかわからない。

「神官長、魔力がないです。全身に回せるだけの魔力が、本当にないです」

わたしの訴えに神官長が「君の魔力がないだと？」と顔色を変えた。

「そこまでひどい状態を何とかできる回復薬は馬車の中だ。安全が確認できるまで戻れぬ。……とりあえず、これを飲んでおけ。応急手当てのようなものだが、何もないよりマシであろう」

神官長が帯に付けていた試験管のように細長い金細工の飾りを外して、小さな丸い石をグッと押した。カパと上の部分が開く。手渡された物をクンクンと嗅いでみたが、あの死ぬほど苦い薬草の臭いではなかった。傾けてコクリと飲めば、とろりとした甘みのある液体が口の中に広がっていく。記憶を探る魔術具を使う時に飲まされた薬に似ている。もっと濃厚《のうこう》な感じだけれど、方向性は同じだ。そして、眠くなってくるのも同じだった。

「そのまま目を閉じて眠っていなさい。目が覚めたら、今度は君の苦手な苦い薬と説教だ」

わたしはコクリと頷いて目を閉じた。

「マイン様、気が付かれましたか？」

「……ロジーナ」

様子を見るように顔を覗き込んできたロジーナに気付いて、わたしはゆっくりと身体を起こした。直後、まるで貧血のように頭がくらりとしてボスッと枕に頭が落ちる。

「急に動いてはなりませんわ。襲われた馬車を守るためにずいぶんと無茶をされたのでしょう？　神官長達が呆れておりましたよ」

「後でお説教だ、と意識が途切れる前に宣言されてますから覚悟しています。それより、ロジーナもフランもエラ達も、皆、無事？　怪我したり、痛い思いをしたりしなかったかしら？」

わたしはちゃんと皆を守れたのだろうか。魔力の使いすぎでぶっ倒れて、苦い薬とお説教が待っているのに、意味がなかったのでは悲しすぎる。

「えぇ、わたくしを含めて、一行の中に怪我人もなければ、壊されたり盗まれたりした物もなかったようでございます」

「そう、よかった」

わたしをもう一度寝かせながら、ロジーナは馬車に起こったことを教えてくれた。

突然、黒い闇に囚われて馬車が急停車し、窓から様子を窺っていると、森の奥から武器を持った農民が出てきたことに驚いたこと。その後、強襲されると構えていたら、何かに弾かれるように飛んでいったこと。突然空が光って、大音声と爆発音がしたけれど、馬車には風圧一つなかったため、何が起こっているのか全くわからなかったこと。その後、神官長達が現れて、守ってくれたことを知ったこと。

「一番被害が大きかったのはマイン様ですわ。一人だけ意識を失って、冷たい身体で震えているのですから」

ロジーナの説明を聞きながら、わたしの意識は再び落ちていく。

「……農民と灰色神官を秤《はかり》にかけた場合、優先されるのは、作物を作り、税を納める農民ですもの。マイン様のおかげでわたくし達は全員助かりました。ありがとう存じます」

次に起きた時には、神官長が見舞いと称して、ものすごく苦くてまずい薬を持ってやってきた。小瓶に入った緑色の薬をずいっとわたしの前に差し出す。

「これを飲みなさい」

「ひぅっ……」

身体を引いても、ベッドに起き上がって座っているだけのわたしに逃げ場はない。飲まされることがわかっていても尻込みするわたしに、神官長はじろりと鋭い視線を向けた。

「少しは魔力が戻ってきたか？」

「……まだまだです」

「さもありなん。いつまでもここに留まっているわけにもいかぬ。鼻を摘《つ》まんで無理やり飲まされたいか？」

わたしの魔力が回復しなければ出発できない。皆に迷惑をかけていると言われれば、どんなに苦くてまずい薬でも飲まないわけにはいかないだろう。神官長が差し出す薬を手に取って、わたしは嫌がって震える手を総動員して口に流し込んだ。

「んぐぅ……！」

涙が浮かび上がるほどのまずさと苦みに口元を押さえて、わたしはベッドの上でのたうつ。そんなわたしを神官長は満足そうに見下ろして一つ頷いた。

「薬が効いてくるまでの間、そうやって口元を押さえて聞いていなさい」

そう前置きした上で神官長が教えてくれたのは、馬車に闇の神の結界を張った犯人とその裏が全くわからなかったという衝撃の事実だった。なんとカルステッドの攻撃で敵が粉微塵《みじん》になってしまったため、背後を探ることができず、ゲルラッハ子爵が関与しているのかどうかもわからなくなったらしい。

わかったことは、ダームエルが感じ取れたことから考えても、実行に来ていた者は魔力がそれほど大きな相手ではなく、二人いたということと、その魔力量から考えても闇の神の結界を張るには力不足なので、間違いなく上に貴族がいることだ。そして、それが領地外の貴族ではないかと推測されたらしい。

「どうしてわかったんですか？」

「馬車を襲った人間の半数以上が領民ではなかったからだ」

どのようにして領民を判別したのか教えてくれなかったけれど、恐らく闇の結界を張れる貴族も領地外の者で、カルステッドの攻撃が落ちる前に領地の境界の外へと逃げたのだろうと推測できたらしい。

「……犯人を捕らえるのではなかったのですか？」

「何でも、いつも通りにしたはずが、予想外の威力になってしまったようだ」

技を振るったカルステッドの方が驚くような威力が出たらしい。神官長が気まずそうにそっと視線を外したことで、わたしはそうなった原因に思い当たった。

「……もしかして、わたし達の加護は余計でしたか？」

「そうかもしれん。聞かれるまで黙っておけ」

「了解です」

そして、すでにジルヴェスターとカルステッドは街へ戻っていったらしい。今回の件は至急調査が必要な案件になるため、報告と処理のために騎獣で帰ったそうだ。

「本来なら、神官の乗る馬車が襲われるなど考えられないんですよね？　領主様にご報告して、しっかり調査していただかなくてはならないってことですか？」

「……まぁ、そういうことだ」

神官長は一つ頷いた後、表情を引き締める。そして、もそもそとベッドに座り直すわたしを冷たい視線で見下ろした。

「マイン、君は本当に家族と離れたくないと思っているのか？」

「もちろんです」

「では、何故あの場で魔力を暴走させた?」

神官長の言葉に、グッと息を呑んだ。

「フランやロジーナが危ないと思ったら、カッとなって……」

「あの時は暴走した魔力が強固な守りとなったことで事なきを得たが、君は自分が危険視されるようなことをしすぎだ。何より、今回は魔術具を持っていたから、神に祈りを捧げ、魔術が発動したが、なければ暴走した魔力で君が死んでいたぞ」

魔力を放出するには基本的に魔術具が必要だ。だからこそ、魔術具を持っていない身食いは成長と共に膨れ上がる魔力に食われて死んでいく。神殿で魔力を奉納することで命を繋いでいるわたしだが、我を忘れて魔力を暴走させればどこまで身体がもつか、わからない。

「君は魔力を暴走させて死んでいく者が一体どのようになるか知っているか?」

神官長は微に入り細を穿《うが》つように事細かく、魔力を暴走させた貴族の死に様を語ってくれた。淡々としている口調が尚一層怖い。

「体内の魔力が漏れ始め、それが続くと、全身から一気に魔力が流れ出すことになる。そうなってしまえば、もう魔力を留めておくための器である身体が持たない。皮がボコボコと膨れ上がる。そう、湯を沸かした時のようにだ。そして、皮がそれに耐えきれなくなった瞬間、パチンと弾けて、肉が……」

「ぎゃー！　ぎゃー！　ぎゃー！　聞こえない！　聞きたくない！　いやあああぁぁぁぁ！」

わたしは耳を押さえて、布団にもぐったけれど、神官長はバサッと布団を剥《は》いで、わたしの手を耳から引き剥がした。

「こら、マイン。まだ終わっていない」

「ごめんなさい。ごめんなさい。もうしません！　絶対に魔力を暴走させないから許してくださいっ！　痛いの嫌い！　怖いの嫌い！　やめてぇぇぇ」

ベッドの上で、本気で泣きながら土下座すると、神官長は、ふむ、と軽く頷いた。

「では、次に暴走させた時は、耳を塞《ふさ》いだり、逃げ出したりできないように君を椅子に縛りつけて、耳元で最後までじっくりと語り聞かせることにする」

椅子に縛られて、延々と痛くて怖い話を聞かされる自分を思い浮かべてしまったわたしは、ブンブンと首を横に振って、必死でその想像を振り払う。

「二度としませんっ！　ホントにしませんっ！」

わたしの本気の反省に、神官長は実にイイ笑顔で「これは今後も使えそうだ」と、とてつもなく恐ろしいことを呟いた。

やりたい放題の青色神官

わたしが回復してからの祈念式は、残っている貴族の館を巡っていくことで、基本的に何の問題もなく終わって、神殿へと戻ってくることができた。

「おかえりなさいませ、マイン様」

「無事にお勤めを果たせたようで何よりですわね」

「留守を守ってくれてありがとう。皆、変わりはないかしら？」

部屋に戻れば、デリアとヴィルマの出迎えを受けた。何となく自分の場所に帰ってきた気がして、ホッとした気分になる。フランはギルと一緒に馬車に積まれていた荷物を運び始め、わたしはデリアに手伝ってもらって、貴族らしい旅装から普段着の巫女服へと着替える。

「お湯が沸いたら、すぐにお風呂の準備をいたしますわ」

「ありがとう、デリア」

次々と運び込まれてくる荷物を解き、片付けるためにデリアもヴィルマもロジーナも頑張っているが、片付けるより運び込まれる方が速く、出かける前と同様に部屋の中はたくさんの荷物でいっぱいになり始めた。

「マイン様、大変申し訳ございませんが、神官長が火急の用件とのことでお呼びでございます」

……帰宅に関するお話だそうです」

荷物を運んできたフランが一階に荷物を下ろすなり、二階へと足早に上がってきて、少し困惑したような顔でそう言った。祈念式が終わって、家に帰れるのが一体いつになるのか、心配だったわたしは、神官長からの帰宅に関する話というだけで嬉しくなって、ぴょこんと椅子から飛び降りる。

「すぐに参ります」

「ロジーナ、マイン様のお伴を頼みます。私は荷物を運んでしまうので」

旅の間にフランはフーゴとも仲良くなったのか、一緒に荷物を運んでいるところが見えた。エラは重たい鍋を持つ料理人のためか、力は強く、重たい荷物も楽々と運べる。ギルもご飯の量が増えて、工房や森で力仕事をしているせいか、身体の大きさの割には意外と力持ちだ。

「わたくしは神官長のお部屋に参ります。お片付け、お願いね」

貴族区域の正面玄関前にはまだ馬車が列をなしており、次々と荷物が下ろされている様子がわかる。孤児院の灰色神官達も動員されているようで、工房で見ている顔が大きな箱を抱えて歩いていた。

「ただ今戻りました。孤児院の皆は変わりないかしら？」

わたしが声をかけると、驚いたように灰色神官が目を見開いた後、フッと微笑んだ。

「おかえりなさいませ、マイン様。幼い者がとても成長しております。また孤児院の方へも足をお運びくださいませ」

「楽しみにしているわ」

荷物を運ぶ灰色神官達が端に寄って道を空けてくれる。わたしは軽く頷いて謝意を示すと、少しでも邪魔にならないように心持ち足早に歩く。

「失礼いたします、神官長。……ジルヴェスター様？」

「戻ったか、マイン」

神官長の部屋で主よりも大きな態度で寛《くつろ》いでいるのはジルヴェスターだった。来客に対応するためのテーブルに盛られた果実を食べながら、長椅子に寝そべっている。そして、神官長はまるでジルヴェスターの存在を完全に無視しているように、荷物を運び込む灰色神官達に指示を出していた。

「あの、神官長。お呼びと伺って参りました」

わたしの声に神官長が振り返り、疲れきった顔で「座りなさい」と席を勧めてくれる。わたしと神官長がテーブルへと向かうと、ジルヴェスターがわたしの方へと身を乗り出してきた。

「色々と見て回るのに都合が良いから、マインを私の案内係にしようと思い、私が呼んだのだ」

「……案内係とは一体何をさせられるんですか？」

わたしは神官長を仰ぎ見る。しかし、神官長が口を開くよりも早く、ジルヴェスターから呆れたような声で答えが返ってきた。

「案内係の仕事は案内に決まっているだろう？　まずは、孤児院。次に、工房。孤児達が赴く森も見ておかなければならぬ」

軽い口調で言われた言葉にわたしは思わず身構えた。今まで孤児院や工房に興味を示した青色神官は一人もいなかった。神官長も話や報告を聞くだけで、実際に足を運ぶことはなかった。祈念式から突然現れたジルヴェスターが一体何を考えているのかわからない。わたしは思わず神官長の服をつかんだ。

「安心しなさい、マイン。孤児院と工房へは私も一緒に赴くつもりだ。一度見ておかなければならないと思っていたからな」

神官長が手綱を握った上での見学ならば、それほどの大きなトラブルは発生しないだろう。わたしは胸を撫で下ろした。

「だが、森は……貴族街の森で我慢しろ」

神官長は旅の疲れを色濃く残す顔で、じろりとジルヴェスターを睨む。

「いや、森も行く。それから、食事処だ」

ジルヴェスターは自分が行く予定の場所を列挙していく。

「お食事処はまだ完成していません。料理人も練習中だと申し上げたはずです。……それより、神官長。青色神官が下町の森に行くのは良いのですか？」

馬車でイタリアンレストランに直接向かうだけならば、それほど問題はなさそうだが、下町の森に向かう青色神官など聞いたことがない。貴族街には貴族だけが立ち入りを許された森がある。管理人がいて、街の外からふらふらと平民が入っていけば、殺されても文句は言えない場所だ。森に行きたいならば、神官長の言うように貴族の森に行けばいい。

「平民が一体どのような森に行っているのか興味がある。それに、下町の人間の方が貴族の顔を知らない分、安全だ。私には身を守る術もあるからな」

ポンポンと自信ありそうに自分の腕を叩きながら、ジルヴェスターがニヤリと笑う。やる気に満ちているのはわかるが、気が向くままに動かれるとあちらこちらに迷惑をかけそうだ。

……神官長、しっかり手綱を握っててくださいね。

わたしが心の中で精いっぱい応援したというのに、神官長は頭痛を堪えるようにこめかみを押さえて、わたしを見た。

「……もう勝手にしろ。マイン、報告だけは頼む」

非常に元気なジルヴェスターと違って、もう何も考えたくないと言わんばかりに神官長はぐったりとしている。意味がわからないまま、二人を見比べているうちに、わたしはジルヴェスターの案内係に任命されてしまった。案内係というよりは、お世話係ではなかろうか。

「二人とも行ってよろしい」

さっさと出ていってくれと言う神官長の袖をわたしはハシッと握った。案内係を押しつけられて、本題を聞けずに終わっては一体わたしが何のためにここへ来たのかわからない。

「神官長、わたくし、帰宅に関するお話があると伺ってきたのです。いつから家に帰ってもよろしいのですか？」

神官長は少し視線をさまよわせた後、わたしを見下ろした。

「あぁ、そうだな。魔力を大量に使った後だ。体調を崩しても君の家族では対応できまい。……三日ほどこちらで様子を見て、四日目の朝までに体調を崩さなければ帰ってよろしい。家族にも連絡しておきなさい。それから、今日はゆっくりと休むように」

「はいっ！」

わたしは元気よく返事をして、ロジーナと一緒に退室の礼をする。何故か、ジルヴェスターも一緒に立ち上がった。後ろにはジルヴェスターの側仕えらしき灰色神官も一緒だ。

「よし、行くぞ、マイン」

「ジルヴェスター様？」

「私の部屋に来い」

「え？　でも、わたくし……」

神官長に助けを求めてみたが、神官長は軽く肩を竦めただけで、さっさと行けと顎で扉の方を示した。ジルヴェスターは嬉々として退室する。逃れようがない。ロジーナと一緒に諦観《ていかん》の表情で顔を見合わせて、ジルヴェスターに付いていくことになった。


「ほら、ここだ」

神官長の隣がジルヴェスターのお部屋だったらしい。家具も少ない殺風景な部屋に通されて、わたしはくるりと部屋を見回す。必要最小限しか家具がない部屋を不思議に感じた。何となくジルヴェスターならば小学生男子のようにわけのわからないガラクタのような自分のお気に入りで部屋をいっぱいにしているような気がしたのだ。

「マイン、お前は孤児達を連れて、森へ行っているのだろう？　神殿長に黙っていてほしければ、私も森へ連れていけ」

フフンと笑いながら脅迫された。神殿長がわたしを嫌っているのは神殿内では周知の事実だ。だからこそ、わたしに近付いてくるような青色神官は今までいなかった。ジルヴェスターが何を考えているのかわからなくて、わたしは眉をひそめる。

「……一体何のために森へ行くのですか？」

「狩りだ」

「狩り？　今まではどうしていたのですか？」

思わぬ単語に目を瞬いた。狩りのためにわざわざ下町の森に行く必要はないだろう。

「もちろん、貴族街の森で行っていたが？」

「でしたら、そちらで狩りを行えばよろしいではないですか」

「あそこはつまらぬ」

そこからジルヴェスターは貴族の森に対する文句を延々と並べ始めた。貴族の森では管理人の許可を取り、決められた時しか狩りを行ってはならないようで、気分が乗った時にふらりと行ける場所ではないらしい。

そして、貴族の森では狩猟大会も毎年開催されるが、貴族の階級で常に順位が決まっているらしく、それからははみ出さないように気を使いながらの狩りをしなければならない。もう狩りの大会ではなく、領主へおべんちゃらを言う大会になってしまっているらしい。確かに純粋に腕を競いたいとか、純粋な称賛が欲しいとか、気が向いた時に弓矢を持って飛び出したいという、中身が小学生男子のジルヴェスターには貴族の森は窮屈《きゅうくつ》な場所のようだ。

「でも、そんな綺麗な服で下町の森になんて出られませんよ？」

「ならば、下町の小汚い服を持ってこい」

「……何名いるのか存じませんが、全員が小汚い服を着られるのですか？」

中古服の店に行けば買えるので準備すること自体は容易いが、一体何着必要なのか、わからない。

わたしの質問にジルヴェスターが首を傾げた。

「何の話だ？」

「お伴の人数ですけれど？」

「私一人分で十分だ。神殿の中はともかく、下町に伴などいらぬ」

わたしはお茶の準備をしている側仕えとジルヴェスターを見比べた。

「……それって、神官長はご存じなのですか？」

「何故フェルディナンドの許可がいる？　フェルディナンドの庇護下にある平民のお前と違って、私には誰の許可も必要ない」

当たり前のことだ、と言われて、わたしはカクリと項垂れた。確かに、普通ならばとっくに成人している青色神官の行動に許可など必要ないだろう。でも、自由奔放なジルヴェスターには、いつぶっ倒れるかわからないわたしと同じくらい管理者が必要な気がする。

「まずは、孤児院と工房だ。明後日には行くぞ」

「……あの、ジルヴェスター様。孤児院に行くのは、花捧げの巫女を探すためでしょうか？」

青色神官が孤児院に赴く理由が他に思いつかなくて質問すると、ジルヴェスターは不愉快そうに眉を寄せた。

「マイン、そのようなことはお前のような子供が口にすることではない。またぷひっと鳴かされたいのか？」

「いいえ。ですが、わたくしは一応孤児院長ですので……」

青色神官が花捧げの巫女を探すのならば嫌がる子をこっそり隠そうと考えていたが、今の反応から考えてもジルヴェスターにそのつもりはないようだ。それがわかっただけでもよかった。

「大体、お前には私が孤児院で探さねばならぬほど、女に不自由しているように見えるのか？」

「え？　青色神官は孤児院の灰色巫女から探すものではないのですか？」

基本的に神殿から出ない青色神官だからこそ、手近な灰色巫女で手を打つのだと思っていたが違うのだろうか。わたしが首を傾げると、ジルヴェスターは一度唇を引き結んだ後、コホンと咳払いした。

「……私くらいの男ならば貴族街でも探せるんだ」

「さようでございますか」

孤児院の灰色巫女達に何もないなら、貴族街で相手がいると言うのがジルヴェスターの自慢でも事実でもどうでもいい。わたしは中古服の準備を約束して、ロジーナと一緒に退室した。


そして、部屋に戻ると片付けをしている側仕え全員に声をかけて、集めた。神官長とジルヴェスターの見学については全員に周知しておかなければならない。

「明後日、神官長と青色神官が一人、孤児院と工房の見学に来られるそうです」

「明後日ですか!?」

どちらにも顔を出さないデリア以外が驚いたような声を出した。根回しや手回しが基本の貴族にしては予定が急すぎる。けれど、ジルヴェスターの口から日取りが出てきた以上、決定だと考えても問題ないだろう。

「孤児院も工房も念入りに掃除をするように言ってください。それ以外はいつも通りで良いわ」

基本的に見られて困るようなことはしていないつもりだ。それに、わたしの場合、変に隠そうとしてもボロが出るので、最初からオープンでいいと思っている。

「マイン様、青色神官がいらっしゃるということは……」

ヴィルマの青ざめた顔にわたしはゆっくりと首を振った。

「安心してちょうだい、ヴィルマ。お二人とも花捧げを必要としているわけではないの。以前と変わった孤児院と工房に興味がおありなのですって」

「そう、ですか」

それでも、全く顔からは緊張の色が消えない。小刻みに震えているヴィルマには可哀想だが、孤児院の見学が決定している以上、青色神官が孤児院に足を踏み入れることは避けようがない。

「前に出なくて良い、と言ってあげたいところですけれど、ヴィルマには孤児院の管理をお願いしているので、何か質問された時は呼ぶことになると思います」

「かしこまりました」

ヴィルマは胸の前でぎゅっと指を組み合わせてきつく握った。小刻みに震えているその手を見ても、何もしてあげられない自分が少し情けなくなる。

「ギル、もし、工房にルッツかレオンがいるなら、呼んできてちょうだい。お店の方にも見学のことは伝えた方が良さそうだもの」

「今日は両方いるから、呼んでくる」

ギルはそう言って、身を翻した。ルッツやレオンが入ってこられるように、わたしは一階のホールへと移動し、他の側仕え達はその辺りの空になっている木箱を男性側仕え用の部屋へとひとまず押し込んで、見た目を整えていく。


「よぉ、マイン。帰ってきたんだな」

「ルッツ、久し振り！」

わたしはダッと走って、ぎゅーとルッツにしがみついた。正直、これだけ長い間ルッツと離れていたのは初めてだ。

「もう色んなことがありすぎて疲れたよ」

「そっか」

わたしがルッツと話をしていると、ルッツの後ろから嫌そうな声が響いてきた。

「そういうベタベタは後回しにして、俺まで呼ばれた理由を説明していただけませんか？」

「あら、レオンもいたの？」

「部屋に入ってくる時からいましたが？」

レオンはギルベルタ商会のダプラで、冬の間、フランの給仕教育を受けていた少年である。もうそろそろ成人という年頃だが、やや背が低いせいで大人びた物言いをする少年という印象が強い。ベンノがダプラ契約をするくらいなので仕事に関しては間違いなく有能だが、わたしがルッツに甘えていると当たりが厳しいところがあって、ちょっとムッとすることが多々ある。

「わたくし、別にレオンにお話はありませんけれど？」

「マイン、ギルベルタ商会にとって大事な話なんだろ？」

落ち着け、と頭を撫でられて頷く。そして、ルッツから離れず、レオンを見上げた。

「明後日、神官長と青色神官の一人が孤児院と工房の見学にいらっしゃいます。それをベンノ様に伝えていただきたいのです。貴族階級の方との顔繋ぎはあった方がよろしいのでしょう？　イタリアンレストランにも興味をお持ちの方です」

「恐れ入ります」

レオンがスッと跪いて手を胸の前で交差させる。ルッツに甘えている時はトゲトゲしているところがあるけれど、仕事に関する姿勢は優秀だ。

「ギルベルタ商会に関するお話はそれだけです。後はルッツに個人的なお願いがあるの」

わたしがそう言うとレオンは立ち上がる。そして、わたしがべったりと引っついたままの状態を面倒くさそうに一瞥すると、「先に戻る」とルッツに言って退室していった。

「お願いって、何だ？」

「あのね、あと三日間はここで体調を見ながら過ごさなくちゃダメなんだけど、体調を崩さなかったら四日目には帰っても良いって言われたの。それを母さん達に伝えてくれる？」

「わかった。……それにしても、長かったな」

わたしの甘え攻撃に晒されているルッツの口からは万感の籠もった声が漏れた。これだけ家族と離れて暮らすことができたのは、ルッツやトゥーリがまめに訪ねてきてくれて、甘えさせてくれたからだ。

「それとね、中古服を買ってきてほしいの。ディードおじさんくらいの大きさの。身長も結構高めでがっちりしている成人男性用」

「……誰が着るんだ？」

当たり前といえば当たり前の疑問に大きな声で答えてしまっていいのかどうかわからなくて、わたしは軽く背伸びして、こっそりとルッツに告げる。

「明後日、見学に来る青色神官」

ルッツは何とも言えない微妙な顔になって、しばらく考え込んでいた後、ぼそりと零した。

「……変な人だな？」

「うん。かなり。森で狩りをしたいんだって」

小汚い中古服を着てでも、下町の森へ行って狩りをしてみたい青色神官なんて変人以外の何者でもない。ルッツは「森に連れていくのも、オレの仕事になるんだろ？　うわぁ、面倒なことになりそうだな」と呟いた。それには全面的に同意する。

「仕方がない。明日にでも買いに行って、明後日までには間に合うように準備しておく」

「ありがとう、ルッツ」

それからは、わたしが不在の間に進んでいた印刷機の注文やヨハンの金属活字に関する話を聞いた。マイン工房では紙作りが再開されていて、紙がまた増えているらしい。

「早く次の本を印刷したいね。インク工房でインクって作り始めてくれてるのかな？」

紙ができてもインクがなければ刷れない。工房で作るなら、また煤集めから始めなければ、インクは作れないのだ。

「あぁ、植物紙用のインクを専門に作る職人ができたって、旦那様から聞いた。……そういえば、インク協会の会長が代わったぞ」

「知ってる。亡くなったって、神官長から聞いたから」

わたしを狙う貴族の仕業らしいよ、などと言えるはずもなく、黙ってルッツにしがみつく。

「どうした？」

「貴族、怖いよ」

「ん？　明後日見学に来る青色神官のことか？」

ルッツの言葉にわたしは思わず笑ってしまった。わたしを狙う貴族と違って、ジルヴェスターにはまた別の怖さがある。

「あの人は貴族の変人だからね。何が起こるか、全然わからない突拍子もないところが怖いよ。わたし、初対面でいきなり、ぷひって鳴けって言われて、ほっぺを突かれたんだから」

「何だ、それ？」

わたしは初対面の時のジルヴェスターの変な言動をルッツに伝えた。その後も祈念式の間、色々と変なことをしていた話をした。笑って聞いていたルッツが、悪戯《いたずら》を思いついたように笑って、わたしの頬をツンツンと突く。

「ほら、マイン。鳴いてみろ」

「ルッツの意地悪！　ぷひー！」

孤児院と工房見学

祈念式から神殿へと帰ってきた次の日は、孤児院と工房の掃除を行い、その次の日は三の鐘から神官長とジルヴェスターの見学会である。朝早くから皆、バタバタと忙しい。

「マイン様、ちょっといいか？　あ、いや、いいですか？」

「ええ、大丈夫よ。……ギル、少しずつ良くなってるわね」

祈念式から戻るとギルの口調が少し改善されていた。孤児院の幼い子供達が元側仕えの灰色神官から色々と教育されて、工房でのギルの言動にいちいちチェックを入れてくるようになってきたらしい。

「だって、あいつら、ギルは側仕えなのですから言葉遣いも態度も主に相応しく改めなければなりませんよ、なんて言うんだ。……違う。言うんです」

子供達が得意そうに指摘するとギルはむくれている。覚えたての言葉を使いたがる子供達の言動はよくわかるし、指摘されて面白くないギルの気持ちもわかる。

「わたくしの側仕えである以上、ギルがいずれは覚えなければならないことだったのですから、ちょうど良い機会よ。頑張ってね」

「マイン様、オレ、頑張るから……オレを辞めさせて他のヤツを入れないでほしい、です」

わたしの近くに跪いたギルが、そんなことを言って悔しそうに唇を引き結んだけれど、一体何故そんなことになっているのかわからない。

「え？　ちょっと待って、ギル。どうしてそんな話になっているの？」

「オレより優秀なヤツなんて、いくらでもいるから……」

ボソリと零してギルがしょんぼりと項垂れる。半年前は悪戯《いたずら》小僧で反省室の常連だったギルが側仕えになれたのだから、わたしの側仕えなら自分でもなれると闘志を燃やしている男の子が孤児院には何人もいるらしい。ギルは他の子にとって代わられる不安でいっぱいで、他の子にはできない仕事を覚えようと必死になっているようだ。

……ここしばらくの間、工房に籠もりきりで仕事を覚えようとしていたり、ルッツに対抗意識を燃やしていたりしてたのは、それでかな？

わたしは椅子に座っていたので、跪いて項垂れたギルの頭がちょうど撫でやすい位置にあった。手を伸ばして、ギルの薄い色合いの金髪をそっと撫でる。

「ギルが頑張ってるのはよく知ってるもの。人手が必要になって、他の子を側仕えに召し上げることはあっても、ギルを辞めさせるなんてあり得ないわ」

「そっか……」

安心したようにギルが表情を緩めた。わたしはよほどひどい仕事をしない限り、辞めさせるつもりなどないけれど、主の気分で簡単に辞めさせられるのが側仕えの立場だそうだ。

「そういえば、ギルはわたくしに話があったのでしょう？」

「神官長達が見学に来るのに、今日も工房で仕事をしていていいんですか？」

「えぇ。神官長達はどのような作業をしているのかをご覧になりたいそうよ。わたくしが工房に入っただけでも皆が緊張するのですもの。神官長や他の青色神官ならば更に緊張するでしょうけれど、今日は頑張ってほしいわ。皆に伝えてくれる？」

「わかりました」

工房へ向かったギルと入れ替わるように、フランがギルベルタ商会の面々を連れてやってきた。ベンノとルッツとレオンの三人だ。マルクは残って店を切り盛りしているらしい。

「おはようございます、マイン様。本日はお招きいただき光栄に存じます」

二階へ三人を通してもらうと、ロジーナとデリアには一階へと下がってもらって、軽く人払いした。人払いをすれば、砕けた口調でも聞こえない振りをしてくれることになっている。

「マイン、これ。頼まれていた服と、一応靴も準備してみた」

「ありがとう、ルッツ」

布に包まれた服と靴を受け取った。これをジルヴェスターに渡さなければならない。わたしはルッツから受け取った包みを執務机の上に置いて、テーブルへと戻った。貴族と会ってもおかしくない服を着たベンノが、商売欲でギラギラした目でわたしを見据える。

「……それで、神官長以外のもう一人の青色神官って、どこの貴族なんだ？」

「存じません」

事前情報を少しでも集めたかったらしいベンノに「おい」と低い声で言われて睨まれたけれど、そんなことを言われても困る。

「ジルヴェスター様の実家までわたしが知っているわけないでしょ？」

「聞き出せ。少しでも情報を集めろ、阿呆」

確かに商人ならば実家情報はとても大事なことかもしれないけれど、わたしが知りたいのはジルヴェスターの回避方法だ。何も答えられなければ、ベンノにまた怒られそうなので、わたしは祈念式の間に知り得たことを思い出す。

「かなり変な人です。性格は悪いけれど性根が腐っているわけではない、と聞いています」

「この阿呆。そんな情報はいらんぞ。青色神官の実家の規模や家同士の繋がり、個人の好みみたいな、商売に結び付く情報が必要なんだ」

「はぁ、そうですか。すみません。ジルヴェスター様と距離を取りたいとは心から思っていたのですが、知りたいとは全く思わなかったもので……」

わたしが思わず本心を告げると、ベンノはがっかりとしたように肩を落とす。

「工房へ見学に行った時に紹介しますから、商売相手のことはベンノさんが見極めれば良いじゃないですか。わたしの目に頼るより確実です」

「お前に多くを求めても無駄だな。紹介することを忘れなかっただけで上出来としよう」

神官長とジルヴェスターが見学に来ることにパニックを起こして、事後報告されなかっただけマシだ、とベンノは自分を納得させている。失敬な、と言えない自分が悲しい。

「では、後ほど。失敗しないように気を付けろ」

大した情報が得られなかったベンノは、ルッツとレオンを連れて工房へと向かっていった。


フェシュピールの練習をしているうちに約束していた三の鐘が鳴り始める。緊張にビクッとしながら立ち上がると、フランはルッツが持ってきてくれた包みを手に「参りましょう」と先導するように歩き始めた。フランの後ろをわたしが歩き、ダームエルがわたしの隣を歩く。

「ロジーナ、デリア、留守をお願いね」

「いってらっしゃいませ、マイン様。お早いお帰りをお待ちしております」

わたし達が神官長の部屋に着くと、神官長は執務机に向かって書き物をしていたが、すでにジルヴェスターも到着していて待ち構えていた。

「お待たせいたしました」

「よし、行くぞ」

冒険とか探検に向かうような楽しそうな顔をしているのが解《げ》せない。孤児院や工房の視察なんて別に楽しいものではないと思う。もしかしたら、孤児院はともかく、工房は神殿にも貴族街にもないので楽しみなのだろうか。

「ジルヴェスター様、先にこちらを……。頼まれていた服と、一応下町で一般的に履かれている木靴でございます」

「ふぅん、ずいぶん早かったな」

「中古服ですから。わざわざ仕立てたものではございません」

ジルヴェスターの側仕えにフランが荷物を手渡すと、彼は受け取って、困った顔になる。

……そりゃね、平民の中古服なんてもらっても困るかもしれないけど、それ、あなたの主が注文した物ですから。

「お前達はここに残れ。伴はフランとダームエルがいれば良い。それほど広くもないところに何人もで行っても狭いだけだからな」

ジルヴェスターがアルノーや自分の側仕えにそう言った。確かに孤児院はともかく、工房はあまりぞろぞろ来られると狭く感じるかもしれない。

「待たせたな。行くぞ」

片付けを終えた神官長の言葉に動き出す。フランを先頭に神官長とジルヴェスター、その後ろからわたしとダームエルが続いた。五人で孤児院へと向かう道中、わたしの歩くスピードにジルヴェスターが合わせられなかったようで、くるりと振り向いたジルヴェスターがわたしを指差して、ダームエルに命じる。

「ダームエル、それを摘まみ上げて歩け。遅すぎる」

「……せめて、抱き上げるくらいの言い方にしてください」

「本来ならば護衛の手を塞ぐようなことはできぬが……ダームエルより私の方が強いからな。今日は特別だ」

これでも頑張って早足で歩いていたのだ。長身の二人にすたすた歩かれたら、わたしなんて走っていても追いつけない。ちょっと息が切れそうだったので、ダームエルに抱き上げてもらえたことには正直なところホッとした。

「こちらが孤児院でございます」

フランがギギッと孤児院女子棟の食堂に繋がる扉を押し開く。中にはヴィルマと二人の灰色巫女、それから、二人の灰色神官が跪いて待っていた。成人達に隠れて見にくかったが、後ろには洗礼前の子供達が揃って跪いているのが見える。下町においても原則的に洗礼前の子供を働かせるのは禁止されている。そのため、さすがに神官長達が見学する時は、洗礼前の子供達を働かせているところを見せるのを止めた方が良い、とベンノに言われたのだ。

「ようこそおいでくださいました。この度はご訪問いただき、光栄に存じます」

「神官長、ジルヴェスター様。こちらはわたくしの側仕えで、孤児院の管理と洗礼前の子供達の世話を一手に引き受けてくれているヴィルマです」

跪いたままのヴィルマを紹介すると、神官長は、あぁ、と思い出したように少し眉を上げた。

「あの見事な絵を描いた側仕えか。これからも励むように」

「お、恐れ入ります」

神官長から褒められたことに驚いたようで、ヴィルマが震える声でそう答えた。神官長が灰色巫女のことを認識していると、ヴィルマは思っていなかったのだろう。きっちりと髪がまとめられているせいで、照れて真っ赤に染まった耳元がよく見える。

「孤児院は幼い者が多いから、もっと雑然としているのかと思えば、ずいぶんと綺麗だな」

ジルヴェスターはスタスタと食堂の中ほどまで歩いていって、ぐるりと周囲を見回した。

「皆できちんとお掃除していますから」

わたしは胸を張って答えた。ご飯を食べるところは清潔にするように、と言い続け、ヴィルマが率先して掃除することで、孤児院の中は清潔に保たれているのだ。

「小さいのはお前くらいの子供ばかりか。これより小さいのはいないのか？」

「……今はいません」

孤児院にあの子達より小さい子供達がいないのは世話をする者がいなくて、食料が当たらなくて生きていけなかったからだ。それを知っているはずのジルヴェスターの物言いに少しばかり苛立ちを感じたけれど、今更そのようなことを言っても仕方がない。

「それより、ジルヴェスター様。わたくしはもう洗礼式を終えているのですけれど……」

「見た感じは同じくらいだ」

身長だけを見れば、もしかしたら、わたしが一番小さいかもしれないけれど、夏になれば洗礼式から一年になるのに。むすぅっと頬を膨らませるわたしに目もくれず、ジルヴェスターは食堂の端に並べられている木箱に興味を引かれたのか、そちらへと向かってパッと開けた。

「マイン、これは何だ？」

「字を覚えるための本と玩具です。ここにあるものは基本的に工房で作った物ばかりですね」

ジルヴェスターが子供用聖典を取り出して、パラパラと見た後、カルタやトランプを見て眉をひそめる。横から同じように覗き込んできた神官長がカルタを手に、じろりとわたしを見た。

「マイン、これの話は聞いていないぞ」

「それはカルタです。字を覚えるのに役立つ玩具です。わたくしの側仕えが字を覚えたいと言った時に作った物を孤児院用にも準備したのです。ヴィルマが一つ一つに絵を描かなければならないので、まだ量産ができませんし、商品ではないのでわざわざ報告しなかったのです」

わたしの言葉に神官長は、ふぅむ、と何やら考え込む。

「……本当に量産はしていないのだな？」

「はい。権利はベンノ様にお譲りしましたけれど、量産したというお話は伺っていません」

売れるだろうとベンノは言っていたけれど、まだ商品化した話は聞いていない。絵師が見つからないのかもしれない。

「でも、これを作るために聖典を読み込んだので、わたくしは神様の名前や神具を覚えられました。孤児院の子供達は読み札も絵札も完全に覚えておりますから、とても強いのですよ」

「ほぉ、見てみたい。やってみろ」

ジルヴェスターの突然の無茶振りに子供達がおどおどとした表情でヴィルマとわたしを見比べる。わたしは何となくジルヴェスターの言いそうなことが予測できていたので、カルタを手に取って、子供達に笑いかけた。

「では、わたくしが読みますから、皆で取ってくれるかしら？」

「はい、マイン様」

見慣れない青色神官を前にした子供達の顔は緊張に強張っていたが、カルタに熱中し始めると、目がだんだん真剣になっていき、表情から強張りが取れていく。

「この子が一番多く取れたので、今回の勝者はこの子です」

わたしの説明を聞いたジルヴェスターが「よくやった」と勝者に褒め言葉を贈り、カルタを片付ける子供達から視線を外した神官長がわたしを見下ろした。

「マイン、これは全て覚えているのか？　子供達も読み札が読めるのか？」

「はい。孤児院の子供達は誰でもカルタの読み札はもちろん、あの子供用聖典の絵本が読めます。冬の間に覚えましたから」

「……冬の間に、だと？」

ジルヴェスターが驚愕《きょうがく》したように目を見張った。わたしは胸を張って大きく頷く。

「えぇ、そうです。冬は雪に閉じ込められて、することがないでしょう？　大きい子達は工房の手仕事をしていましたけれど、幼い子供達にできることは限られます。ですから、皆で本を読んだり、こうしてカルタで遊んだりしていたのです。あちらのトランプでも遊んでおりましたので、数字も多少は読めますし、少しなら計算もできるようになりました」

胸を張ってわたしが冬の神殿教室の成果を発表すると、フランから報告を受けていたはずの神官長が頭を抱えて「マイン」とわたしの名前を呼んだ。

「何でしょう、神官長？」

「……後で良い」

何か言いたいことがあるのを精一杯努力して呑み込んだような顔で、神官長は溜息を吐く。

……何だかお説教が待っているような気がひしひしとするんだけど、なんで？

首を傾げるわたしの肩をジルヴェスターがガシッとつかんだ。

「では、工房に案内してくれるか？」

「はい、わかりました」

わたしはいつもの調子で女子棟の地階から裏口を抜けようと階段へ歩を進めた。

「マイン様、そちらはお客様には……」

ヴィルマから困ったように声をかけられて、ハッとしたわたしは足を止めて、くるりと方向を変える。さすがに見学するお客様を裏口から通すわけにはいかない。しかし、わたしがいきなり方向転換をしたのが、神官長達には隠し事をしているように見えたようだ。少し険しい表情になって、階段の方を見た。

「待ちなさい。そちらには何がある？」

「普段工房に行く時に使っている裏口です。神官長もジルヴェスター様もお客様ですもの。きちんと表からご案内しなければなりませんよね。うっかりしていました」

わたしの言葉に神官長は眉間の皺を深くする。

「……孤児院の裏口？　見たことがないな」

「そちらに案内しろ」

二人の要望があったので、ヴィルマを先頭にわたしはいつも通りに階段を下りていく。女子棟の地階では昼食準備の真っ最中だ。女の子達がお喋りする声が聞こえて、ふんわりといい匂いがしている。けれど、足早にヴィルマが階段を駆け下りていくと同時に、ピタリとお喋りが止まった。わたし達が地階に到着した時には、大きな鍋にスープがたっぷりと煮込まれている途中で放り出され、壁際に全員が跪いていた。

「ほぅ、ここで孤児院の食事を作っていたのか」

「そうです。ここで作るのは基本的にはスープくらいですけれど」

神官長には神の恵みで足りない分の食事を孤児院で作ることに関しては報告している。おそらく、自分達の厨房さえ覗いたことがなさそうな二人には、実際に作っているところを見るのも珍しいようで、ぐつぐつと音を立てる鍋の中を覗き込んでいる。

「このスープは祈念式の時にお前と半分こした物に似ていないか？」

「わたくしが作り方を教えたのですから、そうなりますね」

「孤児が毎日食べる物にしては、贅沢すぎるのではないか？」

ジルヴェスターがじとっとした目でわたしを見下ろした。わたしはちょっとムッとする。青色神官や巫女が減って神の恵みが減ったので、孤児達が自分達で稼いで自分達で作らなければ食べていかれなくなったのだ。贅沢などできるはずがないだろう。もちろん、そんな文句を青色神官であるジルヴェスターに言えるわけもない。

「そういえば、何やら平民の甘味も作っていたのだろう？　ダームエルからの報告にあったと記憶している」

神官長の言葉にジルヴェスターがくわっと目を見開いた。

「甘味だと⁉　贅沢な！」

「贅沢とおっしゃられても、貴族ならばお金を払って手に入れられる砂糖や蜂蜜と違って、冬の晴れた早朝にしか採れない果物ですよ？　毎日食べられるようなものではございません。それに、孤児院は人数が多いので食べられる量も決して多くはないのです。季節の味でおいしいですけれど。ねぇ、ダームエル様？」

神官長とジルヴェスターの二人を交互に見ながら、突き刺さるような視線を気にするようにコクコクとダームエルが頷く。ジルヴェスターが妬《ねた》ましそうにじろりとダームエルを睨んだ。

「ダームエルはずいぶんおいしい思いをしていないか？」

「おいしい思いは少ないと思いますよ。苦労の方が多いです」

わたしがぶっ倒れて心臓が縮み上がったり、上級貴族からこうして睨まれたりしているダームエルがおいしい思いばかりしているわけがない。

「わたくし達がいると、スープが焦げ付きそうですから、工房へ参りましょう」

わたしはパルゥケーキをジルヴェスターが食べたいと言い出したら面倒なので、話を切り上げて、さっさと裏口から外へ出ることにした。そして、礼拝室を挟んで反対側にある孤児院の男子棟へと向かう。

「こちらの男子棟の地階がマイン工房でございます」

フランの言葉に頷きながら工房に入ると、女子棟と同じように皆が仕事の手を止めて、ザッと壁際に寄って跪いた。その中にはギルベルタ商会の三人もいる。

「春になったので植物紙の生産を始めています。紙をたくさん作ってから絵本を作るのです」

今日は森に行けないので、紙漉《す》きと紙を干していく作業をしていたようだ。工房内をぐるりと見回していたジルヴェスターがフンと鼻を鳴らす。

「マイン、玩具はどこで作っている？」

「玩具を作っていたのは冬の間です。もう作る期間は終了しました。材料を注文すれば比較的簡単に作れますけれど、ここで作るのは紙と絵本が最優先ですから」

わたしの言葉にジルヴェスターは不思議そうに深緑の目を瞬いた。

「玩具の方が面白くて売れそうなのに、何故、紙と絵本が最優先なのだ？」

「わたくしが欲しいからです」

わたしの工房でわたしが欲しい物を作って何が悪いというのか。売れる売れないは関係なく、わたしは本が欲しいのだ。そのためのマイン工房である。わたしの主張にジルヴェスターが信じられないと言わんばかりに、ポカンとした顔になった。

「……何と言うか、やりたい放題しているな、お前」

「え？　ジルヴェスター様がそれをおっしゃいますか？」

やりたい放題という言葉がこれ以上なく似合っているジルヴェスターにだけは言われたくない。

お互いがお互いの発言に驚いて目を見開いているところを見たい。神官長がこめかみを押さえた。

「どちらも私の頭痛の種であるという事実に変わりはない」

「うぐぅ……」

「それより、マイン。私は実際に工房が動いているところを見たい。皆、働け」

わたしと違って神官長の言葉をバッサリと無視したジルヴェスターの命令に、灰色神官達がスッと立ち上がって動き出す。絶対にジルヴェスターの方が自由奔放のやりたい放題だ。

灰色神官達が動き始めると、壁際で跪いているのはギルベルタ商会の三人だけになった。

「神官長はすでにご存じですけれど、ジルヴェスター様にはご紹介させてくださいませ。ギルベルタ商会のベンノ様と、ダプラ見習いのレオンとルッツです」

「あぁ、ここの商品を扱う商人か」

動き出した工房をちらりと見ながら、ジルヴェスターがベンノ達を見下ろす。

「えぇ、マイン工房で作った物は基本的にギルベルタ商会が取り扱っております。ジルヴェスター様が興味を持たれたお食事処もギルベルタ商会が始める新しいお店です。ぜひ、ご贔屓《ひいき》下さいませ」

「ほぉ、顔を上げよ。直答を許す」

「恐れ入ります」

そう言って顔を上げたベンノの口から、すぐには挨拶の言葉が出てこず、一度コクリと息を呑んだのがわかった。

「ベンノ様？」

「水の女神フリュートレーネの清らかな流れのお導きによる出会いに、祝福を賜らんことを」

ベンノが何とか声を絞り出すようにしてそう言うと、もう一度顔を伏せた。ジルヴェスターは何か考えるように顎に手を当ててベンノを見下ろし、フッと笑った。獲物を見つけた猛禽《もうきん》類の目に見えるのは何故だろう。

「ベンノ、お前は面白い食事処を作るのだろう？　一度ゆっくりと話をしてみたいと思っていた。私は少し部屋でベンノと食事処について話をしてくる。来い、ベンノ」

ベンノが「かしこまりました」と言いながらゆらりと立ち上がる。その顔色があまり良くないように見えて、わたしは思わずジルヴェスターに声をかけた。

「ジルヴェスター様、料理人の交換はしない約束ですからね」

「……そのような話はせぬ。ただの商談だ」

「だったら、良いです」

商談ならば商人であるベンノの仕事だ。わたしが口出しするようなことではない。

「マイン、この機械は何だ？」

神官長に声をかけられたわたしは、ジルヴェスターに連れ去られるベンノを気にしつつ、説明に向かう。神官長が見ていたのは圧搾機から変身途中の印刷機だった。

「これは新しい印刷機です。まだ完成はしていないのですけれど、祈念式に行っている間にずいぶん形になりましたね。完成が楽しみです」

「どのようにして使うのだ？　ダームエルから報告を受けたが、どうにもわかりにくい」

神官長の質問に、わたしはギルを呼んで大体のやり方を実演してもらうことにした。

「ギル、インクの準備をお願い。神官長、これが金属活字なんですけれど、こうして文字を拾って文章に組み立てます」

「……金属活字？　まるで小さな印章のようだな」

神官長が金属活字を手にして眺める横で、フランに活字を取ってもらって、短い文章を作った。

ギルがそれを組版に入れて、金属活字が動かないように隙間に板を入れて固定する。

「マイン様、できました」

「では、これを刷ってみてくれるかしら？　紙は失敗作の物を使ってちょうだい」

印刷機の上に組版を置いて、ギルがインクを付けていく。その上に紙を載せた。

「この後、本当はこれを動かして、ぎゅっと押してインクを付けるのですけれど、今回はまだ完成していないので、この馬連で擦ってインクを付けますね。できたら、乾かして次の紙にまた刷ります。今回は紙がもったいないので、別のところに刷りますけど」

ギルが一枚の紙に何度か同じ文章を刷っていく。愕然としたように紙を見つめる神官長にわたしは「プレスだと馬連でゴシゴシするより速くできるんですよ。すごいでしょ？」と胸を張った。新しい印刷機を褒めてもらえるかと思えば、神官長が頭を抱えてしまった。

「歴史が変わる……なるほどな」

「……え？　あれ？」

あんなに高価な本をたくさん持っている神官長ならば喜んでくれるかと思ったのに、予想外の反

応だ。わたしを見下ろして、フッと笑う神官長の薄い金色の目が据わっていて怖い。

「マイン、君に聞きたいことと言いたいことが山ほどできた」

……あれ？　わたし、ちゃんとフランやダームエル様を通して報告はしてたよね？　なんで？

青色神官の贈り物

見学自体は何事もなく終わった。ベンノと商談を終え、工房へと戻ってきたジルヴェスターが紙漉きをやりたがったり、紙を板に張り付けようとして数枚破ったりしたけれど、それは予想の範囲内だ。道具類に被害が出ることなく、ジルヴェスターには満足してもらえたようなので、良い結果に終わったということにしておこう。神官長から後で怒られたり、尋問されたりしそうな予感だけはひしひしと感じているけれど、ひとまず終わった。


ただ、一体どんな商談があったのか、ジルヴェスターと一緒に戻ってきたベンノの顔にははっきりと疲労の影が色濃く落ちていた。見学を終えた後、わたしの部屋へとやってきたベンノは、ぐったりとした様子で項垂れる。少し休憩しなければ、帰る気力も残っていないらしい。

「ベンノさん、ジルヴェスター様に何を言われたのですか？　あんまりひどいことを言われたのなら、神官長に言いつけるくらいですけど、協力できますよ？」

わたしにできることはほとんどないが、あまりひどいと神官長がスパーンとお仕置きしてくれるはずだ。そう思って善意で申し出たはずなのに、ベンノはむっつりと押し黙ったまま、わたしの頭を拳骨《げんこつ》でぐりぐりし始めた。

「いだい、いだいっ！　いきなり何ですか⁉」

「……お前が悪い」

ベンノが凶悪な表情で静かにそう言いながら、再度拳骨を構える。わたしは自分の頭を庇《かば》いながら、涙目でベンノを睨んだ。

「わたしの何が悪かったんですか⁉」

「言えん。言えんが、お前のせいだ」

「もしかして、料理人交換をしなかったことで難癖《なんくせ》をつけられたんですか？」

わたしのせいで、ジルヴェスターからベンノが難癖をつけられるとすれば、それしか思い浮かばない。けれど、ベンノはそちらには思い至らなかったような顔になった後、「全く違う」と首を横に振った。

「じゃあ、何ですか？」

ベンノは恨みがましい目でわたしを見た後、ビシッと固めてあった髪をガシガシと掻き乱して、「あ～」と呻《うめ》き声を上げる。

「……もういい。とんでもない機会が巡ってきたことだけは間違いないんだ。これを活かせるかどうかは、わからんが」

「はぁ、何が何だかよくわからないけど、頑張ってください」

わからないなりに激励したけれど、何が気に入らなかったのか、ベンノは両手でぐにっとわたしの頬をつねった。

「いらいれふ……。ベンノさん、こちらでお昼ご飯を食べていきますか？」

「いや、帰って頭を整理したい」

ベンノはそう言うと、ガタリと立ち上がって、疲れ切ったサラリーマンのような足取りで帰っていった。本当にジルヴェスターから何を言われたのだろうか。

その日の午後、わたしの部屋には二通の手紙が届いた。一通目は神官長からお説教部屋への招状だった。日付は明後日の午後、帰宅前の呼び出しである。お説教のあとに家族に甘えられると思えば、何とか耐えられるだろう。すぐに了承の返事を書いた。

そして、もう一通はジルヴェスターからで、本日の見学に対するお礼と明日は森に連れていけという命令が書かれている。簡単に命令してくれるが、わたしが森に行くのは簡単なことではない。体力的にも、護衛が必要という点でも。

「ダームエル様、わたくしが森に行くのは無理ですよね？」

わたしがピンと指先で手紙を弾いて呟くと、護衛として同行しなければならないダームエルは呆れたような顔で軽く肩を竦めた。

「巫女見習いは、まず、森まで歩けないだろう？」

「歩けます。洗礼前は森まで歩いていたのですよ。……時間はかかりましたけれど」

わたしのスピードに合わせられる気の長い成人男性は滅多にいないようで、ここ最近は抱き上げられてしまうことが多いけれど歩けないわけではない。ちょっと他の人より遅いだけだ。

「わかった。歩けるか否かは、置いておこう。ただ、警護することを考えても、巫女見習いが森へ行くのは勧められることではない。誰かに案内してもらうのが良いのではないか？」

相手はあの自由奔放なジルヴェスターだ。父さんが休みならば父さんに頼むけれど、父さんの休みは明後日だ。わたしを迎えに来られるように休みを調節したとトゥーリが言っていた。トゥーリも一緒にお迎えに来てくれるので、二人共、明日はお仕事で間違いない。

「ルッツに頼むしかないのでしょうけれど、負担は大きいでしょうね」

明日は晴れたら子供達を連れて森へ行くという話だったので、ルッツにお願いするしかないようだ。ジルヴェスターへの対応を考えたら、成人に近いレオンにお願いしたいところだが、レオンは商人の息子で、森へあまり出かけていないので詳しくないのである。

次の日、わたしが朝食を終えてフェシュピールの練習をしていると、工房へ行ったはずのギルが駆け込んできた。

「マイン様、もう青色神官が工房で待ってるんだけど！　あ、いや、待ってます」

ギルは二の鐘が鳴ったら工房を開けることになっている。そして、孤児院での朝食を終えた灰色神官がやってくるまでに、本日の準備を行うのだ。しかし、今日は工房を開けに行ったら、すでにジルヴェスターが小汚い中古服を着て意気揚々《いきようよう》とした様子で工房前で待っていたらしい。

ギルが泡を食ったように報告に来たので、わたしはフェシュピールの練習を止めて、ダームエルとギルと一緒に工房へ向かう。わたしが工房へと到着した時には孤児院の方でも朝食が終わる時間だったようだ。恐縮しまくっている灰色神官達や森に行くために籠を背負って準備をした子供達が工房前に集まり始めている。その中にやたら立派な弓矢を持ったジルヴェスターの姿があった。

「おはようございます、ジルヴェスター様」

「遅いぞ、マイン」

そんなに不満そうに睨まれても困る。

「ジルヴェスター様は早すぎます。まだ全員揃っていないではないですか。……それに、わたくしは森には行けません。足手まといですから」

「確かにお前は足手まといだな。では、案内は誰がするのだ？」

わくわくした様子の深緑の目でジルヴェスターが辺りを見回せば、一つにまとめられた青味の強い紫の髪が背中の中ほどで揺れる。銀細工の髪留めが中古服と全く釣り合っていない。

「ギルベルタ商会のダプラであるルッツやレオンがいつも子供達を森へと連れていってくれます。今日もルッツにお願いするつもりなので、彼等が到着するまではお待ちください」

工房にある木箱に座るように言ったけれど、ジルヴェスターは落ち着きなく歩き回る。わたしはゆっくりと溜息を吐いた。

「ジルヴェスター様は本当に森へ行かれるのですか？」

「あぁ、そのために小汚い服も準備してもらったのだ。ほら、見ろ。意外と似合うであろう？」

得意そうに笑いながらジルヴェスターが手を広げて中古服を見せるけれど、似合っていない。小汚い服だけが浮いている。どこからどう見ても金持ちがお忍びにならないお忍びを楽しんでいるようにしか見えない。

ただ、狩りを楽しみたいというのだけはよくわかった。森に行くために中古服を着ているけれど、靴は少しくたびれている革のショートブーツだ。多分、わたしが準備した木靴では動きにくいと判断したのだろう。手に持っているのは、この辺りでは滅多にお目にかかれない綺麗で豪華な弓。本当に狩りのことしか考えていないように見える。

「ジルヴェスター様、本当に森で狩りをされるおつもりでしたら、今日の案内係であるルッツの言うことを聞くとお約束してください」

ジルヴェスターがほんの少し顔を引き締めて、わたしを見た。貴族と平民という身分差はあるが、同じ青色神官ということで、神殿内では建前上わたし達は対等だ。神官長がこの場にいない今、ジルヴェスターに意見できるのはわたしだけしかいない。

「貴族の森に決まり事があるように、下町の森には下町の森の決まり事があります。採集を行う場所と狩りを行う場所は離れておりますし、他に狩りをする者との決まりもございます。決まりを守れず、何か起こった時に貴族の権利を振りかざすならば、最初から貴族の森で狩りを行っていただきたいのです」

下町の森には皆が利用できるように、洗礼前の子供達もお手伝いで採集に行けるように、暗黙の了解となっている決まり事がいくつもある。それを守らずに狩りをするのは、誰に怪我をさせるかわからない危険行為だ。下町のルールなど知ったことかと言うならば、神官長にお願いして止めてもらうしかない。わたしの説明にジルヴェスターは真面目な顔で頷き、了承した。

「初めて行く場所だからな。先達の言葉は聞くのが当然であろう」

ジルヴェスターが鷹揚にそう言って頷いた時、ルッツとレオンがやってきた。今日は二人とも森へと向かう恰好をしている。

「おはよう、マイン。工房にいるなんて珍しいな」

「おはよう、ルッツ。おはようございます、レオン」

「おはようございます、マイン様」

挨拶をすませた二人は仁王立ちしているジルヴェスターに気付き、慌てて挨拶した。なんでこの場に昨日の青色神官が中古服を着ているんだ、と目を白黒させている二人に、今日、森へ狩りに行きたいというジルヴェスターの希望を伝える。

「ルッツ、本当に悪いのだけれど、ジルヴェスター様をお願いね。レオンとギル、今日は二人が子供達の採集組をよく見ていてください。……もう任せても大丈夫でしょう?」

「かしこまりました」

ジルヴェスターは小汚い服には不釣り合いな豪華な弓矢を持って、孤児院の子供達を率いるルッツ達と一緒に森へと行ってしまった。

「不安ですね」

「何かお考えがあるのだろう。部屋に戻るぞ、巫女見習い」

ジルヴェスターに考えがあるようには見えないけれど、とダームエルの言葉に心の中で反論しながら、わたしは部屋に戻った。

「マイン、料理人を借りても良いか？　獲物が大量なんだ」

そう言ってルッツが部屋に駆け込んできたのは、もうじき六の鐘が鳴るのではないかという日が暮れ始めた時間だった。もうそろそろ帰るという時間の料理人に仕事を頼むのは気が引けるけれど、獲物を捌《さば》くのは慣れた人間の方が圧倒的に速い。包丁を握り始めたばかりの孤児院の子供達に下処理を全て任せるのは無理だ。

「フラン、フーゴ達に頼んでくださる？　ダームエル様、工房へ参りましょう」

ダームエルとわたしが工房に到着した時に目にしたのは、辺りに散らばるむしられた羽と、ところどころに血が落ちた工房前、そして、一心不乱に羽をむしる子供達の姿だった。わたしだけではなく、包丁を持って駆けつけてくれたフーゴとエラも工房前の状況を見て「すげぇな」と目を丸くする。二人の呟きを耳にしたジルヴェスターが振り返り、得意そうに胸を張った。

「マイン、見ろ！　大量だ。どうだ、すごいだろう？　私が仕留めたのだ」

「おかえりなさいませ、ジルヴェスター様」

ビックリするほどジルヴェスターがご機嫌だった。四羽の鳥と小鹿を仕留めたようで、フーゴとエラは台に転がされている小鹿から、早速解体に取り掛かる。

「エラ、血抜きはある程度終わっているみたいだから、傷みやすい内臓だけ取ってしまえ。今日は時間がないから、肉を料理するのは明日だな」

二人が鮮やかな手つきで解体していくのを少し遠目で見ていると、子供達は満面の笑みでブチブチと羽をむしりながら、わたしに今日の報告をしてくれる。料理された肉しか知らなかった子供達も、この状況で震えずに話ができるようになったわたしもずいぶん成長したものだ。

「マイン様、ジル様はとてもすごいのですよ。高い空を飛ぶ鳥が突然落ちたと思ったら、ジル様の矢が当たっていたのです」

「枝に下げられて、血抜きされる鳥がどんどん増えて、辺りが真っ赤になるくらいでした」

「鳥を狙ってやってきた獣もやっつけたのですよ。ジル様が硬くてまずい肉だとおっしゃったので、置いてきましたけれど」

子供達が興奮した口調で口々にジルヴェスターの武勇伝《ぶゆうでん》を語ってくれるが、森の様子を想像するとちょっと怖い。けれど、ジルヴェスターは子供達の称賛を浴びまくって、とても楽しそうに笑っている。

「本当に一日でこれだけ狩れるなんてすごいですね。これ、どうするおつもりなのですか？　ジルヴェスター様の厨房に運んだ方がよろしいのではございませんか？」

ジルヴェスターのところの料理人に任せた方が良いのではないか、と提案すると、ジルヴェスターはまるで厨房に運び込まれると困るとでも言うような速さで急いで首を振った。

「いや、私はいらぬ。これは、そう、孤児達に食わせてやれば良かろう」

「わぁい！　ジル様、ありがとうございます！」

「ジル様、すごいです！　また森にご一緒させてくださいませ」

普段、それほど肉が多くは当たらない子供達は大量の肉が手に入って大喜びだ。食欲でキラキラに輝いた目でジルヴェスターを称賛する。

「……あの、ジル様とは？」

子供達があまりにも自然に口にしているが、その呼び方は不敬《ふけい》ではないのか。わたしは恐る恐るジルヴェスターに尋ねた。

「あぁ、ジルヴェスターが言いにくそうだったので、言いやすくした。だが、お前は呼ぶな」

「どうしてですか？」

わたしが首を傾げると、ジルヴェスターはわたしをからかうように見下ろして、フンと鼻を鳴らす。

「孤児院の子供とは私がここに赴く以外で会うことはないが、お前は祈念式のように余所で会うだろう。お前のような粗忽者《そこつ》はその時に呼び間違えそうだからだ」

付き合いの浅いジルヴェスターにまで、粗忽者扱いされるとは心外だったが、間違いではない。わたしはやや項垂れながら「その通りですね」と同意するしかなかった。

わたしの同意に笑いながら、ジルヴェスターが頬を突く。

「今日は久し振りに楽しかった。マイン、礼にこれをやろう」

グッと握った拳をジルヴェスターがわたしの目の前に突き出した。森で拾った木の実や虫でも持っているのかと思えば、その手にあったのは、まるでオニキスのように真っ黒の石がはまったネックレスだった。

「はぁ、ありがとうございます。……何ですか、これ？　魔術具ですか？」

「魔術具の一種ではあるが、これがあっても魔術が使えるわけではない。神に祈ったところで何も起こらぬ」

　盗聴防止の魔術具のように用途が決まっているタイプの魔術具か、と納得しながら、わたしはジルヴェスターを見上げた。

「これは何に使う物ですか？」

「私はしばらく留守にするからな。いざという時のお守りだ。まずい状況に陥《おちい》ったら、この黒い石の部分に血判を押せ。助けてやる」

　ジルヴェスターの助けが必要になることがあるのかどうか全くわからない。神官長に泣きつけばある程度何とかなると思う。だが、くれるという物はもらっておこう。

「後ろを向け。つけてやる」

　わたしはくるりと背を向ける。言われた通りにしたのに、ジルヴェスターに舌打ちされた。

「髪を退けろ。つけられないではないか。お前は男から装飾品をもらったことがないのか⁉」

「髪飾りをつけてもらったことならありますよ」

　ベンノに髪飾りをつけてもらったことがあった気がする。だが、ネックレスを男から贈られるような状況は麗乃時代を含めてもない。いや、麗乃時代は家族以外に装飾品をもらったことがなかった。そう考えると、まだ八歳になってもいないのに、男から髪飾りやネックレスを贈られるとは偉業と言えるのではないだろうか。

……やっぱり顔か。顔が大事なのか。

マインとして生きれば、「その残念思考の本狂いにモテ期なんか来るわけないだろう」と麗乃時代の幼馴染の修《しゅう》に言われていたわたしにも今度こそモテ期が来るのだろうか。

「ジルヴェスター様、似合いますか？」

「お守りに似合うも何もない。外さなければそれでいい」

……子供相手でも、そこは褒めてくれればいいのに。

ジルヴェスターの身も蓋もない意見にわたしがむぅっと頬を膨らませていると、ジルヴェスターは膨らんだわたしの頬を両手で挟んでぐっと押した。プッと口から空気が抜ける。それでも、ジルヴェスターは手を離さない。むしろ、頬を挟む手に力が込められた。

「マイン、肌身離さず身につけているんだ。いいな？」

わたしを見据えるジルヴェスターの深緑の目は今まで見たことがないほど真剣だった。

神官長の話と帰宅

今日は神官長のお説教と久し振りの帰宅という天国と地獄を一度に味わえる日だ。父さんとトゥーリが迎えに来てくれる夕方が楽しみで仕方がない反面、乗り越えなければならない神官長のお説教について考えただけで、胃にずずんとくる。

「マイン、来なさい」

「はひ……」

フランとダームエルと一緒に神官長の部屋へ行くと、手紙にあった通り、わたしはすぐさま説教部屋となっている隠し部屋へと連行された。わたしはいつも通りに長椅子に座らされる。そして、神官長は机に置かれていた木札を取り出し、小さな台の上にインクを置いて、ペンを手に持って、足を組むと尋問体勢でわたしを見据えた。

「別に叱るつもりで呼んだのではない。聞きたいことと言いたいことがあると言ったはずだ。まず、君が作ろうとしている印刷機について詳しく聞かせてもらいたい」

見学中のマイン工房では質問できなかったことを一覧表にまとめてあるようで、印刷機で刷れる本の量やスピードについて次々と質問される。けれど、わたしはどの質問にも明確な答えが返せなかった。

「印刷機は一つもできておりませんし、文字ばかりの本を作るにはもっとたくさんの金属活字が必要になります。それに、今は紙もインクも工房で作らなければ印刷ができません。たった一台の印刷機ができたところで、一体どれだけの速さでどれだけの量が刷れるようになるかは、やってみなければわかりません」

神官長は「なるほど」と言いながら手元の板に視線を落とす。

「では、歴史が変わるという点について聞きたい。印刷を始めれば、今まで人の手で写していた本はどうなる？　写本を生業《なりわい》にしている者は、君の世界ではどうなった？」

「趣味ならばともかく生業として、と考えると、機械化の波に押されて、だんだん廃《すた》れていきました。そうですね、百年から二百年くらいかけてゆっくりと。さすがに十年や二十年の話ではありません」

神官長はカリカリと板に書き込みながら、難しい顔になった。

「国民全員が勉強していると言っていた君の世界では全員が文字を読み、本が読めて当然だったのだろうが、最初からそうではなかったはずだ。識字率が上がり、本が普及することで社会的に何がどう変わった？」

「色々変わりましたよ。けれど、その影響は国によっても違うし、社会情勢によっても違います。世界が違えば全く参考にならないと思います」

「例えばどのように変わった？」

神官長の言葉にわたしは麗乃時代の歴史を思い浮かべる。色々あるけれど、前提となる知識がない神官長に通じるかどうかがわからない。

「民衆が情報を共有し、知識を得ることで、支配層を打ち倒し、民衆による政治が始まった例もございます。逆に、自分達に有利な情報を印刷した紙をばらまき、民衆の意識を恣意的《しいてき》にまとめて扇《せん》動《どう》した指導者もいます。民衆が文字を知ることで、情報伝達の手段がそれまでと大きく変わることはわかっても、何がどう変わるかなんて、それを誰がどのように利用するかなんて、わたくしにはわかりません」

「利用の仕方によるのだろうが、影響が大きすぎてどうなるかわからないのか。厄介な……」

神官長はそう呟きながらも、板に次々と書き込んでいく。

「わたくしが知る世界と違って、ここは魔力を持つ貴族がいなければ生活が成り立たない世界でしょう？　識字率が上がり、本が普及したとしても、民衆の動きを同じようには語れませんよ。むしろ、貴族が民衆のためにどれだけ頑張っているのか、本にして広く知らしめても良いんじゃないですか？　貴族や神官が真面目にお仕事していなければ逆効果ですけれど……」

「どういうことだ？」

神官長から不可解そうに見られ、わたしは軽く肩を竦めた。

「下町の人達って、貴族が何をしているのか知らないんです。農村では祈念式が行われて、目の前で貴族や青色神官によって聖杯に魔力が満たされ、それが自分達の生活に直結します。だから、神への信仰も深いし、下町と違って普通に神へ祈りを捧げていたように思えました」

「下町の信仰心や貴族の仕事を知らせるなど考えたこともなかったな。……君の意見はなかなか興味深い。我々とは視点が違う」

身分の違いはもちろん、わたしの中には麗乃の記憶がまだ色濃く残っている。この世界の人とは違う意見が出るのが神官長には面白いらしい。

「ふむ。……では、私なりに今の状況を考えた上で命じる。しばらく印刷はしないように」

「え？　どうしてですか？」

「民衆は君の言うようにどのように転ぶかわからないし、魔力によって統率することは可能だと考えられる。しかし、貴族の反発が大きいことだけは確実なようだ」

神官長の話によると、写本ができる者は安定した高収入を得ることができるそうだ。そして、実家がそれほど裕福ではない金のない貴族院の生徒や神官や巫女は写本で生活費を稼いでいることが多いらしい。文字ばかりの本が一気に印刷されるようになれば、その辺りの下級貴族の恨みを買うことになるに違いない、と神官長は言った。

「……それって、既得権益が貴族ってことですよね？」

相手の権力が今までの既得権益とは比べ物にならない。これは怖い。わたしがふるりと身震いすると、神官長が頷いて肯定する。

「今まで君が印刷していたのは子供向けの絵本で、しかも、紙を使って刷っているので、それほど大量には生産できないと言っていただろう？　ならば、写本をしている貴族や神官への影響は、印刷を禁止するほどのことでもないと考えていた。だが、印刷機を使えばどうなる？」

わたしが金属活字を準備しようと思ったのは一字一字カッターで彫っていくのが大変だったからだ。字ばかりの本を少しでも楽に作れるようになれば良いと思ったからだ。それは、麗乃の世界でも起こった、写字生の仕事を奪う行為に他ならない。

「しばらくは印刷しないようにって……いつまで、ですか？」

せっかく印刷機ができても印刷できないのは辛い。いつまで我慢すれば良いのか、と尋ねると、神官長は薄い金色の瞳でひたとわたしを見据えた。

「君がカルステッドの養女になるまで、だ」

「え？」

「平民が貴族の領分を荒らせば、一気に潰される。しかし、君がこの地の上級貴族として、領主の許可を得た領地の事業として印刷を始めれば、そう簡単に潰されはしない」

たった一人の平民相手ならば、簡単に潰されるだろう。しかし、上級貴族の養女という身分となり、領主の許可を得て行う国家事業のような形で始めれば、小遣い稼ぎをする下級貴族に潰せるようなものではなくなる。むしろ、印刷事業に下級貴族を取り込め、と神官長は言う。領地で一気に印刷業を始めれば、誰にも潰しようがないだろう、と。突然大きな話になったことに、わたしは思わずコクリと唾を飲み込んだ。

……でも、印刷機ができあがった状況で、あと二年以上もわたしに印刷が待てる？　マインとして生き始めてから、まだ二年半。それと同じくらいの長さを、子供向けの絵本以外の本を作らずに我慢できる？

ぐるぐると回るわたしの思考を読みとったように、神官長はわたしを真っ直ぐに見つめながらゆっくりと唇の端を上げた。

「どうだ、マイン。今すぐカルステッドの養女にならないか？」

すぐにでも本を作れるぞ、という誘惑に、ほんの一瞬、ぐらりと心の秤が動く。だが、それは本当に一瞬のことでわたしはすぐに頭を横に振った。

「なりません。やっと、やっと、帰れるのに……」

「カルステッドが養父では不満か？」

「まさか。カルステッド様はとても素敵な方だと思います。どっしりと構えていて、頼りがいもありますし、地位も高いですし、養父として考えるならこれ以上はないと思っています」

それでも、家族といたい。長くて十歳までだと期限を切られているのに、これ以上短くなるのは嫌だ。

「家族と離れていると、家族が恋しくても仕方がないか。……家に帰って、家族にたっぷりと甘えてから考えると良い。違う答えが出るかもしれぬ」

フッと笑った神官長の顔が勝ち誇っているように見えた。わたしが本を我慢できなくて、十歳になるのを待てずに養女になると言い出すだろうと予想している顔だ。わたしは膝の上に置いていた手をぎゅっと握って、そんな神官長を真っ直ぐに見返した。

「違う答えなんて出ません。許された時間ギリギリまで家族といたいんです。……優先順位の一番に本を置いていた結果、自分がどれだけの親不孝をしたのか、今の家族を大事にしなければならないのか、わたくしに突きつけてくださったのは神官長ですよ」

魔術具で五感に訴えるほどの過去を突きつけることで、失ったら二度と戻らない家族の存在が強くわたしの心に刻み込まれたのだ。本のためならば他の全てを犠牲にできた麗乃時代とはもう違う。

わたしの言葉に神官長は少しだけ感傷的な顔になった。

「それだけの固い決意があるなら仕方がない。あと二年ほどは、子供向けの本を細々と作る程度に留めよ」

「……はい」

「マイン、迎えに来たぞ」

「神官長のお話は終わったの？」

神官長との話を終えて部屋に戻ると、一階のホールには父さんとトゥーリがすでに迎えに来てくれていた。

「父さん、トゥーリ！」

二人の顔を見ると同時に、神官長と話をしていた時のもやもやぐるぐるしていた気持ちがパパッと飛んでいく。わたしはフランとダームエルを扉のところに置き去りにするように駆け出して父さんに飛びついた。

「うりゃ！」

父さんに飛びつくと、父さんは予想していたようにわたしを抱き上げてくれる。高く抱き上げてぐるりと振り回すように一回転した後、下ろしてくれた。その後は父さんの大きな手で頭をわしわしと掻き回すように撫で回されて、髪がぐちゃぐちゃになるまでがお約束だ。

「マインったら、また髪がくしゃくしゃ」

父さんとわたしの再会を見ていたトゥーリが笑いながら、わたしの簪を外して、髪を手櫛で整えてくれる。トゥーリが外した簪を握って、わたしはトゥーリに髪を整えてもらう感触を懐かしく感じていた。

「すぐに着替えてくるから待っててね」

わたしは上機嫌で二階へと上がり、デリアに手伝ってもらって着替えていく。青の巫女服を脱ぎ、貴族のお嬢様のようなひらひらとした袖の上着を脱ぎ、久し振りにギルベルタ商会の見習い服に袖を通した。ちょっと小さくなっている気がする。気のせいかもしれないけれど。

神殿に籠もることになった時には、雪が降り始める前で、ぶ厚いコートがなければどうしようもない寒さだったのに、やっと家に戻れるようになった今はコートが必要なくなっていた。

「……ねぇ、マイン様。家族というのはそれほど良いものですの？」

ブラウスのボタンを留めながら、不思議そうにデリアが首を傾げた。

「あたしが一生懸命にお仕えしても、マイン様はいなくなりますもの。あたし達といるより、家族といた方がよろしいのでしょう？」

「ここでの冬の生活が嫌だったわけではないわ。皆、よく仕えてくれたし、わたしも快適な生活を送れたもの。でも、わたくしはやっぱり寂しかったから帰りたいし、家族といたいのです」

デリアが一生懸命に仕えてくれたことは知っているけれど、それでもわたしは家に帰りたい。家族のところへと帰りたいと思う。

「ごめんなさいね、デリア」

「別に、マイン様が謝ることではありませんわ。……ただ、あたしには本当にわからなくて。家族とは何ですの？」

家族の元に帰りたがる主を批判するような口調ではなく、不思議そうに薄い水色の目を瞬いてデリアが問いかける。孤児院育ちで、親の顔も定かではなく、共に育ったはずの孤児達を避けるデリアには家族に近い関係の者もいない。

「うーん、人によって違うと思うけれど、わたくしにとっては居場所かしら？」

「居場所、ですか？」

「えぇ、一番安心できる場所です」

わたしの答えを聞いたデリアは羨ましそうに階段の方へと視線を向けた。

「……それは確かに良いものですわね」

着替えを終えると、わたしは家に持ち帰る荷物へと手を伸ばす。その様子を見ていたロジーナが
「マイン様、余裕が足りませんよ。落ち着いて、もう少し優雅に振る舞ってくださいませ」と注意を飛ばした。

「冬の間にフェシュピールも上達しましたし、立ち居振る舞いも改善されました。マイン様は環境に左右されやすいですから、帰宅なさっても忘れないようにお気を付けくださいませ」

ロジーナは、まるで神官長のように家に帰ってからも気を付けることを懇々と注意し始めた。一覧表に書いておいてほしい量だ。とても覚えられる気がしない。もう会えなくなるような別れでもないのに大袈裟すぎる。

「ロジーナ、明日にはまた来るのですから、続きは明日でもよろしくて？」

「そうですわね。……マイン様は明日も来られるのですもの」

ロジーナはハッとしたように口元を押さえた。そして、少し寂しそうな笑みを浮かべてふわりと笑う。

「もうこちらには来られないような気がしてしまいましたの。家に帰ると言ったクリスティーネ様はもう姿を見ることがございませんでしたから」

神殿に置いていかれた悲しみが浮き彫りになったようなロジーナの表情に、わたしは前の主が残した傷跡が予想以上に深いことを知った。

「ロジーナ、わたくしはすぐに神殿に参ります」

「えぇ、お待ちしております」

家に持って帰る物は多くない。豪華な服も靴も必要ない。生活用品も家にある。来た時に持っていたトートバッグを持って帰るだけだ。わたしがバッグを持って階下へと降りると、デリアとロジーナも後に続いて降りてくる。玄関まで見送ってくれるらしい。

「父さん、トゥーリ、お待たせ」

一階には、側仕えが全員揃った。ギルは呼ばれて慌てて工房から戻ってきたような恰好で、フランはこれから一緒に家まで送ってくれるようで、外出できるように着替えている。

「じゃあ、帰るか。皆さん、長い間、マインがお世話になりました」

「マイン様の世話をするのは当然です。オレ達はマイン様の側仕えだからな」

父さんの言葉にギルがニカッと笑う。丁寧な口調と今までの口調が混ざったギルの言葉に小さく笑いながら、わたしは皆を見回した。

「では、留守を頼みます」

「お早いお帰りをお待ちしております」

側仕え達は一斉に胸の前で手を交差させて跪いた。

ダームエルは護衛のため、家まで一緒に行かなければならない。そして、フランは今までウチまで来たことがないダームエルの帰りの道案内をするために同行している。工房での仕事を終えたルッツも工房前で合流して一緒に家に帰ることになった。

神殿の門を出て、すっかり雪もなくなっている石畳を懐かしい気持ちで歩く。街を自分の足で歩くのも久し振りだ。今日はルッツとトゥーリと手を繋いで歩いていた。神殿にいると、こんなふうに誰かと手を繋いで歩くことはない。両方の手が温かくて嬉しくなった。

父さんはダームエルやフランと身の回りの危険や街の警備について話をしながら、わたし達の後ろを付いてくる。

「マインのスピードで歩くのも久し振りだな」

「ねぇ、マイン。神殿にいるうちに、歩くの、遅くなってない？」

「うそっ⁉　遅くなってる⁉」

神殿で移動する時は、フランもダームエルもわたしを急かそうとしない。急ぐ時は抱き上げられて運搬される。誰も急かさないのでマイペースに歩いているため、遅くなっている可能性はある。

「前はどれくらいだった？　これくらい？」

わたしが頑張って足を動かそうとすると、ルッツが笑いながら首を振った。

「止めとけ、マイン。頑張るようなことじゃない。久し振りなんだから、ゆっくり帰ればいいじゃないか」

周りを見回しながらポテポテと歩いていくと、ギルベルタ商会が見えた。わたしは神官長からしばらく印刷をするな、と言われたことを思い出す。

「明日はベンノさんにお話に行かなきゃダメかも……」

「何かあったのか？」

「印刷はしばらくするな、って言われちゃったから、そのお話」

わたしが肩を竦めると、トゥーリが青い目を見張ってわたしを見た。

「えー？　なんで？　印刷ってマインがすごく欲しくて頑張ってた物でしょ？」

「貴族の事情」

「……そっか。残念だったね」

トゥーリが空いている方の手でわたしの頭を撫でて慰めてくれる。わたしは軽く目を閉じて、その感触を味わいながら小さく笑った。

「絶対にしちゃダメって言われたわけじゃないの。二年と少しの辛抱だから平気だよ」

こうして悲しかったり、寂しかったりする時に、寄り添ってくれる家族とは離れられないよね、と自分の選択が間違っていないことを改めて感じる。

「では、明日二の鐘が鳴ったら、神殿から迎えに来る。それまで、出歩かぬように」

井戸の広場に着くと、ダームエルが厳しい顔でそう言った。護衛が来るまでわたしが外出禁止なのは神殿でも帰宅できても変わらないようだ。

「かしこまりました、ダームエル様。フランも往復するのは大変だけれど、よろしくね」

「はい。今夜はご家族にゆっくりと甘えてください。明日、またこちらにお帰りになるのをお待ちしております」

フランが胸の前で手を交差させる。

「ありがとう、フラン、ダームエル様。では、また明日」

井戸の広場でダームエルとフランが踵《きびす》を返して去っていった。そして、ルッツと手を振って別れた後は、五階までの階段をふぅふぅ言いながら上がっていく。

「ほら、マイン。頑張れ、もうちょっとだ」

父さんとトゥーリの応援を受けなければ家に帰れないなんて、本当に冬の間に体力が落ちたかもしれない。ただでさえないのに、これ以上減ったら困る。

「ただいま、母さん」

久し振りの我が家の扉を開けた。食事の支度をしている匂いが扉を開けた瞬間、飛び込んでくる。階段を上がってくる声に気付いていたようで、母さんは配膳《はいぜん》を始めていた。久し振りの母さんの手料理の匂いにわたしの顔が笑み崩れる。

「おかえり、マイン」

大きなお腹を抱えた母さんが、コトリとお皿を置いて顔を上げた。母さんの笑顔に嬉しいと懐かしいと幸せで胸がいっぱいになって、寂しかった心が埋まっていく。

「久し振りにお外を歩いたから、お腹ぺこぺこ」

「荷物を置いて、準備を手伝ってちょうだい」

「はぁい」

トートバッグを置いて手を洗うと、わたしはトゥーリと一緒に配膳を始める。自分で働くのも久し振りで、ちょっと楽しい。

「ねぇ、母さん。いつ生まれるの？」

破れそうなくらい大きくなっているお腹を見て、わたしが尋ねると母さんは愛おしそうに笑いながらお腹を撫でた。

「もういつ生まれてもおかしくないのよ。マインが帰ってくるのを待っていたのかもね」

本当に待っていてくれたのなら嬉しい。わたしも母さんのお腹を撫でながら「お姉ちゃん、帰ってきたよ」と声をかけてみる。すると、まるで返事をするように手のひらを蹴られた。

「わっ！　蹴られた。返事をしたみたい」

わたしの声に家族が笑った。

母さんの手料理を食べて、トゥーリとふざけっこしながら湯浴みして、寝返りを打ったらトゥーリとぶつかるような狭いベッドで、家族揃って眠る。

明け方、母さんが陣痛に呻き始めた。

新しい家族

夜が明け始める頃、母さんの呻き声に、まず、父さんが飛び起きた。

「トゥーリ、マイン。母さんが産気づいた。産婆《さんば》を呼んでくる！　お前達も着替えて動け」

わたし達に着替えるように言いながら、父さんは手早く着替えて、産婆を呼ぶために家を飛び出していった。わたし以外の家族の中では、すでに役割分担ができていたのか、トゥーリも手早く着替えると玄関に向かって駆け出す。

「わたし、カルラおばさんを呼びに行くから、マインは着替えて母さんに付いてて」

「うん！」

勢いに流され、大きく頷いて着替えたものの、陣痛に苦しむ母さんの側にいて、わたしに一体何ができるというのか。パニックを起こしている頭には咄嗟に何も思い浮かばない。

「え、えーと……」

「マイン、お水を、ちょうだい」

息も絶え絶えというような苦しそうな状況の母さんに頼まれて、わたしは慌てて台所へ走った。

そして、母さんが望む通り、コップに台所の水瓶の水を汲んで持っていく。

陣痛の合間に母さんに渡すと、母さんは薄い笑みを浮かべながらコクリと飲んだ。額に大粒の汗を浮かべた姿に、わたしは布を準備しようとしてハッとした。

……清潔！　消毒！　絶対必要！

家の中は外に比べると清潔な方だ。わたしが掃除を徹底的にする綺麗好きだと思っている母さんやトゥーリはわたしに合わせて周囲を綺麗にしてくれるし、手洗いも結構習慣づいてきた。けれど、手伝いに来てくれる産婆やご近所の奥さんはそうではない。

「ど、どどど、どうしよう⁉」

せめて、手を洗ってもらってアルコール消毒してほしいけれど、消毒用のアルコールなどウチにあるわけがない。

「あ、アルコール消毒できそうなお酒……え、えぇーと……」

消毒用に代用するならば、ウォッカのようなお酒があれば良かったがウチにはない。ルムトプフに使っていたお酒ならばアルコール度数は高いはずだけれど、多分消毒用として使うには不純物が多いと思う。わたしがもっと早く神殿から帰っていれば、ベンノに掛け合ってアルコール度数の高い蒸留酒を探してもらったのに。

「……でも、何もしないよりはマシだよね？」

お酒の不純物より、周囲の不潔さの方が問題だ。わたしはお酒と清潔な布を探して消毒の準備をする。

「ただいま。わたし、水を汲んでくるからね」

トゥーリは戻ってきたかと思うと、桶を持って出ていった。トゥーリと入れ替わるように、カルラが数人の近所の奥さん達と一緒に入ってくる。手に手に桶を持っているおばさん達によって、井戸から大量の水が汲んでこられ、鍋にお湯が沸かされ始めた。

「トゥーリ、皆の手を全部清潔に綺麗にして、使う道具は煮沸《しゃふつ》消毒して、それから……」

「うん、うん。清潔ね。わかった、わかった。わかったから、マインは母さんに付いていて」

水を運ぶためにまた家を出ようとするトゥーリに飛びついたけれど、労働面では全く役に立たないわたしの意見は聞き流されて、トゥーリによって寝室へ押し込められた。

ふーふーと息を荒げながら苦しそうに呻く母さんの近くへ寄って、手を握る。母さんが陣痛に苦しみ始めると、骨が折れるかと思うくらいグッと力いっぱいにきつく手を握られた。

「母さん、出産の時は、ヒッヒッフー、だよ。『ラマーズ法』がいいんだって」

「何、それ？」

痛みの合間に母さんがわずかな笑顔を見せる。

「えーと、痛いのをマシにする呼吸法だったと思う。ごめん、あんまりハッキリ覚えてない」

麗乃時代は自分が妊娠したり、出産したりする予定なんて全くなかったし、自分の周囲にも妊婦がいなかったので、その辺りの知識はあまりない。ラマーズ法の名前は知っているが、どうしてそれが良いのか、どのように良いのか、説明できるほどは覚えていない。

「ヒッヒッフーね」

クスと母さんが笑って、二人でヒッヒッフーと言いながら陣痛の時間を過ごしていると、産婆やご近所の奥さん方が寝室に入ってきた。彼女達の姿を見たわたしは、うひっ、と大きく息を呑んで、母さんに近付けまいとベッドの前に手を広げて立った。

「まず、手を洗って清潔にしてください！」

「あぁ、マインは病的な綺麗好きだったね」

カルラが呆れたように言いながら、他の奥さん方にも手を洗うように言ってくれる。その後で、わたしは酒を含ませた布で手を拭いてもらった。これで少しはマシなはずだ。

「マインは邪魔だから寝室から出てな。それから、あのうろうろとするだけで役に立たないギュンターにさっさと椅子を組み立てな、と伝えてやっておくれ。出産なんてもう何回も経験しているだろうに、全く言うことを聞きやしない」

水で手を洗ったはずの皆の手を拭いて薄汚れた布を、わたしが顔をしかめながら見ていると、カルラに寝室から摘まみ出された。仕方がないので、台所をうろうろしている父さんにカルラの言葉を伝えて、わたし達は椅子を組み立てることにする。

「父さん、この椅子みたいなの、何？」

ところどころに染み込んだ汚れが残る板を、わたしが不審そうに見ていると、出産する時に座る物だ、と父さんが答えてくれた。昔の分娩台《ぶんべんだい》のようなものか、と理解した瞬間、わたしは血の気が引いて布とお酒を手に取った。

「……消毒しなきゃ」

「マイン、こら、お酒で何をするつもりだ⁉」

「母さんが使うんでしょ？　アルコール消毒で綺麗にする」

父さんの悲鳴を無視して、ダパッと布にお酒を含ませてゴシゴシ拭いて磨いていると、どこかのおばさんが椅子を取りに来た。わたしが必死で磨いている姿を見て苦笑する。

「おや、これも綺麗にしたのかい？　本当にアンタは病的な綺麗好きなんだね。ギュンター、もうここでやることはおしまいだ。さっさと下へ行きな」

お産をする場所は男子禁制であるらしい。父さんはこの場でできる男親の仕事を終えたので、下へ行けと追い払われる。

「わたし、母さんのところへ……」

「マインも下だ。アンタがいると清潔、消毒とうるさくて邪魔だからね」

「でも、ホントに大事で……」

「はい、はい。行った、行った」

トゥーリはお手伝いのために出入りしているが、わたしはぺいっと外に追い出されてしまった。バタンと玄関の扉を閉められてしまったので、もう中には入れない。

「母さん……」

わたし程度の清潔を求めるだけで病的だと言われるのだ。産褥死《さんじょくし》の確率を考えただけで、ぞっとする。あのおばさん達を全身消毒したいくらい母さんが心配で仕方ないのに、わたしにできることはもう何もない。


母さんが産気づいたのは明け方でうっすらと日が差し始めた時間だったが、今は少し日が昇ってきて、井戸の広場が明るさを増していた。とぼとぼと井戸の広場へと出てみると、広場ではご近所のおじさん達によって鳥が捌かれ始めている。

「父さん、皆、何しているの？」

一人だけ井戸の周りを落ち着きなくうろうろと歩き回っている父さんのところへと行き、わたしは父さんと一緒に井戸の周りを回りながら問いかけた。

「……お産のところに男は入っちゃいかんから、命名会の準備だ」

「命名会って何？」

洗礼式まで子供は神殿に入れないはずなので、ここには多分宗教的な儀式はないはずだ。ただ、命名会という名前からも、ご近所へのお披露目《ひろめ》があるのではないか、と思う。

父さんによると、お産の時、女性は手伝いに駆り出され、男性は鳥を買ってきて、捌いて焼き、命名会の準備をするらしい。普段料理を作る女性がいないので自分達の腹を満たすため、お産の手伝いを終えた女性を労《ねぎら》うため、そして、生まれた子供の誕生を祝い、名付けを披露するための準備をしているのだという。

「ギュンターおじさんとマインは一体なんで二人して井戸の周りをぐるぐるしてるんだよ？」

呆れたような声に振り返ると、ギルベルタ商会の見習い服を着たルッツが笑いを堪えたような顔で立っていた。

「ルッツ！」

「……エーファおばさんは？　まだ？」

ちらりとわたしの家の方へと視線を送ったルッツに、わたしはコクリと頷いた。

「マイン、今日は神殿に行けなさそうだな。オレ、連絡してくるから」

「ありがとう、ルッツ」

「ついでに、オレも店を休むって言ってくるよ。今日は命名会だろ？」

子供は無事に産まれてくるに決まっているから仕事を休む、とルッツが笑うと、父さんは笑顔になって「もちろんだ！」と力強く頷いた。

駆け出していくルッツを見送ったわたしは、また井戸の周りを回り始めた父さんに尋ねる。

「父さんは門に休むって、報告しなくていいの？」

「アルが買い物のついでに報告に行ってくれた。父さんはここから動けんからな」

「そっか」

わたしと父さんが井戸の周りを回っていると、ルッツの父親のディードが大声を張り上げた。

「ギュンター、マイン！　ちょっとはこっちを手伝うか、せめて、じっとしてろ。毎回毎回鬱陶しいぞ！」

わたしと父さんはディードに野菜を洗えと言われて、井戸の前にしゃがみ込んで二人でジャボジャボと野菜を洗いながら、ボソボソと話を続ける。ここのお産がどのくらい危険なものなのかわからないわたしは、何かしていないと不安が大きくなって家に飛び込みたくなるのだ。

「父さん、お産ってどのくらい時間がかかるの？」

「トゥーリの時もマインの時も、待っているのが長かった記憶しかない」

「お前のとこは比較的早かったじゃないか。アルのところの方がよっぽど時間がかかったぞ」

井戸の水を汲みに来たディードがそう言って肩を竦めた。父さんの主観ではものすごく長かったらしいが、他人の意見を聞けば、母さんのお産は比較的軽い方だったらしい。その意見にわたしは胸を撫で下ろしたけれど、父さんはギュッと眉間に皺を刻んで泣きそうな顔になった。

「早いとか遅いとか、そんなのはどうでもいい。今度は無事に生まれてくれれば、それで……」

「今度はって？」

わたしみたいな虚弱ではなく、健康な子が生まれてほしいということだろうか。何となく聞いてみると、父さんは重い溜息と共に思わぬ言葉を吐き出した。

「最初の子は流れた。その次に生まれた男の子は生まれて一年ともたずに死んだ。トゥーリとマインは無事に育ったが、次の子供も冬を越えられなかった。その次は生まれることなく流れたんだ。今度は無事に生まれて育ってほしい」

過酷な出産状況にわたしはあんぐりと口を開けた。麗乃時代には中世辺りの出産が過酷で、子供が育たないという話は本で読んだことがあったけれど、目の前の現実とはあまりハッキリと結び付いていなかった。実際に子供を見送ってきた父さんの口から聞くと、出産に対する恐怖や不安が全く違って聞こえる。怖くなって、わたしはウチがある五階を見上げた。あそこで母さんが今頑張っているはずだ。

「母さん、大丈夫だよね？」

「……マインからも神様に祈ってくれよ」

わたしはビシッと手を上げて、心から神に祈る。

「母さんに水の女神の眷属、出産の女神エントリンドゥーゲの祝福と御加護があらんことを」

ギルベルタ商会と神殿へ連絡に行っていたルッツが大きな籠《かご》を背負って帰ってきた。わたし達の前にドンと籠を置くと、中の物を取り出していく。

「マイン、これ、旦那様からの祝いの布だ。それから、工房とマインの部屋へ伝えたら、ジル様が狩った肉の一部をフーゴが工房からの祝いとしてくれた」

「……まだ生まれてないのに」

それでも、皆の気持ちが嬉しくて、わたしの顔は歪んでいく。

「こっちの小さい方の鳥肉は母さんに食べさせたいから家に持って帰るね。こっちの大きい鳥肉や鹿肉は命名会で食べようか。……でも、出すのは、お産が終わって、功労者のおばさん達が出てきてからね。ルッツがもらってきてくれたから、ルッツが一番に食べていいよ」

そう言って肉の塊をルッツに渡すと、父さんも嬉しそうに頷く。その時、トゥーリが満面の笑みを浮かべて背中の三つ編みを揺らしながら井戸の広場へと飛び出してきた。

「父さん、マイン！　生まれたよ！　男の子！」

「おおおぉぉ！　おめでとう！」

広場に歓声が上がった。無事に生まれたので、今から命名会の始まりとなり、お酒が解禁となる。おじさん達はお祝いの言葉を口にしながら我先にお酒へと手を伸ばし始めた。準備された鉄板で次々と肉が焼かれ始める。

「家族は入っていいって。行こう」

生まれた赤子にまず会うのは家族だ。ルッツが持って帰ってきた籠を背負った父さんがわたしを抱き上げて、階段を一段飛ばしで駆け上がっていく。五階まで駆け上がれるくらい喜びで興奮しているらしい。

父さんは家の中に飛び込むと、後片付けを終えかけているおばさん達に感謝と労いの言葉をかけた。逆におばさん達からは「おめでとう」「元気な男の子だよ」と声をかけられる。

「父さん、外の『バイキン』を寝室に持ち込んじゃダメ！」

寝室に向かおうと気が急いている父さんに、籠を下ろさせて、手洗いうがいをしっかりとさせる。おばさん達に「病的」とまた言われたけれど、そんなのは無視だ。わたしもする。

「母さん、入っていい？」

「ギュンター、マイン、男の子よ」

「エーファ、よくやった！　二人とも無事でよかった！」

父さんは母さんの枕元に座り込むと、母さんの手を握って、指先や甲に口付けを繰り返す。

ぐったりとした母さんの胸の上に抱かれたままの赤ちゃんは本当に赤くて小さくてくしゃくしゃしていた。産湯で清められて、トゥーリが作った産着を着ている小さな存在に、ハァと感嘆の溜息が出てくる。

「ねぇ、赤ちゃんの名前はどうするの？」

「もう決まってるんでしょ？　何て名前にしたの？」

トゥーリがわくわくしたように両親の顔を見る。両親は揃って頷いた。そっと赤ちゃんを撫でながら、顔を見合わせてフッと笑みを浮かべる。

「カミルという名前にするつもりなの。どう？」

「カミル、カミルかぁ」

トゥーリはフフッと笑いながら、ツンとカミルの頬を突く。母さんはその様子を笑って見ていたが、すいっとわたしに視線を向けた。

「マイン、カミルを抱っこしてみる？　トゥーリはもうしたから」

それはものすごくしてみたい。でも、落としそうで怖い。確か新生児の平均体重は三キロくらいだったはずだ。今のわたしに抱けるだろうか。悩んでいると、母さんが少し顔を曇らせた。

「嫌？」

「ううん、嫌じゃない。……抱っこの仕方がわからないし、落としそうで怖いだけ」

わたしの言葉に父さんが吹き出した。笑いながらわたしを抱き上げて靴を脱がせると、ベッドへとドサリと上げた。

「そこで座って抱っこすれば、落としても大丈夫だ」

母さんの隣に座り込んだ状態で、わたしはそっとカミルを抱き上げた。わたしでも抱き上げられるくらいに小さくて軽いのに、口元がうにうにと動いて目が開く。きょとんとした視点の合っていない目がわたしの方を向いた。しっかりと生きていることに胸がいっぱいになる。

「カミル、カミル、お姉ちゃんだよ」

わたしが話しかけると、カミルはしわしわの顔を更にくしゃくしゃにし始めた。そして、細く小さな声を上げて、泣き始める。

「か、母さん。泣き出したよ。カミルが、ど、どうしたら……」

「そんなにうろたえなくても大丈夫よ。赤ちゃんは泣くものなんだから」

そんなことを言われても困る。この後どうすれば良いのかわからない。わたしまで泣きたい気分になって、おろおろしながら周りを見回していると、わたしを笑って見ていた父さんがカミルを抱き上げた。か細い声で抗議するようにカミルは泣いているが、お構いなしだ。

「じゃあ、カミルをお披露目に連れていくか」

「え？　生まれたばっかりの赤ちゃんを外に出すの？」

「お披露目しなければならないんだから、当然だろう？」

抵抗力もない新生児を生まれてすぐに外に出せば、死亡率が上がるのも当然だ。わたしは、ひぃぃっと息を呑んだ。

「父さん、お披露目って絶対にしなきゃダメなの？」

「あぁ、何を言っているんだ？」

「まだ寒いのに、生まれたばかりの赤ちゃんを『バイキン』だらけの外に出すなんて、危険すぎるよ。病気になる可能性がすごく高くなる」

必死で言うと、父さんは少し顔を厳しくした。抱いているカミルとわたしを見比べて、しばらく考え込んでいた父さんが険しい目で首を振った。

「だが、カミルをお披露目しないわけにはいかん」

「どうしても出さなきゃダメなら、絶対に寒くないようにして、皆の泥だらけの手に触られないように父さんが抱いたままで皆の周りをぐるりと回ったら、すぐに帰ってくるくらいじゃなきゃダメだよ。それでも、わたしは心配だけど……」

「マインは神経質すぎるよ」

トゥーリは軽く肩を竦めたけれど、生まれたばかりの赤ちゃんは本当に死にやすいのだ。ここのような環境なら尚更である。

今度は無事に育ってほしいと井戸のところで呟いていた父さんは、決意したように顔を上げて、カミルを温かそうな布でぐるぐるに巻いて寒くないようにしていく。

「すぐに帰ればいいんだな?」

「うん。他の人に渡さないように気を付けて」

「父さんもマインも過保護すぎだって……」

呆れたようにトゥーリは「誰だってお披露目はされるんだよ」と言うけれど、このような環境で無事に育てようと思ったら、過保護なくらいでもまだ足りないほどだ。


カミルを抱いた父さんとトゥーリと一緒に、もう一度井戸の広場に下りると、井戸の広場は命名会という名のバーベキュー大会になっていた。この命名会は手伝ってくれたご近所の奥さん方を労い、赤ちゃんを披露する会である。ご近所さんと一緒にどこの誰と同じ年に生まれたとか、誰が洗礼式の年だとか、こういうことがあった春だとか、確認し合うのだ。記録には残せないので、こうして多くの人に披露して覚えてもらって記憶に残すしかない。

「皆、今日は朝早くからありがとう。無事に息子が誕生した。名前はカミル。新しい仲間として可愛がってやってほしい」

父さんはカミルの名前を発表し、皆にぐるりと見せて回ると、「マインと同じであまり身体が丈夫ではないかもしれない」と言い訳して、すぐさまトゥーリにカミルを連れて帰るように言った。いつ死んでもおかしくないくらい身体が弱くて熱を出しているわたしの存在に、ご近所は納得したように頷く。

「マインに続いて、カミルまで病弱だったら大変だな」

「よく熱を出すけれど、マインは少し元気になってきたんじゃない？　洗礼式も終わったし、このまま育つといいわね」

何度も死にかけていて洗礼式までもつと思わなかったと、口々に言われながら、わたしはカミルを抱っこしたトゥーリと一緒にさっさと家に引っ込んだ。誰がどの手で触った肉だろう、と考えて戦々恐々としながら広場で食べるよりは家でゆっくり食べる方がいい。それに、わたしは護衛も無しに外に出てはならないと言われている。家に入れなかったお産の間はともかく、あまり外でうろうろしない方がいいのだ。

「トゥーリ、母さんのご飯はどうするの？」

「下でもらってくるよ」

トゥーリは下の集まりに参加したいようで、カミルを母さんのところに置くと、すぐさま家を飛び出していった。わたしは竈《かまど》に火をつけて、昨夜の残りのスープを温めていく。その間に、投げ出されたままの籠の中身を片付けた。フーゴによって下準備されている鳥肉は冬支度部屋へ、ベンノにもらった布は物置へ置いておく。

「母さん、お腹空いてるなら、スープを温めてるけど食べる？　栄養つけないと母乳の出が悪くなるんだよ」

「そうね、食べようかしら？」

ベッドに座った母さんにわたしはスープをよそって持っていく。自分の分もよそって、ベッドの隣に椅子を置いて一緒に食べることにした。

「マインは下へ行かないの？」

「うん、ダームエル様がいない状態で外に出ない方がいいから」

「そう」

母さんはわたしがあまり近所と付き合いを持たないことを心配している。それをわかっていても衛生観念が違いすぎて、わたしが辛い。

「あ、そうだ。ルッツが持ってきてくれたんだけど、ベンノさんから布を、神殿の工房や側仕えからはお肉をお祝いにもらったよ。お返しとか、何かしておくことってある？」

こちらの習慣に疎《うと》いわたしが尋ねると、母さんは緩く首を振った。お祝いをくれた人に子供ができた時にお祝いをすれば良いらしい。独身主義のベンノも神殿関係者も結婚しなそうだけど、いいのだろうか。

「あとは、そうね。マインがカミルについて報告しておいてちょうだい。カミルが生まれたことをなるべくたくさんの人に覚えてもらわなければならないから」

「わかった。任せて」

わたしは大きく頷きながら、母さんの隣で眠る小さな弟を見た。風邪を引かないように温かい布でぐるぐるにされたまま眠っているカミルを見ていると、自然と目尻が下がっていく。

「カミル、可愛いね」

「そうね」

わたしがカミルと一緒にいられる時間はそう長くない。二歳の頃に離れなければならないのだから、下手したら、わたしのことはカミルの記憶には残らないかもしれない。だったら、カミルの将来に役立つように、そして、少しでもカミルの記憶に自分が姉として残るように絵本や玩具を色々と作りたい。

……絵本しか作れないなら、可愛い弟のために子供向けの絵本をがっつり作ればいいもんね。

二、三カ月から半年くらいまではすでにできている白黒絵本で良いが、その後はカラフルな絵本が欲しい。そのためには色インクを開発しなければならないし、赤ちゃん向けの内容も考えなければならない。

……あれ？　もしかして、絵本しか作れない一年の間って、結構やることいっぱいで忙しいんじゃない？

カミルの成長に間に合うように子供用の絵本を作ろうと思ったら、字だらけの本を印刷している余裕なんてないかもしれない。活版印刷が禁止なら、ガリ版印刷を向上させればいいじゃない。

……時間は有効に。お姉ちゃん、頑張るよ！

エピローグ

デリアが井戸から汲んだ水を二階へ運んでいると、工房へ行っているはずのギルが戻ってきた。主であるマインがまだ到着していないこの時間にギルが戻ってくる時は、ルッツからの伝言を預かってきた時がほとんどだ。多分、またマインが体調を崩したに違いない。

……あんなに家族がいる家に帰れるのを楽しみにしていたのに、帰った途端に体調を崩すなんて、マイン様はホントにもー！

本当によく体調を崩す主に心の中で文句を言いつつ、デリアは「今日はマイン様、お休みですの？」とギルに尋ねる。すると、ビクッとしたようにギルが肩を震わせてデリアのいる階段を見上げた。

「二、三日は休むことになるみたいだ。あ、フラン。あのさ……」

早口でそう言うと、ギルはすぐにフランのところへ駆け出す。

「ギル、走る必要はありません。それから、言葉遣いに気を付けて報告してください」

ギルがフランからいつも通りの注意を受けているのを耳にしながら、デリアは水を二階に運ぶ。

二階ではすでにロジーナがフランに言われていた書類の仕事を終えてフェシュピールの調整を始めていた。丁寧に磨き上げて調律している姿は上品で綺麗だ。楽器に触れるので爪は短く整えられているけれど、傷もなく、労働を知らない白い手をしている。楽器を教える教師の役割を担うロジーナが水を運ぶような力仕事ではなく、書類仕事に精を出しているからだ。

……できることが違うから、仕事内容が違うのは当たり前ですもの。早くあたしも色々なことができるようになって、神殿長の寵愛《ちょうあい》を受けられるようにならなくては！

同じ側仕え灰色巫女見習いの間にも歴然とある差を目の当たりにする度に、デリアはそんな決意を強くしている。同じ場所にいる子供達が少しずつ死んで減っていく陰惨な孤児院の地階から生きて出ることができたのだ。この後は神殿で最も権力がある神殿長の庇護下で、最も可愛がられて過ごすのがデリアの人生の目標である。そのためにはロジーナをお手本にして、少しでも優雅な所作と教養を身につけなければならない。

……今、神殿長の寵愛を受けているイェニーもクリスティーネ様の元側仕えですもの。

デリアはそう思いながら水瓶の置かれている浴室へ向かう。そして、グッと桶を持ち上げて水瓶にザバッと水を流し込んだ。こうして二階にも水を溜めておかなければ、二階の掃除をするにも用を足すにも困る。井戸からこうして水を汲んでくるのがデリアにとっては一番大変な力仕事である。

「うーん、あと一回くらい運べば大丈夫かしら？」

マインが休みなので必要な水は少なくなる。水瓶の水を確認し、空になった桶を持ってデリアは浴室から出た。すると、フランがロジーナに大きさの指示を出しながら布を探してほしいと声をかけているところだった。

「あたしが探しましょうか、フラン？」

「デリアは水汲みがまだでしょうから、そちらを優先してください」

笑顔でフランにやんわりと拒絶された。布を探すならばデリアに頼んだ方が確実なのに、敢えてロジーナに頼むということは神殿長には知られたくないことが起こったに違いない。

……何があったのかしら？

疑問に思って尋ねたところでフランから明確な答えが戻ってくることはない。それはデリアにもわかっていた。だから、敢えて尋ねない。わざわざデリアが尋ねて警戒させなくても、何も気付かない顔で動き出せばロジーナが尋ねるはずだ。

「何に使うのですか、フラン？」

「肉を包むので、高価な布は必要ありません」

……肉を包む？

ロジーナとフランの会話に耳を澄ませつつ、デリアは空の桶を揺らしながら階段を下りていく。ロジーナ達の声が小さくなっていき、代わりに、報告を終えたらすぐに工房に戻るはずのギルの声が厨房から聞こえてきた。

「下町で世話になっている人へマイン様からのお祝いって形にしてほしいんだ」

「それは構わんが、どのくらい必要なんだ？」

「いや、オレ達にはよくわからねぇから、フーゴ達に任せる。どのくらいなら下町で浮かないのかを重視してほしいって、フランが……」

「あぁ、下町基準が必要ってことね。お祝い事だし、今は鳥も鹿もあるから工房からのお祝いってことで奮発《ふんぱつ》しちゃっていいんじゃないですか？」

エラの声は大きく開かれたままになっている厨房への扉から玄関ホールによく響いている。

……お祝い事とは何かしら？

灰色巫女見習いの生活におけるお祝い事は洗礼式と成人式だけだ。他にはない。けれど、今はどちらの時期でもない。下町には何か他にも祝うようなことがあるのだろうか。デリアはそんなことを考えながら外に出た。


再び水を汲んだデリアが部屋に戻る頃には慌ただしい雰囲気は霧散《むさん》していた。お祝い事に必要な肉はギルが持っていったようで、フランはいつも通りの顔で書類仕事をしているし、ロジーナもマインが来ないのだから、と手伝わされている。厨房に繋がる扉は閉ざされていた。

マインが神殿に来ないと、デリアは途端に暇になる。給仕もしなくて良いし、休憩の度にお茶を淹れる必要もない。お風呂や着替えの手伝いもないし、洗濯や掃除だって自分達の分だけならば簡単に終わってしまう。

フランはマインがいてもいなくても忙しい。フランの仕事をかなり手伝えるようになってきたロジーナも日中は忙しく、少しでも暇ができるとフェシュピールを弾いている。そして、ギルは今ほとんどの時間を工房と孤児院で過ごしている。ルッツが仕事で長期間不在になっても工房を回していかなければならないのだ。色々なことを覚えようと必死だ。

けれど、デリアには新しい仕事が回されない。理由は簡単だ。神殿長と繋がりがあるので、マインが抱えている重要な仕事には関わらせてもらえないのである。それが仲間外れのようで少しだけ寂しく、同時に、神殿で一番の権力者と繫がっているデリアの誇りでもあった。

「神官長のところへ行ってきます」

三の鐘が鳴ると、フランはマインがいてもいなくても神官長の執務の手伝いに出かける。やっと書類仕事から解放されたロジーナがフェシュピールに手を伸ばした。これから四の鐘までは部屋の中に仕事がない。デリアは孤児院長室を出ると、真っ直ぐに神殿長室へ向かった。

「デリアです。神殿長へ報告に来ました」

部屋の前に立っている灰色神官に用件を告げて少し待つと、扉が開かれる。ニコリと笑って迎え入れてくれたのはイェニーだった。

「ごめんなさいね、デリア。神殿長はギーベのお招きを受けて、今はご不在なのです」

「預かり物の小聖杯を貴族街へ運ぶのは冬の終わりですから、とっくに終わっているでしょう？祈念式も終わったこの時期に神殿長が街から出なければならないご用があったかしら？」

デリアが神殿長室で側仕え見習いをしていた頃の予定を思い出しながら首を傾げると、イェニーは「わたくしもよく存じませんが、南のギーベのお招きだそうよ」と頰に手を当てる。どうやら土地持ちの貴族が神殿長に何か用があるらしい。

「ですから、神殿長への報告はわたくしが伺いますね」

デリアはマインの下町関係者にお祝い事があったことと、それにお肉を包んでいたことを報告する。イェニーはそれを木札に書き留めた。

全てを書き終えたイェニーはデリアを見つめながら、優しい笑みを浮かべる。

「デリア、貴女の動きや所作がとても綺麗になったわ」

マインやロジーナもデリアの向上心を褒めてくれるが、神殿長の寵愛を受けているイェニーからの褒め言葉は目的に近付いているのがわかって、いつもよりずっと嬉しく感じられた。

「今はロジーナを真似ているのです。あたし、神殿長の愛人を目指しているんですもの」

「そう、それはとてもいいわね。今、ロジーナはどうしているのかしら？　懐かしいわ」

デリアはイェニーに尋ねられ、マインの側仕えとして過ごすロジーナの近況や孤児院のヴィルマについて知っていることを話す。イェニーはとてもにこやかな笑顔で聞いてくれた。

「よく自分を磨くといいわ、デリア。きっと近いうちに貴族のお客様がいらっしゃるから」

「神殿長はその時にあたしも同席させてくださるかしら？……でも、無理だわ。フランは行かせてくれないに決まってますもの」

薄い水色の瞳を輝かせた直後に、自分の立場に落ち込んだデリアを見つめながら、イェニーはニコリと微笑んだ。

「そのお貴族様は子供がお好きなのですって。だから、きっと大丈夫でしょう。デリアのことは神殿長が呼んでくださるわ」

その貴族に気に入られれば、神殿長の愛人ではなく、貴族の愛人になれるかもしれない。もしかしたら神殿から出られるかもしれない。そんな可能性に気付き、デリアは胸をわくわくさせながら神殿長室を出る。自分の未来が大きく開かれている気がして浮かれていたデリアは、イェニーの小さな呟きを聞き逃した。

「身食いの子供をお探しだそうよ」

神殿の昼食時間

四の鐘が鳴ると昼食だ。フェルディナンド様の手伝いをしている巫女見習いを一度孤児院長室まで送り、「私が戻るまで部屋から出ないように」と言い置いた後、私は再びフェルディナンド様の執務室へ向かう。私の昼食はフェルディナンド様が準備してくださっているからだ。

神殿に通うようになった当初はフェルディナンド様と共に昼食を摂《と》るということに非常に緊張し、味さえよくわからない状態だった。だが、季節一つ分の時を経た今ではさすがに多少慣れてきて、献立《こんだて》を楽しみにする余裕も出てきた。

……下級貴族の我が家では客をもてなす時にしか出てこないような食事が普通に出てくるからな。

「失礼いたします、フェルディナンド様」

灰色神官の側仕えに通してもらえば、昼食の準備が始まっている中でもフェルディナンド様はまだ執務を続けている。入室すると少しだけ顔を上げて、ちらりと私を見るがそれだけだ。最初は「邪魔をしてしまったか」と腰が引けていたが、いつものことなので慣れてきた。昼食の準備をしている灰色神官達の邪魔にならないように、私はフェルディナンド様の執務机へ向かう。

「ダームエル、その木札は何だ?」

「巫女見習いからの質問状です。お時間のある時に回答が欲しいそうです」

私が手にしていた木札を受け取って目を通し、フェルディナンド様は少しばかり呆れた顔で「ずいぶんと古い聖典を読み始めたのだな」と呟いた。そして、カリカリとすぐに回答を書き始める。

巫女見習いからの質問は、読んでいる本の中に出てくる知らない言葉や言い回しについて書かれている。巫女見習いが先日から読み始めた本は、貴族院を卒業した私でも読めないような古い言葉で書かれた聖典の写しだ。どう考えても、洗礼式を終えたばかりの子供が読みたがるような本ではない。しかし、巫女見習いは楽しそうにページを捲《めく》っては、普通の言葉で書かれた写本と見比べながら暗号を解くようにして読んでいる。

「今の言葉で書かれた聖典と比較するのも楽しいし、未だに読んだことがない文字があるだけで幸せだと言っていました」

「あれは本さえあれば、基本的に機嫌が良い」

「存じています。神殿に来た私が一番驚いたのは巫女見習いの本に対する執着ですから」

私が護衛に付くことで、やっと自室から出る許可を得た巫女見習いが一番に行こうとしたのは、暖炉もない極寒の図書室だった。すぐに体調を崩す虚弱な巫女見習いが、普通の人間でも長時間いるのを嫌がるような寒い図書室で読書をしようとうきうきしていたのだ。

フランと私がフェルディナンド様に願い出て、図書室の本を孤児院長室へ持ち込むことを許可していただいたため、今は暖炉の前で読んでいる。だが、あの巫女見習いは本気で極寒の図書室で読書をするつもりだったし、私はそれに付き合わされるはずだったのである。危ないところであった。

「体調を崩した時は寝台まで本を持ち込んでいるそうですよ。熱を出して寝込んでいるのに、本、本、と泣きながら訴えられて、最終的にフランが根負けしたと聞いています」

「あの馬鹿者は……」

私の話を聞きながら、フェルディナンド様は貴族院で習うわけでもない古い言葉に関する回答を何の迷いもなく書いていく。兄から聞いていた優秀さを目の当たりにして感嘆しつつ、私はその手元をじっと見つめた。ちなみに、私は巫女見習いに質問されても答えられなかったので、この機会に少しでも古い言葉を覚えたいと思っている。

……平民の巫女見習いが知っていて、下級とはいえ、貴族である私が知らないのは恥ずかしいではないか。

失態に対する罰で神殿に来ているのに、貴族院に在学していた時より高度な勉強をしているようで何だか不思議な気分だ。

「神官長、ダームエル様。食事の準備が整いました」

灰色神官の声に執務机から移動した。そこに並んでいるのは美しく盛り付けられた前菜の数々である。食事に関しては騎士寮より、実家より、神殿の方がよほど豪華だ。ぐるる、とお腹が鳴りそうになるのを気合いで押さえ込んで席に着く。私にとっては雲の上の存在であったフェルディナンド様の前でお腹を鳴らすのは少し恥ずかしい。

今日のメインは鳥をよく煮込んだターシュニッツのようだ。よく煮込まれているのが一目でわかり、口に入れれば舌の上でとろけるような柔らかさになっているだろう。

「昨日はどうであった？」

フェルディナンド様の側仕えに給仕してもらって昼食を摂りながら、昨日の午後から今までの巫女見習いの行動をフェルディナンド様に報告するのが日課になっている。巫女見習いの側仕えであるフランからも報告はされているようだが、フェルディナンド様は複数の視点から情報を集めたいそうだ。ちなみに、この報告は私にとって貴重な話題である。重い沈黙の中、フェルディナンド様の向かい側で食べるのは気詰まりなのだ。

「昨日の午後はギルベルタ商会の者とトゥーリが面会に来ていました。祈念式で不在の間、どのように工房を動かすのか、ギルベルタ商会と話し合いをしていましたよ」

話をしながら、柔らかく湯がかれた白くて細長いヴァルゲールをナイフで一口大の大きさに切り、クリームソースをたっぷりと付けて口に運ぶ。バターの風味を含んだ滑らかなクリームが口の中に広がり、柔らかなヴァルゲールが口の中で溶けていくようだ。

……あぁ、ヴァルゲールのクリームソースがけがあると、春が来たことを実感するな。

春の味覚は嬉しいけれど、孤児院でしか食べられないパルゥケーキの季節が終わったのは残念に思う。貴族街で食べられることがない平民のお菓子だが、何とも言えない優しい甘さが実においしかった。「来年のお楽しみです」と巫女見習いは言っていたが、私が来年の冬には神殿の護衛任務を終えていることに気付いていないに違いない。

……さすがに私が平民に交じってパルゥを採りに行くわけにはいかない。残念だ。

パルゥケーキの味を思い出していると、フェルディナンド様が「そういえば」と口を開く。

「トゥーリの名前をよく聞くが、彼女は孤児院長室で何をしているのだ？　ギルベルタ商会と違って、特にすることはないであろう？」

報告の中でトゥーリの名前が挙がっても、彼女は基本的にギルベルタ商会の者と一緒に来るし、すぐに孤児院へ行ってしまう。巫女見習いと重要なことを話しているのはギルベルタ商会の者なので、トゥーリに関してはあまり話をしていないことに思い至った。

トゥーリは巫女見習いの姉だそうだが、本当に普通の平民だ。仲は良いが、一緒に並んでいても姉妹には見えない。所作も言葉遣いも全く違う。同じ環境で育ったとは思えない。

「トゥーリは孤児院で文字や計算の勉強をし、代わりに、裁縫や料理について孤児達に教えています。春になり、仕事が再開したことで来訪は一日おきになっていますが、定期的に家族が訪れることで巫女見習いはずいぶんと安定したように思えます」

「それは何よりだな」

吹雪がひどくて家族が全く訪れない時期は巫女見習いが精神的に不安定になり、親鳥について歩く雛《ひな》鳥のようにずっとフェルディナンド様の後ろを歩いていた。その状態がひどくなると、フェルディナンド様はご自身の工房へ巫女見習いを入れることになる。ものすごく嫌そうな顔で工房を貸していたので、巫女見習いが安定したことが喜ばしいのだろう。

……普通は隠し部屋に他人を入れることなどないからな。

フェルディナンド様の工房は隠し部屋でもある。隠し部屋は貴族にとって自分の心を落ち着けるために使う最も個人的な場所である。幼い頃は親も入れるように一緒に魔力登録をするが、洗礼式を終える頃には本人しか開け閉めできないように魔力登録をし直すほどに個人的な空間だ。フェルディナンド様がそのような場所に、完全に他人である巫女見習いを入れることに驚いたものだ。フェルけれど、貴族と違って隠し部屋を作れない巫女見習いが感情を発露《はつろ》させる場所としてご自身の工房を使用させていると説明されて納得した。いずれ貴族の養女となる巫女見習いが外で感情を見せないようにするための練習でもあるそうだ。

「ダームエル、其方は季節一つ分、マインを見てきたわけだが、あれがカルステッドの養女になることについてどう思う？」

そう問われて、私は一口大に切り分けていたターシュニッツからナイフを外し、ゆっくりと冬の間に見た巫女見習いの言動を思い出す。

「……家族やギルベルタ商会の者と楽しそうに過ごした後、寂しげに見送っている姿を見ていると、幼い巫女見習いを家族と引き離すのは可哀想に思えます。ですが、癒しの儀式で目にした強大な魔力、利益を上げている工房経営の手腕、その経済力、加えて、驚くほどの虚弱さを考えれば、あの巫女見習いは平民としてのうのうとは生きていけないとも思います」

フェルディナンド様は「やはりそう思うか」と呟きながら、フォークを口に運ぶ。

「孤児院や工房の運営に関わっているところを間近で見れば、巫女見習いの異質さがよくわかります。貴族と平民という違いだけではなく、一人だけ飛び抜けておかしいのです」

貴族と平民は魔力によってはっきりと分けられている。だから、両者が違うのは当然だ。けれど、巫女見習いは貴族とも平民とも違う。魔力の有無というだけではない。考え方や言動の一つ一つが変わっている。それは彼女の家族やギルベルタ商会の平民達と比べてみれば明確だ。

「驚いたことに、巫女見習いは孤児院の工房を自分の趣味のために運営していると言いました。貧しい平民が生活のためではなく、趣味で工房を作るというのがあり得ません。そのうえで、あれだけの利益を出しているのです。正直なところ、この目で見ても信じられません」

孤児院長室で巫女見習いの警護をしていれば、フランやギルと一緒に工房の利益計算をするところが目に入ったり、ギルベルタ商会の者との会話が耳に入ったりすることは多い。洗礼式を終えて一年と経っていないはずの巫女見習いの収入は、下級貴族の私よりよほど多いのだ。

「色々な意味で突出している巫女見習いが少しでも平穏に生きていこうと思えば、カルステッド様の庇護を受けるのが一番でしょう」

領主とも血縁関係がある騎士団長の庇護など、受けたくても受けられるものではない。悪質で横暴なシキコーザのような中級貴族に取り込まれるよりはよほど幸せになれると思う。そして、巫女見習いがカルステッド様の養女となり、上級貴族として上に立ってくれて、貴族社会で巫女見習いの引き立てを受けられれば失態を犯した私でも少しは生きやすくなるかもしれない。私が神殿で巫女見習いに心を砕くのは、自分の将来を見据えた打算も確かにあるのだ。

「……そこまでマインを擁護《ようご》する言葉が出てくるとは、其方はずいぶんと神殿やマインに馴染んできたようだな。神殿に来るようになった当初に比べると、少し顔つきが変わった」

フェルディナンド様の指摘に、私はターシュニッツを食べながら苦い笑みを浮かべた。口の中でほろほろと解けるように崩れていく肉の食感は、自分の立場がどんどんと崩れていった秋の終わりを思い出させる。私の立場を大きく変えることになったのはトロンベ討伐だ。

「あの日は、成人していなければ参加できない初めてのトロンベ討伐に高揚《こうよう》していました。下級騎士とはいえ、少しでも活躍したいと黒の武器を得るための長い祈りも覚えたのです」

「黒の武器の使用が許される初めての討伐は、毎年、新人が張り切っているからな」

騎士として討伐に参加するフェルディナンド様にも、初めての討伐に興奮することがあったようで、浮き立っていた気持ちに共感してくださった。それが何となく嬉しく思える。

「カルステッド様が護衛を選ぶ時に、見習いから騎士になったばかりでトロンベ討伐の経験もなく、下級騎士で魔力が低かった私が護衛に回されたのは仕方がありません。けれど、一緒に護衛を任されたのがシキコーザでなければ、と今でも思っています」

シキコーザは中級貴族だが、政変を機に貴族に戻ってきた神殿上がりの貴族だ。神殿上がりは魔力が低いため、周囲には軽んじられている。その分、身分が下の下級貴族には非常に居丈高《いたけだか》になるのだ。どれだけ悔しくても、腹立たしくても、下級貴族の自分では逆らいようがない。

「シキコーザが身分を盾に巫女見習いを傷つけ、私も同罪として降格処分を受けました。命は助かりましたが、本当に散々でしたよ。巫女見習いの衣装を弁償するために支払う罰金のために兄に借金し、処分を受けて見習いに落とされたことが原因で他領の婚約者には婚約解消をされました。そして、勤める先は魔力のない者が向かう神殿で、新しい主は平民の巫女見習いです。あまりのひどさに騎士仲間からは、からかうこともできない、と言われたほどです」

本当にあっという間に、貴族としての立場は崩れていった。シキコーザに巻き込まれて散々だったな、と周囲は慰めてくれたが、それで今の立場が向上するわけではない。一年間の神殿通いを終えても、私には「失態を犯して神殿に左遷《させん》された騎士」という消えない汚名が残るのだ。

私が自分の転落人生を少しでも面白おかしく聞こえるように語っていると、フェルディナンド様は少し考えるようにカトラリーを置き、私を真顔で見た。

「確かに災難だと思う。だが、シキコーザに巻き込まれて処分されたというのは正しくない。其方には其方の罪がある。その自覚が薄いようだな」

……私の罪？

私は自分が巻き込まれただけだと思っていた。騎士仲間達も「運が悪かった」「災難だったな」とは言ったけれど、私が悪いとは言わなかったと思う。

「中級騎士であるシキコーザの横暴に、下級騎士の私はどうすればよかったのでしょう？」

身分が上の者が言うことには服従するしかない下級貴族に何ができたのだろうか。拗《す》ねた心から出た私の言葉にフェルディナンド様は軽く片方の眉を上げた。

「ダームエル、其方はシキコーザを止められないと思った時、即座にロートを上げるべきだった」

ロートはシュタープを使って上げる救援を求める赤い光だ。トロンベ討伐をしている騎士達を呼びつけたとしても巫女見習いを守るべきだった、とフェルディナンド様は言う。けれど、私は平民の巫女見習いの護衛と巨大で凶暴なトロンベの討伐ならば、トロンベ討伐を優先させるものだと思っていた。

「……ロートを使うなど、考えたことがありませんでした」

「護衛対象が上級貴族や他領の姫であれば、おそらくロートを使ったはずだ。違うか？」

確かに、この護衛対象が上級貴族の姫ならば、きっとシキコーザの暴走を体を張って止めたであろうし、まずいと思った時点でロートを使ったはずだ。私の中にもシキコーザと同じように平民だから、と巫女見習いを見下していた部分があったことを指摘されて、背筋が寒くなる。

「護衛対象は常に自分より上の者だと考えて接するように。それから、自分の手に負えない事態になった時はまずロートを上げて知らせよ。中級貴族の横暴に引き下がる前に、更に身分が上の者に助力を乞え。その程度のこともせずにおめおめと引き下がって、任務を遂行できずに、我が身の不幸を嘆いていることが其方の罪だ」

表情は厳しいのに「馬鹿者」と言う声が思いのほか優しい。救援信号を上げれば助けに行く、と明言されたのだ。これまで上級貴族に助けられたことがない私は目を見張った。

「……三日後に出発する祈念式が其方にとって大仕事になるであろう。いくつか不穏な噂もある。任務遂行に妙な自尊心や卑屈《ひくつ》な言動など何の役にも立たぬと心得よ」

「はっ！　今度こそ、巫女見習いを守ります」


昼食を終えた私は、孤児院長室に戻ろうとしたところをフェルディナンド様に呼び止められた。

「そういえば、其方、兄に借金をしたと聞いたが、大丈夫なのか？」

「……全く大丈夫ではありません」

見習いの身分に落とされたため、当然のことながら給料も見習いと同額に減らされている。これまでの貯蓄は婚約した時の結納金《ゆいのう》に使ってしまった。少しでも返却してもらえるように申し出ているが、こちらの失態による解消なので戻ってくるかどうかわからない、と兄に言われていて、借金返済の目途は全く立っていない。

「正直なところ、貴族院時代と違って写本や講義の参考書を作成して小金を稼ぐこともできませんから、あの頃より大変です」

「写本や参考書？……何故騎士である其方が文官のような稼ぎ方をしていたのだ？」

文官のような稼ぎ方、というフェルディナンド様の言葉に私は少しだけ視線を落とす。騎士は魔物を倒して、魔石や素材を得て、それを売ることで収入を得ることが多い。だが、魔力の豊富な上級騎士と違って下級騎士は魔力が低いため、強い魔獣がなかなか倒せないのだ。つまり、品質の良い素材を得ることも難しくて、大したお金にはならない。

「私には素材採集より騎士コースの参考書を作成して売る方がよほど効率的だったのです」

「ほぅ……。効率的に稼げるような参考書の作成ができるのであれば、ある程度文官仕事もできるのではないか？」

フェルディナンド様の言葉に私は軽く頷いた。実家に戻った時には兄の仕事を手伝って多少のお金を融通してもらうこともあるし、元々私は文官仕事が苦ではない。兄と進路について話し合った結果、情報収集の観点から文官の兄とは違う騎士を選んだのである。私の言葉にフェルディナンド様は薄い金色の目を少し見張った後、にんまりと笑った。

「ダームエル、祈念式から戻った後、其方もマインと共に文官仕事に勤《いそ》しむというのはどうだ？仕事分の給金は払うぞ」

……うっ！

給金という響きに心がぐらりと揺れたが、ここで簡単に受け入れるわけにはいかない。どんな罠かもわからないし、今の私は文官ではなく、騎士なのだ。

「フェルディナンド様、そのお言葉はありがたいのですが、私は文官ではありません」

「できる仕事をして効率よく稼ぐことは大事だと思わぬか？」

「それはそうですが、私は巫女見習いの護衛です。処分を受けている身で、そのような……」

騎士としての自尊心と現実の生活の間でゆらゆらと揺れ動いているのがわかる。喉から手が出るほど、お金は欲しい。本当に切実な状況なのだ。そんな思いが顔に出ているのか、フェルディナンド様は愉しげに目を細める。

「もちろん其方が文官仕事をするのは、マインが私の部屋にいる時だけだ。ここにいる間は、何かあっても私が自分で守る方が確実だからな」

ぼそっと付け加えられた「其方より私の方が強い」という言葉に反論もできず、ぐっと言葉に詰まった。私の言葉を封じたフェルディナンド様は木札にカリカリと数字を書き始める。

「私の仕事が忙しいのは知っているであろう？　使い勝手の良い手伝いはいくらいても良い。……ふむ。三の鐘から四の鐘までの手伝いで、この金額はどうだ？　能力によっては上乗せも可能だ」

提示された金額で一月《ひとつき》きっちりと働けば、一人前の下級騎士の給料とほぼ同額になる。神殿での護衛に長時間拘束される今の自分ではどう考えても捻り出せない金額だ。見習いの給料では本当に厳しい。護衛をしながら副業ができるならば、それに越したことはない。ゴクリと喉が鳴った。

「……や、やらせていただきます」

騎士としての自尊心よりも現実の生活を選んだ私を嘲笑《あざわら》うでもなく、フェルディナンド様は真面目な顔で口を開く。

「しっかり励め。借金を急いで返さねば、貴族社会に戻ったところで新しい恋人もできぬであろう？」

現実を突きつけられて落ち込みそうだが、フェルディナンド様が気を遣ってくださっていることは何となくわかる。だが、言いたい。新しい恋人ができるかどうかはお金だけの問題ではないのだ。

……神殿に出入りした男に新しい恋人など簡単にできるはずがないでしょう！

フェルディナンド様のお心遣いが痛かった。

グーテンベルクの称号

「準備はできたか、グーテンベルク？」

「親方、その称号で呼ばないでくれ！」

「そろそろ行かねぇと三の鐘が鳴るぞ。ほら、来い。グーテンベルク」

オレの抵抗を鼻で笑った親方が荷物の入った袋を持って扉を大きく開ける。「早く来い」と言われて、オレは金属活字が詰まった重い箱を抱えて扉に向かいながら口をへの字にした。今日はこれから親方と一緒に鍛冶協会へダプラの課題を提出に行くのだ。工房の仲間達がオレ達を見送るように顔を上げて、ニヤッと笑う。

「グーテンベルク、おどおどしていないでしっかり宣伝してこいよ」

「オレはヨハンだ！　グーテンベルクって呼ぶなよ！」

「ハハハ……。パトロンからせっかくすげぇ称号をもらったんだから、鍛冶協会でも自慢しておけ」

……くっ。皆、面白がってやがる！

親方が呼ぶせいで、工房の仲間達までオレを「グーテンベルク」と呼ぶようになった。元はと言えば、オレの唯一のパトロンであるマイン様のせいである。オレは金属活字の入った重い箱を運びながら、称号を与えられた日のことを思い出す。


それはオレがダプラとして認められるための課題の評価をギルベルタ商会で受けている日のことだった。注文に対する質問が細かすぎて、パトロンになってくれる客がいなくて、やっと見つけたオレのパトロンはマイン様。とても洗礼式を終えているようには見えないくらい幼くて小さいマイン様だが、見た目に反して言動は幼い子供のものではない。注文時の質問に対する答えや渡される設計図、必要な物に対するお金のかけ方は、とても子供のものとは思えないのだ。

そして、オレに出された課題は金属活字だ。全ての文字について細かく定められていた設計図通りに作らなければならず、やりがいはあったが、非常に大変だった。

……マイン様からは高い評価がもらえるだろうか。

箱を覆っていた布を外して金属活字を見せ、オレは唯一のパトロンから一体どんな評価を得られるのか、戦々恐々として待つ。

「わぁ……」

マイン様は感極まったように金色の瞳を揺らし、うっとりとした表情で金属活字を見つめた。日に当たることがないような真っ白な肌をしているのに、頬だけが上気して色付く。胸元を押さえて軽く息を吐く仕草は、まるで恋する乙女のようで、幼い子供とは思えない色気を感じさせるほどだ。おずおずと一本の金属活字を手に取ったマイン様は大事な宝物を見るように、小さな手の中で金属活字を転がした。

……この分なら満足してもらえるか。

安堵の息をこっそりと吐いた瞬間、うっとりと潤んでいたマイン様の目がすっと冷静で厳しいものに変わった。もう一つの金属活字を箱から取り出して、テーブルの上に並べたかと思うと、水平になる位置に顔を動かす。そして、目を細めて活字の太さや高さの違いを検分し始めたのだ。

……だ、大丈夫だよな？

どんな評価になるのか不安になってきたオレに下された評価がこれだ。

「素晴らしいです！　まさにグーテンベルク！　わたくし、ヨハンにグーテンベルクの称号を捧げます！」

……ぐーてんべるくのしょうごう、って何だ？

意味がわからなくてオレは馬鹿みたいに口を開けたままでマイン様を見ていた。それまでにあった富豪のお嬢様らしい楚々《そそ》として儚《はかな》げな雰囲気は一瞬で消し飛んだと断言できる。

ルッツが何とか落ち着かせようと動いたが、マイン様の興奮は止まらなかった。ルッツを振り切るようにしてガタッと立ち上がると、マイン様は頬を上気させて早口でまくしたてる。

「だって、印刷時代の幕開けだよ⁉　まさに歴史が変わる瞬間に立ち会ってるんだよ⁉　グーテンベルクだよ⁉　グーテンベルクの名前もヨハネスで、ヨハンなんだよ。何て素敵な偶然！　奇跡的な出会い！　神に祈りを！」

……もう最初から最後までマイン様が何を言っているのか理解できねぇよ。

バッと両手を上げて左足を上げる奇妙なポーズは成人式の時に神殿でオレもやらされたものだが、普段の生活で神に祈りを捧げながらこんなポーズを取るヤツは初めて見た。皆が唖然《あぜん》としているが、マイン様の暴走は止まらない。

「グーテンベルクは本の歴史を一変させるという、神にも等しい業績を残した偉人です。ヨハンはこの街のグーテンベルク！」

あまりにも重い称号を与えられて呆然としているうちに、マイン様は「皆グーテンベルク仲間で

すよ」とベンノさんやルッツもグーテンベルクに認定して、どんどんと仲間を増やしていく。

……そんなことはどうでもいいから、この収拾《しゅうしゅう》のつかない空気を何とかしてほしい。

オレがマイン様の後ろに立つ偉そうな従者に視線を向けるのと、マイン様が「英知の女神　メスティオノーラに感謝を！」とまた神に祈るのはほぼ同時だった。

次の瞬間、マイン様は祈りを捧げながら幸せな笑みを浮かべたままでバタッと倒れた。そのままピクリとも動かず、部屋の中にシンとした沈黙が広がる。

「……うわっ⁉　マイン様⁉」

「おいっ⁉　嬢ちゃん」

「な、何事かっ⁉」

ぎょっとして思わず立ち上がったのは、オレと親方と護衛従者の三人だけだった。慌てて跪き、マイン様の様子を見る護衛従者に、おろおろするオレと親方以外の面子が揃って溜息を吐く。

「とうとう倒れたか。これで静かになったな」

椅子に座ったままで全く動じていないように見えるベンノさんを始め、マイン様を落ち着かせようとしていたルッツも、マイン様の従者も全く動じていないようだった。

「フラン、マインはあの長椅子に寝かせておけばいい。どうせ帰りも馬車だから」

「恐れ入ります。ダームエル様、失礼いたします」

フランと呼ばれた従者はくたりとしたマイン様を抱き上げて、何故か暖炉の近くに置かれていた長椅子に運んでいく。そっと寝かせ、ぶ厚くて温かそうな外套《がいとう》を上からかけた。

こうなると予測済みだったような手際の良さにオレが目を瞬いていると、ベンノさんはトントンと指先でテーブルを軽く叩いた。

「評価を始めるか。マインは意識を失ったので、代わりに俺が保証人として評価を下す。いいか？」

「え？……マイン様はあのままでいいのですか？」

さすがにいきなり意識を失った幼い子供をこのまま放置して、呑気《のんき》に課題の評価などしていてよいのか、とオレはマイン様の眠る長椅子に視線を向ける。

「どうなんだ、ルッツ？」

「多分、日が暮れる頃には目を覚ますと思います。興奮しすぎで熱は出すだろうけど、本人が落ち着けなかったんだから、仕方ないですよ」

肩を竦めて、仕方ない、と言い切るあたり、ルッツはマイン様の相手をすることに相当慣れている。

「今回は何日くらいでしょう？」

「……興奮具合がどのくらい続くかで、変わるな。読めねぇ」

フランとルッツの話しぶりから、マイン様が倒れるのは珍しいことではないとわかった。わかったけれど、心臓に悪い。こっちの心臓が止まるかと思った。

「とりあえず、パトロンは失神《しっしん》するほど喜んだってことで、評価すればいいだろう」

「まぁ、興奮ぶりは明らかだったからな。保証人のベンノの代筆で問題はないな。……これを一体何に使うのか、聞きたかったんだがな」

親方が金属活字を見ながらそう言うと、マイン様の従者の少年がハッとしたように顔を上げて、手に持っていた荷物をさっと取り出した。

「オレが実演する。マイン様に言われて、準備していたんだ」

「ギル、何をするんだ？」

「インクを塗って印刷に決まってるだろ。へっへー」

どこかうきうきとした様子でギルは荷物の中から、手慣れた様子で道具を取り出した。ローラー、紙、インク、見たことがない円い物などがテーブルに並べられていった。マイン様に注文されて、以前オレが作ったローラーが真っ黒になっている。ギルはそのローラーにインクをつけていく。

「マイン様が言うには、この金属活字を並べて、まず文章にするんだってさ。それができたら、こうやってインクを塗る」

止める間もなく、ギルが金属活字の上にローラーを走らせた。銀色に光っていた金属活字に黒いインクがべったりとつく。

「うわぁっ！」

パトロンであるマイン様の許可もないままに汚された金属活字を見て、思わず叫んだ。しかし、何てことを、と息を呑むオレには目もくれず、ギルはその上にそっと紙を載せた。

「本当は圧搾機みたいな機械で、ぎゅっと押して、インクをつけるらしいんだけど、今回はどんなふうに金属活字を使うか見せるだけだから、この馬連ってヤツで上から擦るな」

得意そうにそう説明しながら、ギルは円い平べったいもので、紙の上からシュシュッと力を入れて、擦っていく。真っ青になっているのはオレ一人で、他の皆は興味深そうにギルの手元を覗き込んでいた。

「こうやってインクをつけたら、剥がして、乾燥させるんだ」

ギルの手でペロンと剥がされた紙には、くっきりと黒のインクで字がずらりと並んでいた。ギルは同じ手順で、もう一枚の全く同じ字が並んだ紙を作る。そして、へへっ、と笑いながら、ギルは左右の手に紙を持って、ぴろんと広げた。

……だから、何だよ？　これで結局何になるんだよ？　紙の無駄遣いだよ。もったいねぇ。

紙を見てそう思ったのはオレだけだったようだ。ベンノさんも親方も護衛従者も一瞬で顔色を変えて、厳しい表情になった。特に、マイン様のダームエルという護衛従者がギルの手から紙を取って、険しい目で二つを見比べる。

「これだけの短時間で一ページが仕上がるのか。考えられないな」

そして、親方はインクがついていない方の金属活字をいくつか取り出して、手のひらで並べ替えて、唸り声を上げた。

「……金属活字は一文字ずつだから、文章を組むのは容易ってことか」

「一字ずつ版紙を切っていくより、ずっと速くなるって言っていました」

ルッツの言葉に全員が更に眉根を寄せる。

「これは、本当にマインの言う通り、歴史が変わるぞ」

印刷という技術自体は知っていたが、ここまで簡単に文字が組めるようになるとは思わなかった、とベンノさんが軽く息を吐いて頭を振った。

「何て物を作りだすんだ、あの阿呆……」

ベンノさんの言葉は全員の心情を表したものだったのか、長椅子の上で意識を失ったままのマイン様へ一斉に視線が注がれる。皆はわかっているようだが、オレには何がどうなっているのか、さっぱりわからない。ただ、マイン様をパトロンとしたことで、自分ではどうしようもない流れへと押し流されていくような気がした。

「これから印刷機を作るとマインが言っていたから、まだしばらくは動かんだろう」

少しばかり楽観的な声でそう言ったベンノさんの言葉に、親方は難しい顔で首を振った。

「木工工房に注文すると言っていたから、どういうのを作るかの構想はあるはずだ。ヨハンに持ってくるような詳細な設計図が引けるなら、印刷機ができるのはそれほど先のことじゃねぇぞ」

マイン様の持ち込む設計図はとても細かい。オレの細かさに対応しているのか、どんどん細かくなっているくらいだ。あれだけきっちりとした設計図を準備されれば、すぐに作れるだろう。

「いや、印刷機が動くようになっても、すぐに影響が大きくなることはない。植物紙の工房もまだこの街にしかないし、インクも植物紙専用のインクを工房で作ってもらう契約をやっと結んだばかりだからな。材料が圧倒的に足りん。……まぁ、隣町の工房も春から動き始める以上は時間の問題だがな」

ベンノさんはそう言ってガシガシと頭を掻いた。そして、ギラリとした目でオレを見据える。穏やかだった今までとは違う、凶暴な雰囲気にオレは、ひぃっ、と息を呑んだ。

「ヨハン、お前はグーテンベルクだ。直々に称号を与えられたんだ。マインから逃げられると思うなよ」

ベンノさんに凄まれて、オレは何も考えられずに、ただ何度も首を振って頷いた。怖い。何でも作るから許してほしい。そんなオレの心境が伝わったのか、ベンノさんは満足そうに頷いた。

「それなら、よし」


……他にパトロンがいないから逃げようがないけどさ。

ギルベルタ商会であったことを思い出して唇を尖らせていると、「評価が出たらギルベルタ商会へ報告に行くからな」と親方に言われる。一瞬、自分が考えていたことを読まれたような気がしてビクッとしつつ、オレは鍛冶協会へ足を踏み入れた。

鍛冶協会は街の中央にある。中央というのは中央広場を中心に大通りで四角にぐるっと囲まれた部分で、商業ギルドや職人協会などがたくさんあるところだ。中央の南西部に鍛冶協会を始めとした建築協会や木工協会などの職人協会があり、裁縫協会や染色協会は北西部に、南東部には飲食協会や宿泊協会があって、北東部は商業ギルドや兵士の会議室などがある。

春になった今、たくさんの協会がある中央は人の出入りが激しい。鍛冶協会へ足を踏み入れると、冬の手仕事で作られた物が掻き集められていたり、売るために持っていく人がいたり、オレと同じように課題を持ってきた者がいたりと雑多な雰囲気だった。

「よぉ、ヨハン。パトロンが見つかったんだって？　よかったな」

オレが必死になってパトロンを探していたことは鍛冶協会では有名なのだ。心配してくれていたらしい受付の男に、オレは金属活字の入った箱を少し上げて見せた。

「あぁ。課題も評価ももらえた。これで一安心だ」

パトロンを見つけて、課題を達成して、評価を得たので、ダプラ契約を取り消されることは回避できた。この後、成人したダプラ達が提出した課題が鍛冶協会で評価されるのだが、オレにとっては契約の取り消しがなくなっただけで十分である。

「それで十分って……。技術はあるのに、ヨハンは無欲だよな」

よく言われるのだが、別に無欲なわけではない。鍛冶協会の評価が高くても低くてもパトロンの数が増えるわけではないからどうでもいいだけだ。工房や協会の評価が高くても、客の評価が低ければどうにもならないことをオレはよく知っている。

受付を終えて、オレは親方と一緒に二階に上がった。そこには成人したばかりのダプラが集められていて、自分の親方と一緒に課題の品を抱えている。

「へぇ。あんなにパトロンがいないって騒いでいたのに、課題、もらえたんだな」

そう声をかけてきたのは、短い朱色の髪に挑戦的な灰色の瞳をしている少年だった。ここにいるということは同い年、もしくは一つ上か下だろう。パトロンが見つかるのが早かったり、課題を仕上げるのが遅かったりすることで、多少前後することはあるので、年ははっきりとわからない。

……誰だ？

親方や仲間達に言われて注文や素材の引き取りに外へ出ることがあっても、オレは基本的に工房に引きこもって仕事をしている。正直なところ、知り合いは少ない。そういう人間関係の薄さもパトロンを得るのに難航する理由の一つだ、と親方に怒られたことがあるくらいだ。

「何を作ってきたのか知らないが、俺は負けないからな」

顔も名前も知らない相手に突然そんなことを言われても困る。「お、おぅ」と返すのが精一杯だ。フンと鼻を鳴らして、肩で風を切るように彼は自分の親方のところへ戻っていく。

「何だったんだろう？」

「お前はヴェルデ工房のザックから敵対視されてるんだよ。誰がどんな評価をもらうか、ピリピリした雰囲気の中でぼさっとするな、この間抜け」

喧嘩を吹っ掛けられたら高く買え！　と鼻息荒く言っている親方の言葉で、あの少年がザックという名前だと知った。ヴェルデ工房といえば、街の中でも一番人が多くて人気のある鍛冶工房である。そこのダプラということは、きっとザックは腕の良い職人に違いない。

……そういえば、同じ年に優秀なヤツがいるって、親方がずいぶん前に言っていたような気がするな。

三の鐘が鳴り、課題の評価を下す鍛冶協会の人達が部屋に入ってきた。呼ばれる順番通りに品物を持っていって見せると、パトロンが今までどんな仕事を注文したのか、今回は何を注文されて、どれだけの評価を得たのか、尋ねられる。オレ達は親方が持ってきた注文書やパトロンの評価が書かれた木札を見せて、評価が正当であることを証明するのだ。

「発注数がずいぶんと多いな」

オレがマイン様から注文を受けるようになってからそれほどたっていないが、受けた注文は多い。普通はこんなに立て続けに一人のパトロンが注文をしないのだ。しかも、マイン様が注文するのは変わった物ばかりである。

「マイン様はヨハンの技術力の高さを買ってくださっているんだ。注文は非常に細かいぞ」

親方はそう言いながらマイン様が注文する時に持ってくる設計図を広げた。鍛冶協会の人間は全員が鍛冶職人だ。どれだけ細かい注文をされているのか、設計図を見ればわかる。

「だが、マイン工房長？　聞いたことがないな。どこの工房だ？」

注文書や評価の木札に書かれた名前を見た協会の人が訝しそうに眉をひそめた。そういえば、オレはパトロンであるマイン様の工房がどこにあるのかも知らない。

「え、えーと……」

しどろもどろになってしまうオレの肩をつかんで、親方が評価の木札を指差した。

「マイン工房長は未成年だから、ギルベルタ商会のベンノが保証人になっている。詳しくはギルベルタ商会か商業ギルドで問い合わせてくれ」

木札に書かれた名前に協会の人達は「ギルベルタ商会が保証人か」と感心したように呟いた。ギルベルタ商会はこの街でかなり大きな商会だ。歴史のある老舗とは言えないが、勢いがあって取引量は街でかなり上位になる。ギルベルタ商会が保証人となっていることで、マイン様は大口のパトロンと認識された。

「では、今回の課題を出してくれ」

パトロンに問題がないことを確認した協会の人達に促され、オレは木箱を包んでいた布を外して金属活字を見せた。

「これは一体何だ？」

……まぁ、そう思うよな。

ギルによって金属活字をどのように使うのか教えてもらった今でも、オレはこの金属活字の価値がよくわからない。一目でその価値がわかるような職人はいないだろう。

「金属活字といって、文字を彫った物だ。ヨハン、どんな注文を受けたのか、説明しろ」

「はい、親方。大事なのはほんの少しのずれもないことだと注文を受けました。こうして並べて全てが綺麗に並ぶように、高さに差がないように作っています」

オレはいくつかの金属活字を取り出して、並べたり、積み上げたりしながら、マイン様がしていたように顔を水平になるように動かす。協会の人達も同じように顔を動かし、金属活字を見つめた。

「ずいぶんと細かい注文だな」

「綺麗に揃わなければ、壊れやすいそうです」

何に使うのかわからなくても、その細かさはわかるようだ。協会の人達は感心したように「よくここまで細密に作ったな」と褒めてくれる。

「ギルベルタ商会の旦那によると、歴史が変わるほどの発明らしいぞ」

親方の言葉はベンノさんの受け売りだが、その言葉を聞いた協会の人達の反応は完全に二つに分かれた。「ハハッ、大袈裟な……」と笑う人と、「本当か？」と顔色を変える人だ。

「ヨハンはこれを作ったことでパトロンからグーテンベルクの称号を得た。歴史を一変させるような業績を残す偉人に与えられる称号だそうだ。ヨハンはギルベルタ商会の旦那と同じ、エーレンフェストのグーテンベルクだそうだ」

そこに集まっている者達に聞こえるように大声で言った親方のせいで周囲が騒ぐ中、オレは恥ずかしさのあまり頭を抱えてうずくまりたいのを必死に堪えていた。

「それで、結果はどうだったんだ？」

鍛冶協会で課題の評価をもらった後、オレと親方はギルベルタ商会へ足を運んだ。評価を終えた金属活字をマイン様に納品し、鍛冶協会でどのような結果が出たのか報告しなければならないからだ。評価を受けた時と同じように奥の部屋に通されると、ベンノさんに結果を問われた。

「ヨハンが一番評価された。当然だろ。あれだけ細かい注文を受けられる新成人など他にいない」

オレのパトロンは一人しかいないが、その注文数、値段は群を抜いていて、技術がなければ作製できない変わった物ばかりだ。そして、称号を得たことでかなり評価を上げた。親方を始め、工房内ではからかう色が強い称号だが、外に出てみればかなり栄誉なことだそうだ。

……どんなに栄誉でもオレはいらないけどな！

グーテンベルクの称号をもらったと周知されたことでオレが一番評価され、そのせいで次点だったザックにものすごい敵愾心《てきがいしん》を持たれてしまったのだ。「試験が始まるまでは、パトロンもつかず、かっていた。

評価も得ていなかったヨハンがいきなりこんな評価を得るのはおかしい」と協会の人達に食ってか

……あげられる物ならグーテンベルクの称号なんてザックにあげたい。

オレはパトロンが満足する物を作りたいと思っているし、そのための技術ならばいくらでも欲し

いが、称号なんて別に必要ないのだ。

「そんなに嫌そうな顔をするな、ヨハン。評価ってのは大事なんだぞ」

バンバンとオレの肩を叩きながらそう言った親方にマルクさんも頷いて同意する。

「親方の言うように、工房の経営を考えると外での評価は大事です。ヨハンはダプラなのですから、

工房の将来についても考えなければなりません」

自分の技術を伸ばすことばかりで、オレは工房の将来や鍛冶協会内での立場などを考えたことは

なかった。ダプラならば考えなければならないことらしい。

「まぁ、商売人と職人は違う。お前は良い物を真面目に作れ。それが工房の評価に繋がる。工房の

経営はできるヤツに任せるから心配するな。お前は腕を磨いて、マイン様みたいな自分と相性の良

いパトロンを見つければいいんだ」

「……親方」

人をからかうことには全力の親方だが、こういう頼もしいところもあるのだ。オレがジーンと感

動しながら、これから先もっと高度な技術を身につけようと決意していると、マルクさんが穏やか

に笑いながら半分に折られた数枚の紙を差し出してきた。

「では、ヨハン。更に腕を磨くためにこちらをどうぞ。マイン様からです」

首を傾げながら、オレは受け取ってカサリと紙を開く。それは詳細な設計図の載った注文書だった。

「はぁっ⁉」

そこには今まで作った文字ではなく、空白や記号の金属活字についてびっしりと設計図が書き込まれていた。まさか金属活字に続きがあると思っていなかったオレは、紙を震える手で握りしめる。

「何だ、これ？」

「ヨハンが注文通りの物を作ってくれたら追加注文するのだ、とマイン様は張り切っておられました。記号を作り終わった後は、大きさの違う金属活字を注文されるそうです」

頑張ってください、と激励されたが、全く嬉しくない。マルクさんの穏やかな笑顔が厄介なものを押し付けるような嫌な笑顔にしか見えない。

「お前、とんでもないパトロンを引き当てたな」

ポンと肩に置かれた親方の手がものすごく重い。オレが親方の方を振り向くと、親方の目は面白がるような光に満ちていた。

「がむしゃらに注文をこなせば間違いなく歴史に名を残すぞ、グーテンベルク」

「親方、頼むからその称号で呼ばないでくれよ！」

さっきの感動を返せ、と頭を抱えるオレを見てルッツが軽く肩を竦めた。

「マインに見込まれたのが運のつきだ。諦めろ、グーテンベルク」

「最初に称号を与えられたのはお前だ。ヨハン、お前がグーテンベルクだ」

真面目そうな顔でベンノさんがさらりと恐ろしいことを言う。ここで反論しなければ、ヤツらに逃げられる。大事な道連れ……いや、仲間を逃がしてたまるか。本能的にそう察して、オレは口を開いた。

「ルッツもベンノさんもグーテンベルク仲間だよな？　マイン様はそう言っていたじゃないか！」

チッと舌打ちされて睨まれたが、オレは一人でこんな称号を背負うつもりはさらさらない。

「だったら、年齢と地位を考えても、グーテンベルク代表はベンノさんだよな？」

「残念だったな。ヨハン、早い者負けだ」

「何だ、それ⁉」

結局、その場では誰がグーテンベルク代表なのか決着はつかなかった。

後日、マイン様にそれとなくグーテンベルク代表にベンノさんを推薦した結果、「大丈夫。皆グーテンベルク仲間だよ。優劣なんてないからね」という斜め上の回答をもらった。

……違う！　そんな回答は望んでなかったんだ。

英知の女神メスティオノーラの使者として印刷技術を発明し、大量の本を世の中に送り出すことに生涯を費やすことになるグーテンベルクという集団がエーレンフェストの街に誕生したのはこの時だった、と後世の歴史家は語った。

あとがき

お久しぶりですね、香月美夜です。

この度は『本好きの下剋上　～司書になるためには手段を選んでいられません～　第二部　神殿の巫女見習いⅢ』をお手に取っていただき、ありがとうございます。

ヨハン少年が覚悟を決めてマインをパトロンにしたことで、金属活字ができました。マインは印刷に向けて大きく足を踏み出すことができて大喜びです。グーテンベルク達はこれからどんどんとマインに振り回され、もとい、英知の女神メスティオノーラのお導きによって手を取り合い、協力して印刷へ向かって突き進んでいくことになります。

記憶を探られたことで家族を大事にしようと決意した矢先に、インク協会の不穏な動きによって早まった神殿での冬籠り。丁寧に心を配って仕えてくれても、決して甘えさせてはくれない側仕え達の中でマインは何とも言えない孤独感を覚えました。そして、家族と会える時間も少ないまま、どんどんと進められる貴族との養女の話にマインの心は更に家族へ傾いていくことになります。

この巻で初めてマインはエーレンフェストのあちらこちらへ赴くことになりました。第一部に掲載された街の地図と比べると、世界が大きく広がったことがわかるでしょう。この地図はかなり頑張って作成したので、皆様のイメージが広がる一助になれば幸いです。

それから、今回の短編はダームエルとヨハンのお話です。この二人の共通点は、これからマインに振り回されることになり、泣いても運命からは逃れられないというところでしょうか。（笑）罰として神殿に来ることになったダームエルと鍛冶協会でまでグーテンベルクの称号が広がってしまったヨハン、お楽しみいただけると嬉しいです。


さて、結構ギリギリになってから「地図を入れられませんか？」とお願いしたのですが、快諾してくださったＴＯブックス様、本当にありがとうございました。

そして、今回は祈念式の時に着ていた若草色の衣装を着たマインが表紙です。こうして表紙の衣装が次々と変わると、マインがずいぶんとお金持ちになったのがわかりますね。この巻で初登場のジルヴェスターですが、イラストがイメージのど真ん中を貫いていて、感動に打ち震えました。椎名優様、ありがとうございます。

最後に、この本をお手に取ってくださった皆様に最上級の感謝を捧げます。

続きの出版は初夏になる予定です。そちらでまたお会いいたしましょう。

二〇一六年二月　香月美夜

広がる
コミックス 第四部
貴族院の図書館を救いたい! Ⅶ
漫画:勝木光
好評発売中!
新刊、続々発売決定!
2023年12/15発売!
コミックス 第二部
本のためなら巫女になる! Ⅹ
漫画:鈴華

マインとして
ローゼマインとして
ドラマCD10
12/9発売!
詳しくは原作公式HPへ
tobooks.jp/booklove

大切な記憶へ
愛する者達へ
本好きの下剋上
司書になるためには手段を選んでいられません
第五部　女神の化身XII
香月美夜
miya kazuki
イラスト：椎名 優
you shiina
第五部ついに完結！
2023年冬

ほのぼのる500シリーズ

最弱テイマーはゴミ拾いの旅を始めました。

The Weakest Tamer Began a Journey to Pick Up Trash.

原作
10巻
イラスト：なま
2024年
1/15
発売!

※5巻書影

コミックス
6巻
漫画：蕗野冬
2024年
2/15
発売!

ジュニア文庫
5巻
イラスト：Tobi
2024年
1/15
発売!

スピンオフ
2巻
漫画：雨話
2024年
1/15
発売!

TOKYO MX・ABCテレビ・BS朝日にて
2024年1月よりTVアニメ放送開始!

※放送は都合により変更となる場合があります

詳しくは公式サイトへ

シリーズ累計
170万部
突破！
（紙＋電子）
小説
第15巻
2023年
12月20日
発売！
TOKYO MX・MBS・BS11にて
絶賛放送中!!!
帝国物語
餅月 望——著
Gilse——イラスト
式HPへ！
原作HP
TVアニメHP

ティアムーン帝国物語
コミックス
第8巻
2024年
発売予定!
漫画：杜乃ミズ
TVアニメ
ティアムーン
断頭台から始まる、
姫の転生逆転ストーリー
詳しくは公

（通巻第6巻）
本好きの下剋上
～司書になるためには手段を選んでいられません～
第二部　神殿の巫女見習いⅢ

2016年　4月　1日　第　1刷発行
2023年11月20日　第19刷発行

著　者　香月美夜

発行者　本田武市

発行所　TOブックス
〒150-0002
東京都渋谷区渋谷三丁目1番1号　PMO渋谷Ⅱ　11階
TEL 0120-933-772（営業フリーダイヤル）
FAX 050-3156-0508

印刷・製本　中央精版印刷株式会社

ISBN978-4-86472-473-9